フォークナー

2011 April

第13号

松柏社

フォークナー 第13号
2011 April

装幀・目次デザイン組版● 廣田清子／ office SunRa
表紙使用写真 ©The Albert and Shirley Small Special Collections Library, University of Virginia

父のもとに辿りつかない子

鈴江璋子

一九六〇年秋のことである。金曜日午後の大学院演習クラスの後で菅康男先生がおっしゃった。「来週のこの時間に東京からコリンズ先生がいらして講演をなさるから、みんな、そちらに出てください。なるべくたくさんの人に出てほしいな」

文学部事務室脇にも、小さな掲示が出た。

「大学院・学部共通　カーヴェル・コリンズ教授による特別講義「フォークナーの *The Sound and the Fury*」講義は出席者が作品を読んでいることを前提として行われる」

さあ大変だ。講義までに一週間しかない。一週間で『響きと怒り』が読めるだろうか。

東京からの賓客を迎える当日の会場は、普段は入ったこともない、上品な応接間ふうの小会議室だった。ゴブラン織のアームチェアが二脚、こちら向きに用意されている。コリンズ先生は長身の瀟洒たる紳士で、美貌の夫人を伴って涼やかに登場された。講義は「『響きと怒り』におけるクリスチャン・シンボルの解明」で、ニュークリティシズムの手法による綿密な考証が際立って説得的だった。ただ、イースターとの日付の照応などは一応翻訳書の末尾にも書いてあるので、私たちはむしろその後をどうすればよいか知りたかった。シンボルの重層を掘り起こすのは楽しいのだが、その結果をどう扱えば良いのか、知りたかったのだ。もちろんそのような質問に答えて頂けるわけはない。それは自分が考えることなのだから。

質問に対して教授は、シンボル解明の重要さを再び強調された。私は冒頭がジョイスの『若き芸術家の肖像』を思わせると言ったと思う。論理でなくて触覚とか嗅覚、聴覚で視点人物の内面を表現する手法が、似ているように思えたのだ。ベンジーは見たままを伝えているから『肖像』より分かりやすい筈なのだが、私はゴルフを知らなかったので、旗が抜かれたり、戻されたりするのはなんだろうと、ベンジーと同じくらい分からなかった。

翌週、菅先生は「コリンズ先生が、みんなのレベルが高いと褒めてくださったよ」とにこにこしておっしゃり、私たちは夫人の美貌を話題にした。なにしろ、エリザベス・テイラーそこのけの美人であるうえに、教授の講義中、その美しい顔を教授のほうに向けてじっと注視し、文字通り傾聴という態度を崩されなかったのだ。「奥さんばかり見ていました」と悪たれを言う男子学生もいた。「いや、近くで見るとそれなりに皺もあるんだが、うん、美人だね。南部にはああいう美人がいるのかな。コリンズさんはああいうのがいいんだな」菅先生もちょっと面白い感想を漏らされ、それから平常のシェイクスピア演習に戻った。

当時京都大学文学部には、大学院にも学部にもアメリカ文学の講座がなくて、学科名も英語英文学科だった。工藤好美教授のヘンリー・ジェイムズと、アール・マイナー講師のイマジズム詩とが、わずかに、アメリカの匂いのする科目だった。折角播かれた種を育てる土壌がないままに、京大のフォークナー研究は、あまり深い根を下ろさずに終わったように見えた。だが数年後、東京に出てからあたりを見まわすと、百花繚乱のフォークナー研究のなかに、京都を脱出した後輩がひとり、翻訳や研究書の出版など熱心に、フォークナー研究のために努力しているのだった。彼がこのコリンズ先生の講義に出ていたのかどうか、その影響を受けたのかどうか、今となっては尋ねるすべもない。

私たちは「あんなに良いお父さんなのに、なぜクエンティンは言うことを聞かないのかしら」とか「自殺するときって、朝起きてさあ決行というのではなくて、一日中いろいろ、夕方になるまで考えるのよね。夜になってもまだずっと考える。私だったら深夜を過ぎて明け方だわ」などと話し合った。

コンプソン氏のように、大学進学を控えた息子と真正面から向き合える父親は、当時の日本にはほとんどいなかっただろう。男たちは外では「猛烈社員」で、家では「黙って○○ビール」だった。為替レートは一ドル三六〇円。六〇年安保を済ませた後の日本は、大泣きした後のように、妙にさっぱりしていた。

父権文化の中にいると、子が父に従い、父のもとに辿りつこうと努めるのは当然のように見えてくる。父は人間関係の連鎖の頂点にあるのだ。イエスは父なる神に従順に十字架に就き、テーレマコスは父オデュッセウスを求めて旅立ち、イーカロスは父ダイダロスが造った翼を身に着けて、父の後を追って飛んだ。男性作家が自分に近い男性を主人公に据えて内省的に書くモダニズム小説の場合、「父と子」は作品の中心主題になる。ヘミングウェイも、スタインベックも、ソール・ベローも、アップダイクも、それぞれの父子像を創作した。視点人物はたいてい「子」の立場にあるのだが、一人で死に向かう男には、キリストの影が揺曳する。鞭打たれ、傷つき、渇き「エロイ、エロイ、レマ、サバクタニ」と叫びながらも、父のもとに帰りつくことに疑念を持たない男たちである。

フォークナーにおいても『兵士の報酬』のドナルド・メアンは、すさまじい戦傷を受け、意識朦朧の状態でジョージアの父のもとに帰ってくる。そして一年後の春の夕方、空中戦で敵機の射撃を受けたときの記憶を取り戻し、覚醒して父の顔をじっとみつめて「あれはこういうふうにして起こったんです」(三四〇)と言った瞬間、事切れる。ドナルドは確かに父のもとに帰ってきた。だがもちろん、父が望む姿で帰ってきたのではない。父には憂いの色が濃く、わが子の帰還を喜んで迎えたのかどうか、定かではない。もし、子が父の設定した基準に達していないとき、「父」はそれを「子」として受け入れるだろうか。最高の到達点として、権威と慈しみを持つ「父」は存在するのだろうか。

フォークナーには、父に従わない子、子を受け入れない父という異譜が、見え隠れする。『八月の光』において、バイロン・バンチに付き添われ、母親リーナ・グローヴに抱かれて、聖家族の幼子イエスのように旅する赤ん坊が、父ルーカス・バーチのもとに辿りつく日は、おそらく来ないだろう。『砂塵に立つ旗』[1]のベヤード・サートリスの場合、最初の妻、華やかなキャロラインは、出産のとき、胎児ともども死んだ。そのとき彼はまだ戦場にいた。二度目の妻、静穏なナーシサの出産のとき、彼はテスト飛行で墜死していた。ベヤードは父になるのを恐れたのか。ナーシサは子供に、サートリス家に伝わる名のジョンでも、ベヤードでもなく、実家のベンボウという名を与える。

『響きと怒り』において、一九一〇年六月二日のクエンティンには、キリストのイメージが鏤められている。目覚めてすぐ聞くのは、父から贈られた懐中時計が時を刻む響きである。父は祖父のものであったこの時計を「キリストは礫になったのではない、小さな歯車のかすかにカチカチいう音に消耗され尽くしてしまったのだ」(七七)だからおまえは「時間を征服しようとして命を使い果たしたりなどしないように」(七六)と警告して贈っている。だがクエンティンは、この日を死ぬ日と思い定めていて、自分の服を処理するときに、キリストの衣のことを考える。水死の錘に使う重い鉄アイロンを買い、町をさまよってから郊外に出、川辺では魚を見る。貧しい少女にパンを買ってやり、誘拐犯と誤認されて不審尋問を受ける。死の時間と設定した時計の針の角度は「カモメが風に乗ろうと翼を傾ける」形や水を湛えた上弦の新月（八五）もさることながら、まず、十字架上のキリストの腕の開きを思わせる。しかし書き手が意識して鏤めた表象は、意外に機能しない。父に禁じられた道を歩もうとするクエンティンはキリストではない。「キリストに妹はいなかった」（七六）。クエンティンは、美しい妹を犯された美しい若者アブサロムなのだ。そしてアブサロムこそ、美しい土地を蹂躙されたうえに、奴隷制農業資本主義を構築した父祖を否定せざるを得ない「南部」の表象なのである。

クエンティンは父のもう一つの戒め「近親相姦という妄念を抱くな」にも従わない。彼は「あれは僕だったのです。ドールトン・エイムズじゃなかったんです」（七九）と、自分が妹の性の相手だったように匂わせ、父コンプソンに、「人間はそれほど恐ろしいことなどできやしないのだ」（八〇）と諭される。処女である妹という想念に固執するな、と警告もされる。しかしクエンティンはドールトン・エイムズによって処女を失った妹キャディという現実を受け入れることができない。キャディの処女喪失を知ったとき、クエンティンはドールトン・エイムズと対決する。だがこの良く響く声を持つ「青銅の男」に、両手首を片掌で掴まれてしまう。ドールトン・エイムズは自分の射撃の腕前をクエンティンに示す。クエンティンはピストルを渡されるが、撃てない。殴りかかったものの、殴られる前に失神してしまう。キャディは銃声を聞き、現場に馬を走らせる途中でドールトンに出会い、クエンティンが撃たれたと誤解して、ドールトンに絶交を叫んでしまう。

ドールトン・エイムズはキャディが心から愛した、生涯でただ一人の恋人なのだが、格好良く馬に跨って姿を消し、二度と姿を現さない。この瞬間に、キャディは恋人よりも兄を選んだ。そして自分自身の死を選んでしまったのである。

クエンティンがキャディの処女性に固執したのは、一族の名誉とか処女崇拝などの観念に拠ると同時に、彼女をひたすら、自分だけの性の対象と考えたからである。クエンティンは処女である妹、さらに「かわいい妹である死」（七六）とのセックスという感覚に溺れながら、水に溺れていく。旧約サムエル記のレベルにおいて、彼は美しい妹の美しい兄アブサロムであり、同時に彼女を犯す異母兄アムノンなのだ。クエンティンは自殺によって、アブサロムによるアムノン殺害を果たしたとも考えられる。クエンティンを愛した父コンプソンは「わが子よ、わが子よ」と嘆いたに違いない。コンプソン家の息子たちは三人とも父親にならず、苦しみながら死んでいく息子を見るという「父」の苦悩を味わうには至らない。

『アブサロム、アブサロム!』は『響きと怒り』出版七年後の一九三六年に出版された。『暗い家』として一九三四年あたりから書き進められたというのが定説である。しかし実際は『響きと怒り』を執筆中に、すでに『アブサロム、アブサロム!』の構想は浮かんでいたのではないだろうか。創作力旺盛な作家の場合、一つの作品の構想が固まって、後はペンを動かすだけ、という段階に来ると、頭はもう次作に向かって動き始める。創作が創作を生む。『響きと怒り』の、母系が父系に劣る家という設定は、そこへ禁断の黒人の血を忍び込ませることができる。魅力的な訪問者は、守る男によって、持ち込んだ自分の武器によって、撃退される。家には美しい娘と、叫びをあげる知的障害者の男児がいる。その子が好きだったのは火だ——そう、サトペン屋敷を灰燼に帰すのは火だ——こうなると、ベンジーにも凄みが出る。

彼は単に聖なる痴者でも家族のペットでもなくて、『暗い家』が紅蓮の炎に包まれる悲劇の密かな予兆であり、怒号するジム・ボンドの先行者である。

クエンティン・コンプソンは、一作で消すには惜しい男である。普通の場合、作家はこの人物を使って、アップダイクのウサギ・シリーズのように時系列に則して、その続編、その続編と、書き進めるだろう。しかしクエンティンは二一歳で死んでしまうから、続編は書けない。フォークナーは、クエンティンがまだ生きている世界を書きたい。そうなると少々窮屈だけれど、クエンティンが大学生になって南部を離れるあの最初の学期に押し込むしかない。ハイチからボストン、あるいはカナダにまでも及ぶ膨大な広がりを視野に入れ、アメリカの草創から南北戦争を挟んで一九一〇年に至る四世代一〇〇年間のサトペン家の物語は、短期間で語るには巨大すぎる相似形である。クエンティン自身は、なぜ自分がこの物語の聴き手・語り手に選ばれたのかと当惑するのだが、クエンティンは、二つの物語を生きると同時に語る、重要な**protagonist** (*SL* 七九) なのだ。クエンティンを用いるのは、彼の持つアブサロム性ゆえである。美しい妹を犯したい兄と、守りたい兄、および父への不服従、そして「家」の崩壊が、両作品に共通の主題である。

コンプソン家はかつては一マイル四方の広大な土地を所有し、牧師や将軍や知事を生み出す名門だったのだが、南北戦争の敗戦とともに活力を失い、農業近代化の波に乗ることができず、最後の土地もゴルフクラブに売却してしまう。父祖の栄華を回復できなかった点で、コンプソン氏も父のもとには辿りついていない。これは過去の栄光を回復できない南部の子たちに共通の痛みである。コンプソンとは対照的に出自の低いトマス・サトペンは、一代で一〇〇マイル四方の土地を手に入れた。旧約のダヴィデに重ねられるトマスは、自分の心にかなう後継者を得ようと、複数の女性に子供を産ませ、結局その横暴によって非業の死を遂げることになる。誤解のために屋敷には火が放たれ、実は密かに生き残っていた老残の嫡子も、放火した異母姉で黒人の老女ともども焼け死んでしまう。古い一族が古屋敷とともに壊滅する有り様を、コンプソン氏は息子クエンティンに書き送る。

『響きと怒り』の魅力的な流れ者ドールトン・エイムズは、『アブサロム、アブサロム！』において、優雅な異母兄チャールズ・ボンとなって、サトペン屋敷に姿を現す。トマス・サトペンが最初の妻に産ませながら捨て去った、旧約のアムノンに当たるボンは、異母妹タマルに当たるジュディスとの結婚を匂わせ、それを父トマス・サトペンが拒むことを期待する。娘ジュディスとの結婚は許さない、実はボンは自分の子なのだ、とトマスが言うことを、ボンは期待する。彼の願望は美しい異母妹との近親相姦ではなくて、父にわが子として受け入れられることにあったのだ。トマスはボンの期待を裏切り、彼を子として認めたという表情さえ見せない。ジュディスとの結婚を許さない理由として、彼に黒人の血が流れていることと、すでに黒人の妻子があることを理由にする。父からこれらの事実を明かされた異母弟で嫡男のヘンリー・サトペンすなわちアブサロムは、ボンから銃を渡され、それを使って彼を射殺する。「アムノン、アムノン！」と嘆く父は、いない。ジュディスの処女性は無傷のまま封印される。

フォークナーはここでクエンティン＝アブサロム／アムノン、ドールトン・エイムズ＝アムノンという複雑さを改めて、チャールズ・ボン＝アムノン、ヘンリー・サトペン＝アブサロムと整理するとともに、物語の主軸を、兄と妹のテーマから父と子のテーマへと、大きく移している。父と子のテーマは何世代をも貫く普遍的な主題になり得る上に、読者の共感も得やすいが、兄と妹のテーマは限定的である。そのうえクエンティンは“to commit suicide because of his sister”（*SL* 七九）と、極限の行動を取っているので、その先は書けなかったのだろう。

女性を描く物語の場合、若い女主人公は処女を破ると同時に受胎するのが、定石である。『ダーバヴィル家のテス』のように未婚女性が処女を失った場合、まさに花開こうとする美しい娘が受ける痛手は致命的である。実際は性犯罪の被害者であるのに、一方的にふしだら女と非難され、社会から締め出され、二度と無垢の誇りと幸せを手にすることができない。悲劇はこの瞬間から始まる。だが、実は、処女を失ったというだけでは事態は動かない。処女を失わせようという攻撃は、オールドミス軽侮からレイプにいたるまでいろいろの形で仕掛けられるが、処女を失った女性をどうこうしようという攻勢はかからないのである。コンプソン氏が言うとおり「処女性なんてものは男が発明したもの」(七八)で、「純潔というのは否定的状態であり、それゆえに自然に反している」(一一六)とすると、女性は処女でないほうが自然の状態なのだろう。

悲劇を二重にし、女主人公を追い詰めるのは、受胎された胎児である。胎児は日に日に大きくなって、処女喪失の事実を世間に見せびらかすとともに、日限を切って、女性が娘から母になるのを急きたてる。作者の都合によって流産したり死産したり、嬰児のうちに死亡したりさせられる場合が多いのだが、無事に成長して、父は、と尋ねる場合もある。出産時に母を死なせる嬰児もある。もちろんほとんどの場合、幸福な男女には元気な赤ん坊が受胎され、女性は処女という理想的な境地から、母という理想的な境地へと瞬時に移行できるのだが。

キャディの場合、処女喪失は受胎へとは繋がらない。フォークナーは二の矢をつがえたかったのだ。フォークナーは満を持して、翌春、キャディの妊娠という毒矢を放つ。四月、キャディの結婚式に出席のためにいやいや帰省し、花婿になるハーバートをけなしたクエンティンは、思いがけない事態を知る。父母にも話していないこととしてキャディは、実は妊娠していること、相手が誰か特定できないこと、もう妊娠二カ月になっていて悪阻も始まっていること、それを隠して式に臨むつもりであることを打ち明ける。ドールトン・エイムズを失ったとき、本来のキャディは「死んだ」(一一三)。女として堕ちたのだ。コンプソン家の体面を立て、胎児を無事に出産するためには「誰かと結婚するしかない」とキャディは言う。ドールトンのときに口出しして、私を死なせたでしょう、今度は口を出さずに放っておいて。キャディは自分が去った後、父とベンジーの面倒を見てくれるようにとクエンティンに頼む。結婚式のときも、窓下の草地にひっくり返って吠え叫ぶベンジーをなだめようと、キャディは透き通る絹のベールをたくしあげて走ったのだった。豪華な結婚式の費用も、クエンティンの学費同様、ベンジーの好きな土地の売却代金である。

「付録」においてフォークナーは、キャディは宿命をそのまま受け入れた、という。たしかにフォークナーが与えた運命に従順に、誰か分からぬ男によって妊娠するという不名誉、あばずれ女になる運命を甘受した。しかしキャディは二〇世紀アメリカの女性らしく、意思的に生きている。一八歳で処女を破ったのも、恋人を退けたのも、自分自身であって、外部から強制されたわけではない。クエンティンの捻じれた叙述によると、キャディは

「あたしの中に恐ろしいものがいたの　ときどき夜に　それがあたしを見てニヤニヤ笑っているのが見えたの　男たちの中にそれが見えたわ　男たちの顔を透して　今はもういなくなって　あたし気分が悪いの」（一一二）

と言う。男たちの、若い娘を性的対象物として見る視線が、彼女を脅えさせる。同時にそれは彼女の意識の中に入り込んで、彼女自身を性的対象物として観察し、全き人間としての彼女を脅えさせるのだ。自己を客体視する感覚の不気味さは、フォークナーに特徴的である。

母親の眼鏡にかなった結婚相手とすんなり結婚して男たちの性的関心から逃れることは、母と同じ運命を辿ることを意味する。既成社会の規範の中に安全に閉じ込められて、繰り言を言いながら、他人のために消費される人生でいいのかと、ニヤニヤ笑いは笑う。

これも物語の定石として、賢い娘は母親に逆らう。婚家から出され、既成道徳の規範から堕ちたとき、キャディは自分の商品価値を知っていた。再婚し、離婚し、ついにはナチ将校の情婦となって生活しながら、彼女は産んだ娘への仕送りを絶やさない。アメリカの女性は、ヨーロッパで「女性」としての自分を売ることができる。合衆国自体が国のイメージや、武器、保険、ファーストフードなどを売るのだから、女性も「女」を売りやすい。一八歳で「死んでしまった」キャディは、五〇に近い年になっても、なお美しく、冷たく、ニヤニヤ笑いに満ちた世界に身を曝して、自分自身を売っていく。亡霊のような老婆になって『思い出のクエンティン』を語ることは、ない。

【注】

1　『埃にまみれた旗』が定訳だが、それでは、旗が埃のなかに倒れ伏しているように感じられる。しかしミス・ジェニーの語りに続いて"I danced a valse with him in Baltimore in '58," and her voice was proud and still as *banners in the dust*.(20) という記述があり、この軍旗は南部特有の、土砂を巻き上げて吹く風の中に誇り高く立っているように感じられるので『砂塵に立つ旗』と訳した。軍旗は生地も縁飾りも重いので風の中でもひらめかず、静かに立っていることができる。'Spotted Horses' (in *Three Famous Short Novels* by William Faulkner. New York: Vintage Books, 1966.) にも、

For an instant the watchers could see them *in the dust*—(23)

Then the Texan's feet came back to earth and *the dust blew aside and revealed them, motionless*, (23)（斜体は筆者）とあり、ここでも dust は土埃を巻き上げて吹く風である。

【引用文献】

Blotner, Joseph, ed. *Selected Letters of William Faulkner*. New York: Random House, 1977.

Faulkner, William. *Flags in the Dust*. New York: Random House, 1973.

——. *Soldiers' Pay*. New York: Liveright, 1954.

——. *The Sound and the Fury*. New York: Random House, 1984.

◎鈴江璋子（すずえ　あきこ）　実践女子大学名誉教授。著書に『アメリカ女性文学論』（研究社、一九九五年）、『ジョン・アップダイク研究』（開文社、二〇〇三年）など。

フォークナーと私の失われた 'might-have-been'

渡辺利雄

後期高齢者ともなると、先が見えているので、これから何をするか、将来のことを考えるよりも、過去に目を向け、もう一つの別の研究者生活があったのではないかと思ってみたりする。たとえば、学部学生の頃から興味をもち、現在も、専門家と称する方には太刀打ちできないが、時どき気になって、作品を読み直したり、新しい研究書が出ると覗いてみたりする作家がいて、もしその作家一筋に研究をしていたら、現在、自分はどうなっていただろうかと詮ない空想をしたりするのである。私の場合、そうした作家の一人がフォークナーである。アメリカ文学の研究者になるなど、ほとんど思ってもいなかった学部時代、卒業論文を書かなくてはいけないので、人並みに、当時、学生間で人気のあった「失われた世代」のヘミングウェイや、フォークナーなどを読んでいたが、ヘミングウェイは卒論で取り上げる仲間が多く、フォークナーは私には歯が立たなかった。それで、指導教授の西川正身先生が訳された *The Red Pony* に惹かれ、英語も読みやすかったスタインベックの *East of Eden* で何とか卒論を書き卒業した。

それでアメリカ文学とも縁が切れたかと思ったが、いろいろ事情があって、大学院に進学することになり、ここでまた誰を専門に研究するか迷う。フォークナーには関心があったが、彼の英語がよく読めず、同学年の友人と研究室でフォークナーとしては比較的読みやすい *The Unvanquished* を辞書を頼りに読んでいった。そこで初めて 'recalcitrance' というあまり見慣れない単語に出会ったことをいまも覚えている。しかし、結局は、現代作家の大本から始めるようにという西川先生の助言に従ってマーク・トウェインを研究するようになったが、フォークナーは何度読んでもよくわからない、しかし、気になる、私にとって「身体に刺さった刺」のような作家となった。大学院終了後は、それでもある種の義務感から *The Sound and the Fury* をはじめ、主要作品を細かくノートを取りながら読んでいった。なかでも、*Absalom, Absalom!* は、いま手元にある 'Modern Library' 版を見ると、語学的に気になるところを徹底的に調べている。この版は意外と誤植もあって、'penty'（＝plenty）'east'（＝cast）などを自分で訂正している。欄外には、いま読むと、なぜそのような書き込みをしたのかわからないが、やたら書き込みをしている。この文章を書くために書棚の片隅から古いテキストを取り出してきたが、半世紀近く前、フォークナーと悪戦苦闘していた自分自身が甦ってきて妙な気持ちに襲われる。ともかく、このような二十代後半の努力を継続していたら、これでも、フォークナー研究者になっていた可能性がなくはなかっただろう。

いや、それだけではなく、実は、駆け出しの研究者として、多少でも注目されたのは、マーク・トウェインの論文ではなく、フォークナーについて書いた論文であった。昭和三十年代、東大英文科大学院に『クリティカ』という研究同人誌があったが、私もその第四号にマーク・トウェインに関する論文を掲載している。しかし、これは修士論分の一部をまとめただけの論文で、特にとり立てて言うほどのものではなかった。それに比べて、五年後（一九六六）、第一二号に載せた「父と子の悲劇――『アブサロム、アブサロム！』試論」は、私としては、修論の単なる焼き直しではなく、『アブサロム、アブサロム！』を自分なりに徹底的に読み解いた結果を四〇ページに全力投入しており、これがどのような評価を受けるかによって、大袈裟に言えば、自分の研究者としての方向が決まるかもしれないと思う論文であった。合評会では、イギリス小説を専門とする先輩から比較的好意的に評価してもらったが、これはあくまでも内輪のもので、発表後の不安は拭い去ることはできずにいた。外部からの反応はほとんど耳に入ってこなかった。

ところが、である。一年後の一九六七年の秋、まったく予想もしないところから強烈な反応が現われた。一九六〇年代の中葉といえば、周知のとおり、わが国でも学園紛争が始まりだした時代で、文学研究に関しても、十年一日のごとく毒にも薬にもならぬ紀要論文を発表して教授職を保持し、安穏と暮らす大学教授に批判の矢が向けられた時代であった。しかし、駆け出しの私などが、そのような批判の矢面に立たされるとは思ってもいなかった。ところが、『新批評』という「英米文学研究誌」が創刊となり、その第一号に「全国大学英米文学紀要評」が掲載されていた。現在の若い方は知らないだろうが、このような雑誌があったことを思い出す年配の方は少なくないだろう。出版社は太陽社、編集者は蟻二郎氏。当時、私は『アメリカのニグロ作家たち』という著書のある蟻二郎氏がどなたなのか知らなかったが、後で、東大英文科大学院に在籍していた研究者であることを知った。それにしても、元気のよい「研究誌」で、「解説的解説にとどまっている」だとか、論者の「精神」が「投影」されていない論文は、実証的であっても「白々しく悲しい」だとか、ともかく歯に衣着せぬ評価が下されていた。当時の英米文学界にはこうした思い切った評価も必要だったのだろう。

それだけに、自分の論文が俎上に上げられているのを見つけても、直ぐには恐ろしくて読み出せずにいた。一息入れてから読んでみたが、褒められているのか、貶されているのか、よくわからないものだった。長さも他のものと比べると、三倍近く、一頁半に及んでいる。拙論に先立って、同じくフォークナーを扱った論文五篇がとり上げられていたが、それらの論文の「てっとりばやさ」「手際よさ」と比較すると、拙論は「やりきれぬ程に不器用で解説的な」論文だという。そのように評される面があることは、私自身、意識しており、格別、腹も立たなかった。ところが、読んでゆくと、こうした要領の悪さは、「論者の本文密着の視点のはぐくみ育てた結果」だと理解を示してくれている。つまり、それは『アブサロム、アブサロム!』の主題の重層した多様さ、構成の複雑さ、また視点の移動といった諸要素が関り与った結果」だという。そして、「論者はこの諸要素を、あたかもクエンティン＝シュリーヴででもあるかのように、可能な限りの素材を駆使しながら解明しようと試みた」のだと好意的に評価し、結局、「フォークナー自身のように、くり返しくり返し手際よく語ろうとしながら遂に語りえなかったのだ」と結論づけ、「要領のよい」論者であれば、「おそらくは四、五ページの枠の中で見事にこの悲劇を描き示して」いただろうが、「しかしながらこの論者はそれがやれなかった。もしくはそれをやらなかった」と言う。私は、それほど自分が何をしようとしていたのか、明確に意識していなかったと思うが、このように言われると、それもそうなのかと思い、何だか過大評価を受けているような気がしなくはなかった。「やりきれぬ程に不器用で解説的な」論文というところに評者の苛立ちが感じられた。しかし、その一方では、要領のよい論文には「欠けているなにかを豊かに内包していて、それが読む者の心を奇妙に魅了する」とも言ってくれている。当時の私としては、論点をもっと明確に主張する要領を得た論文を書きたいと思っていたが、「酒落斎」と名乗る評者が言うように、それができなかった。その原因がフォークナーの難解な小説にあるのか、私自身にあるのか、よくはわからなかったが、論文がこのようになったのには、それなりの理由があった。フォークナーの小説、とりわけ『アブサロム、アブサロム！』は、私にとって、何度読んでもいま一つ理解しがたい小説、というか、読めば読むほど自分の理解に自信がもてなくなる不思議な小説だった。それで、何度も、辞書に当たり、クロスレファレンスを行ない、当時はそれほど多くなかったアメリカの学者の解説を参考にし、それをノートに書き留めていった。ところが、資料が多くなればなるほど、この小説の究極の意味は遠のいてゆく。物語の展開を追って、わかるところだけですませる初読の第一印象に基づいてであったら、一応、論文は書けるだろうが、釈然としない部分にこだわると、かえって論文は書きにくくなる。それが私の場合だった。そこで、ともかく踏ん切りを付けるつもりで、『アブサロム、アブサロム！』を単なるアメリカ南部の物語としてではなく、「人間の永遠の課題」、つまり「時間」と「人間」の相克関係を、「父と子の悲劇」とみなして、何とか論文にまとめたのであった。

そして、「不器用」と評され、論中に「批評精神」がほとんど感じられないと言われたが、それが、結局は、自分の方法であり、作品を詳細に分析、調査し、そこから帰納的にある結論を導き出そうとすると、このような論文にならざるを得ないのだと自分自身に言って聞かせ、続いて同じ方法で *Light in August* 論をまとめようとした。できれば Gail Hightower をとおして Joe Christmas と Lena Grove の関係を明らかにしようと、例によって、語学的な検討を踏まえ、作品の実証的な解釈を目指した。『アブサロム、アブサロム！』に比べると、それほど複雑でないように思われたにもかかわらず、いざ作品の有機的な全体を明らかにしようとすると、この小説も意外に難解で、その頃、勤務校では学園紛争が熾烈化し、自由なまとまった時間がとれず、論文執筆は後回しにせざるを得なくなった。もし『八月の光』論をまとめることができたら、私のフォークナー研究もまた違ったものになっていただろう。ところが、大学紛争で身辺何かと忙しくなり、フォークナーの論文どころではなくなった。『アブサロム、アブサロム！』論は過去のことだと思っていた。それが、思わぬところで問題にされていたのだった。

一九六九年六月末のことである。UCLA の Earl Miner 教授から一通の手紙が届き、開封すると、同教授がいま計画している日本の若手英米文学研究者の論文を海外に紹介する本に、私の「父と子の悲劇―『アブサロム、アブサロム！』試論」を収録したいという、あり難い申し出であった。発表からすでに四年たっており、ほとんど忘れていたので、そのような申し出には驚いたが、もちろん応じたいと思った。'Your fine piece on Faulkner has been chosen after months of search, and I feel it would make a distinguished contribution.' と親切に言って下さっている。但し、夏休み明け、つまり二ヶ月で英訳すること、そして、分量が多いので、四〇パーセント短縮すること、この二つの条件が付いていた。自分の論文を半分近く短縮することは執筆者にとって難しいことであろうと、マイナー教授はカットできそうな部分を示唆さえして下さっていた。そして、最後に、拙論が現代アメリカ小説の唯一の論文なので、ぜひ短縮を含め、承諾して欲しいと言う(I very much hope that you will be able to do this, for many reasons, including the fact that it would be the single essay on modern American fiction in the volume.)。断る理由は何もない。ありがたく思うだけだった。しかし、私の側に一つ問題があった。というのは、勤務校では授業料値上げ撤回の学生運動がこじれて長期化し、数年間、生活は不規則となり、健康診断を受けずにいたところ、その年の健康診断で左肺に小さな影が認められるので、入院療養はしないまでも、自宅で静養するようきつく言われていたのだった。軽い日本語の読み物ならいいが、英語の本などは絶対読んではいけない。そうでないと、回復は保障できないというのである。

そのような体調の時に、論文を半分近く短縮するということは、事実上、書き直すことであり、それをさらに英訳するとなると、肉体的にもかなりの負担になる。そこで担当医に相談すると、言下に辞退せよと言われてしまった。こうして、大袈裟にいえば、千載一遇のチャンスを逃してしまった。健康に関することなので、止むを得なかったと思うが、それは、私にとって『アブサロム、アブサロム！』のローザ・コールドフィールドが言うところの'the lost irrevocable might-have-been'となった。この論文集は、一九七二年、東大出版会から*English Criticism in Japan: Essays by Younger Japanese Scholars on English and American Literature*として出版になった。その時、マイナー教授の慫慂に応じて英訳論文を提出し、それが活字となっていたならば、フォークナー研究者の鑑札を得たと思って、次のフォークナー論を書いていたかもしれない。事実、私は『八月の光』試論のために、私なりの解釈と、その裏づけとなる資料を集めていた。しかし、折角の機会を逃した後では、次の論文をまとめる気にはなれず、漠然と将来に備えて未読のフォークナーの作品や、研究書を読むことに時間を費やしていた。彼の作品を、時間をかけてノートをとりつつ読み、彼が使う異様な単語や、表現、あるいは独自の発想法を一つ一つ書き抜いていった。それは当時の私には論文を書く以上に楽しく思われた。そして、三年後には、教養課程の英語教師から文学部の教師となり、自分の好きな勉強よりも、学生たちが自分の興味に従って対象作家を選ぶ卒業論文や、修士論文に備えて、よく知らない作家の作品と、その作家の基本的な研究書を読むことに追われることになり、学生時代のように、なお興味のあるフォークナーをゆっくり時間をかけて読む余裕がなくなってしまった。

そして、そうこうしているうちに、もう一つ別の'might-have-been'が生じることになった。先ほど、論文の資料としてフォークナーの変わった表現や、解釈の裏づけになりそうな文章を集めていたと言ったが、それは、文字どおり手作業で行なうしかなかった。現在は、フォークナーの場合、ほとんどの作品にコンコーダンスがあり、パソコンを使って気になる表現などを一瞬のうちに確かめられるようになっているようだが、当時は、自分の目でそうした資料を探すしかなかった。そういうことで、私にとっては、論文を書くよりも、語学的な資料を作品から拾い出すために多くの時間が必要だった。フォークナーには、そうした偏愛語といってよい単語が少なからずある。言うまでもないだろうが、たとえば'rage'とか、'outrage'、'amaze(ment)'などである。あるいは、'terrific(ally)'という修飾語。もちろん、この最後の'terrific'は強意語として使われ、辞書にもそのような定義がある。ところが、フォークナーはつねにそれを移動の'slowness'との関連で使っている。特に『八月の光』では、それが'the same spent and terrific slowness'、'an effect of terrific nomotion'のように、目立つ。あるいは、'the attitude of terrific speed'だとか、'they draw slowly together as the wagon crawls terrifically toward her'という描写も、前後から判断すると、動きが遅いことをこの単語で表現しているとしか考えられない。こういうフォークナー独自の単語の意味を突き止めるためには、できるだけ多くの用例を集める必要がある。そして、私は、その結果を、大学の演習での講読で紹介するようにしていた。

しかし、時には、フォークナーのみの変わった単語、表現だと思っていたものが、すでに他の作家の他の作品で使われていることを知って、このようなアプローチの恐ろしさを思い知らされることもあった。一例を挙げると、『アブサロム、アブサロム!』の第一ページに、ご存知の方も多いだろうが、薄暗い部屋で椅子にじっと座っているローザ・コールドフィールドの硬直化した姿について、'with that air of impotent and static rage' という表現が使われている。'impotent rage.' 当時の私には、それこそ、フォークナーでなければ思いつかない表現だと思われた。ところが、そうではないようで、その後、マーク・トウェインの *Pudd'nhead Wilson* の第四章に 'So her schemes always went for nothing, and she laid them aside in *impotent rage* against the fates.' とまったく同じ表現があることに気づいた。さらに、スティーヴン・クレインの *The Red Badge of Courage*(第二章)にも 'The lieutenant, who had listened with an air of *impotent rage* to the interview, spoke suddenly in firm and undaunted tones.' とある。こうして、フォークナーからの用例だけでは決定的なことは言えないことを知ったが、それでも、半ば習慣として彼の特異な単語や表現の採取を続けた。

今なお、私の手許には、そうした単語、表現を書きとったカードが残っている。読み直してみると、とり立てていうほどのものではないが、否定接頭辞をともなった形容詞を書き抜いている。フォークナーの小説を少しでも読んだ経験のある方だったら、思い当たるだろうが、普通の辞書には載っていない 'unamazed' だとか、'unremembering'、'unsentient' といった、意味は分かるが、奇妙な形容詞が続出する。同じように、'in(im)' を接頭辞とする 'impotent'、'impregnable'、'inevictable'、'implacable' も無数に見つかる。もちろん、意味は分かるが、なぜ彼がこのような形容詞をこれほど用いるのか。そうした形容詞の中で、特に私が気になったのは 'implacable' であった。意味は分かる。辞書にも載っている。しかし、この形容詞がどうしてその後に続く名詞と結びつくのか、私には腑に落ちないところがあった。『アブサロム、アブサロム!』の出だしの数ページにも、'a character cold, *implacable*, and even ruthless'、'some bitter and *implacable* reserve of undefeat'、'an old woman's grim *implacable* unforgiving' などと現われる。そして、このような用例を集めれば集めるほど、フォークナーの、この形容詞の使い方がわからなくなってくる。

それが、ある時、何時であったか正確な記憶はないが、*Sewanee Review* か *Georgia Review* を拾い読みしていたところ、フォークナーの 'favorite word' を扱ったエッセイがあるのに気づき、目を通すと、その筆者も(誰であったか記憶していないが)フォークナーの否定接頭辞をともなった単語を指摘し、それによって、フォークナーの語りの特徴を論じていた。特に 'implacable' に注目して、その効果を多くの用例に基づいて明らかにしている。短い論文だったが、私は筆者が引用している用例から多くのことを教わった。しかし、同時に、このような論文がすでにあることを知って、いまさらそのような用例を採取しても敵わないと思い、探すことを一時止めてしまった。そして、それに追い討ちをかけたのが、数十巻に及ぶ *The Faulkner Concordance* の出版だった。いま確認すると、このコンコーダンスが出版になったのは、一九七七年からのようで、これは時間的に少し後のことになるが、この便利な参考資料の出現によって、作品精読の必要性は感じながらも、手探りでテクストの細部までを確かめる読み方の限界を感じざるを得なくなった。手許にあるカードを利用してフォークナー論を書く機会もなくなり、発表を予定していた論文は、私にとって、もう一つの失われた 'might-have-been' になってしまった。

残念に思う気持ちがないわけではない。しかし、IT産業がこのように発展した時代にあっては、手作りの研究論文などはもう時代遅れなのだろう。ここで、もう一つ思い出すことがある。伝統的な文学研究の基礎をなすのは、言うまでもなく、作品の精読であろうが、これは基本的には一人で行なう孤独な作業である。そこで、昔は、一人でなく、有志を募って、テクストを丁寧に読む読者会を始めることが多かった。そして、砂を噛むような単調な下調べに変化をつけるためもあって、大きな辞書にその作品の文章が用例として引用されているのを探し、見つかると、何か大きな発見をしたように思ったものである。一種の宝捜しでもあった。ところが、最近、読書会からそうした楽しみがなくなってしまったのである。いま思い出したと言ったのは、そのことである。*The Great Gatsby* の読書会でのことである。最初の集まりの時、*OED* には、この *The Great Gatsby* から何箇所か用例が採用されているので、探してみるようにと次回の担当者に言った。すると、その担当者は、インターネットか何かで、*OED* に載っている *The Great Gatsby* の用例を調べ、そのリストを持ってきた。それが簡単にできるらしいのである。そのリストには、私が知っているより遥かに多くの用例が出ているではないか。ありがたかったが、それを見て、辞書を丁寧に調べることが何となく空しく思われたことをいま思い出す。

同じようなことは、参考文献についてもいえる。私の学生の頃は、まだゼロックスのようなコピー機はなく、手許にない図書館などの参考文献は手書きで写すしかなかった。今だったら、丸ごとコピーしていただろうが、そうはいかなかった。しかし、すべてを写すわけにはゆかないので、一行一行、内容を考えながら読んで、重要と思われる部分のみを選んで写すことになる。随分と無駄な時間を費やしたようにも思われるが、そのようにしてこそ、内容が本当に理解でき、頭に入ってくるのではないか。それが、最近は、内容を確かめることもせずに、とりあえず全部をコピーしてしまう。その結果、コピーばかりが溜まってゆく。手書きのコピーなどはもう過去のものになってしまったのだろう。ＩＴ機器の進歩は凄まじく、それは大いに結構なことだと思うが、人間そのものはそれほど変わっていないとすると、手書き作業の効用はなお失われていないのではないか。私は、今も、背後に手作業で資料を集め、それを整理した努力を感じさせる研究論文を評価したいと思っている。しかし、それは'the lost irrevocable might-have-been'、'that might-have-been which is the single rock we cling to above the maelstrom of unbearable reality'となってしまった。この'might-have-been'を含んだ表現は、どちらも『アブサロム、アブサロム！』からの引用で、私の手許のカードに書き留めておいたものだが、この小説のどこにあるのか即答できるだろうか。

◎渡辺利雄（わたなべ　としお）　東京大学名誉教授。著書に『講義アメリカ文学史』（全四巻、研究社、二〇〇七―一〇年、入門編、二〇一一年）など。

特集

フォークナーとミステリー

推理小説の伝統とフォークナー

佐々木徹
Toru Sasaki

「ミステリー」、「推理小説」、「探偵小説」と呼び方はいろいろありますが、これらは一応同義と考え、われわれが今から問題にしようとしているジャンルを定義するとすれば、「何らかのミステリーがあって、それを探偵もしくは探偵役の人物が推理を働かせて解くプロセスを主眼とした物語」ということになるでしょう――ここには「ミステリー」、「推理」、「探偵」の三つがすべて含まれています。このような定義に従えば、ポーの「モルグ街の殺人」(一八四一)をもってこのジャンルの嚆矢とするというのが一般的な理解であります[1]。ただし、ポーは探偵役のデュパンを主人公にした物語はこの後、「マリー・ロジェの謎」と「盗まれた手紙」しか書かず、しかも、これら三作は一八四一年から四四年という時期に集中しているのです。一体なぜこうなったのか? 単にいいトリックがもう思い浮かばなかったというだけかもしれませんが、この問題はそれ自体ひとつのミステリーではあります。

それはともかく、僕が注目したいのは、ポーがこの時期にディケンズの『バーナビー・ラッジ』の書評をしているという事実です（「モルグ街」は四一年四月、書評は五月に発表）。ポーはアメリカで一番早くディケンズの書評を書いた批評家で、『バーナビー』の前に、『ボズのスケッチ集』、『ピックウィック・ペイパーズ』、『骨董屋』といったディケンズの初期作品を取り上げています。中でも『骨董屋』には、彼にしてはめずらしいと思えるほど、最大級の賛辞を呈しています。ただ、これらのどれよりも、『バーナビー』の書評はポーの頭の良さが発揮され、非常に面白い読み物になっています。また、この書評は推理小説における叙述の論理を考えるうえでの貴重な文献だとも言えます。ポーは既にこの時点で推理小説のエッセンスを心得ておりました。それが如何に驚くべきことだったかをこれから明らかにしたいと思います。

『バーナビー』は、一七八〇年のゴードン暴動を描いた歴史小説ですが、ディケンズは冒頭に殺人事件を配し、ミステリー仕立てで物語を始めます。まず、メイポール亭というパブに村人が集まり、その中の一人ソロモン・デイジーが、二二年前の今日、こんな嵐の晩、近所のヘアデイルさんが殺されたのだった、という話をします。

「しかし、その朝、ルーベン・ヘアデイルさんの死体が、寝室で見つかったんだ（……）。書き物机は開けられ、その日ヘアデイルさんが持って降りてきた、大金の入った金庫がなくなってた。執事と庭師の姿が見えないので長い間、この二人に疑いがかけられた。だが、どれだけ探しても彼らは見つからんかった。ずいぶん遠くまで探して、結局、哀れな執事のラッジの死体が、何ヶ月かして敷地内の池の底から上がった。腐乱がひどくて、服と時計と指輪からかろうじて身元がわかったんだ。胸にはナイフの深い刺し傷があった。彼はちゃんと服を着ていなかった。おおかた自分の部屋で本を読んでいたんだろう。部屋には血の跡がたくさんあった。そこで突然だれかに襲われ、ヘアデイルさんより前に殺された、というのがみんなの意見だった。

庭師が犯人に違いないってことは誰でも知ってる。奴についてはあれ以来何の噂も聞かないが、いいかい、そのうちきっ

と何かあるからな」（第一章）

不思議なことに、ポーはこの小説がまだ連載中であるにもかかわらず、書評を発表しています。ポーがものした書評を全部読んだわけではないので絶対の自信をもって言うわけではありませんが、彼が最後まで終わっていない小説の書評をするというのは異例なことであったと思います。ここで彼は、自分は最初の部分を読んだだけで真犯人がわかったと言って、そのネタをばらしてしまいます。（そんなことやっていいんでしょうか、と言いたいところですが、実は僕も今からする話の中でいくつかネタをばらします。すみません。今から謝っておきます。）ポーは、見つかった死体は行方不明になっている庭師のもので、犯人のラッジは生きている、という替え玉トリックを見破ったのでした。タイトルになっている、この小説の主人公バーナビーは執事のラッジの息子で、知恵遅れの人物ですが、彼は血を見るのを病的に恐れています。ポーは、これは彼の父親が犯人の殺人者だからこうなっているのだ、と正しく推理しています。彼がこの時点で書評を書く決意をしたのは、たぶん、これこそまさに自分自身がデュパンのような推理を披露できる格好の場だと思ったからに違いありません。アレンによるポーの伝記（一九二六）によると、ディケンズは『バーナビー』の謎をポーが早々と解いてしまったことを知って、「彼は悪魔に違いない」と言ったそうです（第二巻、五一一頁）――これが本当なら面白いのですが、アレンはその典拠を挙げておりませんし、これ以後の伝記でこの逸話をまともに取り扱っているものを僕は知りません。ですが、とにかく、ポーは犯人がラッジだと見抜いたほか、今後の展開も色々と予想し、知恵遅れのバーナビーの支離滅裂な発言も実は殺人事件を解くヒントになっているのだとか、彼が血を恐れるということは、大団円においてほかならぬ彼が父親に正義の鉄槌を下す伏線になっている、とか実に面白い考えを述べています。

ところが、ポーの予想した展開と、ディケンズが実際に書いた小説とではかなりの違いがありました。確かに犯人は当たっていたのですが、当たっていたのはそれぐらいで、後はことごとく予想が外れています。ディケンズにとって、殺人事件はあくまでもオードブルで、メインディッシュはゴードン暴動でしたから、殺人事件の推理小説的な扱いにポーほどは気合が入っていなかったのです。するとポーは四一年二月、連載が終わったこの小説の書評をもう一度書いて、自分の予想とディケンズの小説の実際とを比較し、自分の予想する展開になるべきだったのだ、と偉そうなことを言っています。確かに、その方がよほど推理小説らしくなっていたということは間違いありません。さらに、ポーの面目躍如たるところで、彼は同年三月折りしも渡米していたディケンズにフィラデルフィアで会う約束を取りつけ、その前にこの書評をディケンズのホテルあてに送ります。自分の方がお前よりも小説の作り方がわかっているぞ、みたいな書評を見せて、それで相手が恐れ入ると思ったのでしょうか。ディケンズが律儀にもこの書評を読んだということは彼がポーにあてた返事(三月六日付)から明らかなのですが、残念ながらこの二人が会った時に『バーナビー』について何か話をしたという記録は残っておりません。ともかくも、この第二の書評で興味深いのは、ポーが推理小説のありかたについて述べている箇所です。

ポーはまず、『バーナビー』という小説を、結末を知ったうえで、つまり犯人が誰かわかったうえで読み返してみれば、作者がいかに巧みな工夫をこらしてミステリーを作り出しているかよくわかるだろう、と述べます。彼はその工夫を「すばらしい」と呼んではおりますが、しかし、これを全面的に褒めるわけではありません。その「すばらしさ」は「正しい趣味を持つ人間なら、単なるミステリーを追求するための無益な犠牲とみなすだろう」と言うのです。では、正しい趣味を持つ人間ならそのかわりに何を求めるのか、それをポーは述べていないのが困ったところですが、この点についいては後でもう一度立ち返ることにして、先に進みます。

いったんミステリーを作品の構成要素に使うと決めたなら、作者は次の二点を是非とも肝に銘じなければならない。第一に、ミステリーをミステリーとして維持するために、不当な、芸術的でない方法を用いてはならないこと。第二に、ミステリーは結末までしっかり維持すること。さて、『バーナビー』では、一六ページに、事件の数ヵ月後、「執、事、の、ラ、ッ、ジ、氏の遺体が発見された」とある。これは事実とは異なる記述だが、ディケンズは芸術の規範にもとる行い（misdemeanor against Art）をしたわけではない。なぜなら、この虚偽の情報はソロモン・デイジーの口から、彼自身の意見、世間一般の意見として伝えられているだけだからだ。作者自身がこれを事実と断定せずに、作中人物を通じて、物語の効果の上で必要な虚偽の情報を巧みに読者に与えている。しかしながら、作者が何度もラッジ夫人を指して未亡人というのは、それとわけが違う。これは不正直であり、芸術を裏切るものだ。もちろん、故意になされたのではない。私はこれを作者がうっかり犯したミスとして、本稿の論点を示すために取り上げるだけだ。

（ここでポーが言う大文字の「芸術」を僕は「推理小説という芸術」と解釈して、以後の話を進めます。）ポーがここで問題としているのは、推理小説のフェアプレイにかかわることなのです。フェアプレイが推理小説作家の間でやかましく言われるようになるのは一九二〇年代の話で、一八年のヴァン・ダインの「二十則」や二九年のノックスの「十戒」がその顕著な現れでした。要は、「作者は読者を相手に正々堂々と知恵比べしなければならない」という原則であり、たとえば、謎を解く手掛かりはすべて読者に明示されねばならない、犯人が念力とか超自然的な力を用いて人を殺すとか、絶対検出されない毒薬を使うのはいけない等々のルールが提唱されました。ポーがこだわっているのは、作者は読者に嘘をついてはならないというヴァン・ダインの第二則です。ところが、ディケンズに限らず、今からいくつか例を挙げますように、叙述の論理に鈍感なため、期せずして読者を騙すことになった作家は結構たくさんいます。ですから、推理小説というものが存在するかしないかという早い時期に、ポーの意識がここまで進んでいたことに、僕は驚異の念を抱くのです。確かに、「彼は悪魔に違いない」と言いたくなります。

もっとも、「モルグ街」の中には、ベッドで邪魔されているはずの窓からオランウータンが出入りするというインチキくさいところなど、純然たるフェアプレイと言えない要素もあります。[2] でも、あまりこれにこだわるとポーが偉いという話がしにくくなりますので深入りはせず、ポーは推理小説の叙述の論理に早くから信じがたいほど敏感であったという点を念頭に置きながら、以後の推理小説の展開を眺めてみましょう。

推理小説は探偵小説とも呼ばれますが、当然ながら探偵（detective）というものが存在してはじめて探偵小説が生まれるわけです。歴史的に言うと、イギリスでは一八二九年、首都警察法で警察が誕生し、一八四二年に探偵部局（Detective Branch）が設置されました。そして、四九年にはウォーターズというペンネームのもとに、実録ものと銘打って、多分にフィクショナルな警官の回想録が出されたりします。『バーナビー』の例でもわかるように、ディケンズは犯罪や犯罪者に強い興味を持っていましたから、警察にも当然のように関心を示し、例えば、一八五〇年には警察官の活動を描くルポルタージュを書いたりしています。そして、五三年の『荒涼館』において、英語圏の小説においてはじめて警察官が登場し、殺人事件を解決するという運びになります。その意味でこれは探偵小説史上、重要な意義を持つ作品であります。とは言え、この巨大な小説において、殺人事件とその解決はあくまでも一つの構成要素に過ぎず、『荒涼館』を推理小説と呼ぶ気にはなれません。探偵が推理を働かせるという部分もあまりないのです。ただし、次の引用をごらんください。これは医者がロンドンの夜の街を歩いていて、戸口でうずくまっていた女を見かけるという場面です。彼女は、自分は旅の者で、太陽が昇るのをそこで待っているのだと言います。医者は彼女が額にひどい怪我をしているのに気づきます。

医者は彼女の怪我をアルコール消毒し、それが乾くと慎重に診察し、手のひらでそっと押してみる。彼はポケットから小さなケースを取り出し、傷に包帯をあてて、それを結ぶ。そうしながら、路上で診療所を開設する羽目になったことに失笑をもらした後、「お前の夫は煉瓦作りだろう」と言う。
「どうしてそんなことわかるんです？」女は驚いて尋ねる。
「カバンや服についている粘土の色からだよ。それに、煉瓦作りはあちこちで請負仕事をするし、残念ながら彼らは妻に暴

力をふるうからね」（第四六章）

これはドイルの『緋色の研究』で、ホームズがワトソンにはじめて会った時、いきなり「あなたはアフガニスタン帰りですね」（第一部第一章）と言う有名なくだりとそっくりの呼吸です。ディケンズは確かに推理小説的な要素に強い興味を示しています。しかし、彼はポーの『バーナビー』評を読んだにもかかわらず、ポーの言う「推理小説という芸術」をよく理解していませんでした。『荒涼館』においてはレディー・デッドロックの過去がミステリーの要になっていますが、ディケンズは彼女を描写するに際して問題のある叙述を行っています。

レディー・デッドロック（彼女には子供がない）は早朝の薄闇の中、居室から門番小屋を眺める。小屋の格子窓には明かりが照り映え、煙突から煙が上がっている。濡れて光る合羽をまとった男が門を入って来ると、女に追いかけられた子供が雨の中を走って迎えに出る。それを見た奥方様はすっかり不機嫌になり、「死ぬほど退屈だ」と言う。（第二章）

ディケンズは地の文で「彼女には子供がない」とはっきり書いています。確かにこの時点で彼女は自分の子供が死んだと思っているのですが、後にその子が生きていたことが明らかになります。本人とは違って、彼女に子供がいると知っている作者が、そうでないと言うのは嘘であり、アンフェアです。

『荒涼館』の七年後、一八六〇年にウィルキー・コリンズが『白衣の女』を出版します。この小説は「センセーション・ノヴェル」と呼ばれるジャンルのきっかけとなった作品として有名です。この種の小説はセンセーション、即ち、人間の感覚に直接強く訴えるような戦慄を売り物にして、殺人、重婚、詐欺、恐喝などの犯罪、さらには狂気、姦通、私生児といったセンセーショナルな要素を盛り込んだものでした。とりわけ家庭内の犯罪、中流家庭のもっともらしい表面的な見せかけの背後に潜むミステリーがこれらの小説の核心でした。この点を考えますと、センセーション・ノヴェルは、一六世紀イタリアを舞台にしたラドクリフ夫人の『ユドルフォの謎』（一七九四）に代表されるようなゴシック小説を現代化、家庭化したもの、と言えるでしょう。[3]『白衣の女』の爆発的な成功を受けて、メアリー・エリザベス・ブラドンは『レディー・オードリーの秘密』（一八六二）という二匹目のドジョウを柳の下に見つけましたが、彼女の作品『オーロラ・フロイド』（一八六三）を書評して、ヘンリー・ジェイムズは次のように述べています。

謎の中の謎、即ち、我々の家庭の中の謎を小説の中に導入したその功績はウィルキー・コリンズ氏に属するものである。この新機軸は恐怖文学に新しい弾力を与えた。おかげでラドクリフ夫人十八番のアペニン山脈の古城は権威を喪失してしまった。アペニンが我々にとって何だというのだ。どうでもいいではないか。『ユドルフォ』の恐怖の代わりに、我々は陽気な田舎の大邸宅や賑やかなロンドンの下宿屋での戦慄を経験させられる。こちらの方が圧倒的に恐ろしいのは言うまでもあるまい。

さて、多くのセンセーション・ノヴェルにあっては、確かにミステリーは存在するものの、まだ推理という要素は希薄でした。探偵も登場しますが、通例マイナーな存在にとどまりました。ただ、ブラドンの『レディー・オードリー』は、推理の要素は少ないながら、素人探偵が、ある事件の犯人と思しきレディー・オードリーの謎を探るという、この一点に全編の興味が収斂する物語になっています。この種の探偵役の人物がもっと推理を働かせる小説が出てくるのは時間の問題だったと言ってよいでしょう。ちょうどこの頃、正確には一八六〇年にロード・ヒル殺人事件がイギリスで起こり、捜査を担当したフィッチャー警部が見事な推理を展開しました（彼の推理が正しかったと判明するには時間がかかりましたが）。[4]コリンズはこれにヒントを得て、警官と素人探偵が登場し、事件の犯人が最後までわからない、という小説を書きました。つまり、一八六八年の『月長石』です。この小説を指して、T・S・エリオットは「最初の、最長の、そして、最上の近代英国探偵小説」と言っています（一九二七、「ウィルキー・コリンズとディケンズ」）。今ではこれより長い小説はいくらでもありますから、「最長の」という記録は破られましたが、「最初」と「最上」という点については、同意したいところです。[5] ちなみに、フランスでは一八六六年のエミール・ガボリオ（『ルルージュ事件』）、アメリカでは一八七八年のアナ・キャサリン・グリーンが最初の長編推理小説を書いています。ガボリオについては後でまた触れますが、グリーンの『レヴンワース事件』もなかなかよく出来た作品です。エリオットも、「まだ読んだことのない人は読むべきだ」と述べております（一九二九）。一九世紀のニューヨークを描いた風俗小説としても楽しめますし、少々のセンチメンタリズムをいとわず、推理ものがお好きな米文学研究者にはお薦めしたいと思います。

この時期のセンセーション・ノヴェルの中にも、叙述の論理がわかっていないために、珍妙な結果になっている小説がいくつかあります。例えば、ブラドンの『ヘンリー・ダンバー』（一八六四）では、次のような形でタイトル・キャラクターが紹介されます。

この男がヘンリー・ダンバーである。背が高く、胸幅は広く、灰色の髪の毛に口ひげをたくわえたハンサムな顔には高慢な笑みが浮かんでいた。（第七章）

この後彼は召使のジョーゼフに殺されます。そしてジョーゼフがヘンリー・ダンバーのアイデンティティを奪い、ご主人様になりすますというのが作品の骨子となっております。この殺人と人物の入れ替わりは読者に対して伏せられています。そして、作者はこの後、ご主人様――つまり、本当は入れ替わったジョーゼフ――を地の文でずっとヘンリー・ダンバーと呼び続けるのです。これは露骨な嘘であり、およそフェアとは言えません。そして、次の引用にありますように、最後に真実が露見してはじめて、この人物の呼び方を変更するのです。

ヘンリー・ダンバーと名乗っていた男は、彼の広い居間の暖炉の前にある、オークの寝椅子のつづれ織りのクッションの上に寝ていた。（第四〇章）

ところが、僕が知る限り当時の書評でこういうアンフェアな叙述に文句を言っているものはありません。作者のみならず、読者にもまだ十分な意識はなかったのでしょう。

次に再度ディケンズに登場願います。彼の遺作『エドウィン・ドルードの謎』（一八七〇）は、コリンズの『月長石』にライバル意識を燃やして書かれた推理小説だと言われています。なにせ書いている途中でディケンズが死んでしまったので、結局どういう話になるのかはいまだに謎になっています。ですから、はっきりしたことは言えないのですが、ジャスパーという人物がその甥エドウィン・ドルードを殺害する、あるいは殺害しようとする——要するに、ジャスパーがエドウィンに殺意を抱いているのは間違いありません。これを念頭において、次の引用をごらんください。

ジャスパー氏は、エドウィンの差し伸べた手に、微笑みながら愛情のこもった手で触れる——まるでそれがエドウィンの有頂天になった頭と浮かれた心そのものであるかのように。そして、彼は黙って乾杯する。（第二章）

ここでジャスパーはエドウィンに「愛情のこもった手」で触れています。しかし、彼はエドウィンに殺意を抱いているはずですから、作者が地の文でこう書いているのはフェアではありません。ただし、この小説においてディケンズは、まず間違いなくジャスパーが二重人格者だというネタを使おうとしています。ですから、ここに書いてあるのは「いい方のジャスパー」の本当の気持ちなんだ、と言い逃れをすることは可能です。しかし、ディケンズにそれだけの問題意識があったかどうか、怪しいものです。多分、彼は死ぬまでポーの言っていることがわからなかっただろう、と僕は思います。[6] この小説の場合、まぐれでセーフだったのです。

まぐれでセーフと言えば、コリンズだってそうなのです。彼がどこまでフェアプレイを意識し、理解していたかは、実はよくわかりません。『月長石』でもはたして読者にすべての手掛かりを提示しているかというと、そうは言い切れないところがあります。[7] それに、『月長石』のずいぶん後に書かれた『私はノーと言う』(一八八四)という作品でも問題が見られます。この物語の中心にはある人物の謎の死があり、検死法廷で医者が、「頸静脈は相当な力で切断されている。この傷は自殺しようとした本人によってつけられたものではありえない」(第二五章)と証言します。ところが、物語の結末でこれが自殺だったと判明します。当然医師の証言について何らかの説明があるのだろうと期待しますが、それがまったく何もないのです。これでは推理小説とは言えません。また、現場から逃走するのを目撃された容疑者がいますが、コリンズはその人物が事件当時を回想する場面を設け(第五四章)、彼の心の中を読者に見せながら、ミステリーを維持するために、最も重要な情報――つまり、彼は殺人を犯していないということ――を伏せています。これはフェアな書き方とは言えません。そういうわけで、僕は、『月長石』はまぐれあたりではなかったのだろうか、と言うのです。

『私はノーと言う』の三年後、ドイルが『緋色の研究』(一八八七)を発表します。これは中編小説ですが、ドイルはポーと一緒で基本的には短編作家です。彼が有名になるのは九一年に「ストランド」誌に「ボヘミアの醜聞」という短編を発表してからのことでした。『緋色の研究』を高く評価する人はあまり多くないでしょう。しかし、なかなか面白い物語です。これはちょっと不思議な構成で、全体は二部から成り、まず、ワトソンの語りによって、ホームズが殺人犯ジェフェソン・ホープを逮捕する話があります。次に第二部において、ホープがなぜこの殺人を犯したか、それが彼の来し方、つまり、ユタ州でモルモン教のセクトから抜け出て恨みを買ったという過去の出来事を通じて明らかにされます。ドイルはワトソンという存在を無視して、この部分を全知の語りで語っています。そして話が現在にたどりついた時点で、第三部は再びワトソンによる語りに戻って、結びとなっています。物語の作り方として、これは恰好がいいとは言えませんが、なぜそうなっているのでしょうか？　その問いの答えは次の引用に隠されています。

「君が説明すると、いやに簡単に聞こえるね」私は笑いながら言った。「君はエドガー・アラン・ポーのデュパンみたいだな。お話の世界の外にこんな人間が実在するとは思ってもみなかったよ（……）。」

「君はガボリオの小説を読んだことがあるかい？」私は尋ねた。「ルコックは君の理想の探偵像と比べてどうだろう？」（第一部第二章）

ドイルはこの作品で、ワトソンの口を借りて、ポーとガボリオという二人の偉大なミステリー作家の先達の存在を認めています。[8] 実は、この、謎をいったん解いた後、犯人の過去にさかのぼって、犯行に至る歴史を探るという書き方はガボリオお得意の手法なのです。ドイルはこの手をホームズものの長編『四人の署名』や『恐怖の谷』でも使っています。

ドイルの作品においては、読者はホームズの華麗な推理に驚くことを求められているのですが、読者にすべての手掛かりを提示して知恵を競うという意味でのフェアプレイが常に実践されているわけではありません。この原則を一九二〇年代のヴァン・ダインやノックスよりも前に、最初にはっきり意識した作家がザングウィルでした。『ビッグ・ボウの謎』（一八九二）の序文（一八九五）において彼は、「物語の中に与えられた手掛かりから、読者が満足のいくような解決策が出るのでなければならない。犯人は物語の終わりになって突然出てきた人物だ、とかいうのはだめだ」と明言しています。この小説は密室殺人もので、江戸川乱歩は「トリックの点ではポーのモルグ街より優れている」と褒め上げています。しかしながら、これもポーの「推理小説という芸術」の規範にもとる作品なのです。

小説の冒頭、下宿屋のおかみドラブズダンプ夫人が、労働運動にかかわっている下宿人のコンスタント氏の部屋の様子がおかしいことに気づき、やはり下宿人である元警官のグロドマンに声をかけます。


「すぐに来て下さいな」ドラブズダンプ夫人は喘ぐように言った。「コンスタントさんの様子がおかしいんです」

「何だって！　今朝の集会で警察に殴られたのか？」

「いいえ、違います！　あの人は行きませんでしたよ。あの人、死んだんです」

「死んだ？」グロドマンの顔は今や真剣そのものになった。

「ええ、殺されたんです！」

「何？」元警部はほとんど叫び声になって言った。「どうやって？　いつ？　どこで？　誰に？」

「知りませんよ。見てないんですから。ドアをノックしても返事がないんです」

グロドマンの顔は安堵で輝いた。

「馬鹿だね、あんたは！　それだけかい？（……）」

「いいえ」夫人は厳粛な口調で言った。「あの人、死んだんです」

「わかった。あんたは部屋に戻りなさい。変に騒いでみんなを驚かしてはいかん。待っててくれ。五分で下に行くから」グロドマンはこの台所のカサンドラを真剣に受け止めなかった。多分彼は彼女という人間の本質を見抜いていたのだ。窓を閉めて彼女の視界から隠れた時、彼の小さな、ビーズのような目は、笑みを浮かべてほとんど面白がっているように輝いていた。（第一章、傍点引用者）

傍点部にありますように、ドアをノックしても返事がないと聞かされたグロドマンはそれだけのことかと安堵の色を見せ、その後、結局、彼女と一緒に行ってやると言います。彼は下宿の女予言者の言うことを真に受けていなかったわけです。ところが、最後に、実はこのグロドマンが犯人で、この場面の前にひそかにコンスタント氏を殺していたと判明します。それなら、作者が地の文で、彼が「それだけのことかと安心した」とか「コンスタント氏が殺されたという彼女の言葉を真に受けなかった」とか言うのは、グロドマンの心の中を正しく伝えていません。これは読者に嘘をついているアンフェアな叙述です。フェアプレイを公言したザングウィルにしてこの始末なのです。

この後、二〇世紀初頭になって、ようやく推理小説を芸術的なものとして擁護し、真剣に考えようとする動きが見られます。その先鞭をつけたのがチェスタトン兄弟であり、マシューズがすぐれたポー論を書いてそれに続きます。そして、二〇年代に入りますと、推理小説は黄金時代を迎えます。この黄金時代は、すぐれた作家が輩出したということと共に、批評的意識が向上したという意義も持っています。先に触れた、ノックスやヴァン・ダインのフェアプレイ・ルールの確立がその顕著な成果と言えます。[9]

この時期、すなわち、二〇年代後半で僕が注目したい存在がT・S・エリオットです。エリオットは小説について批評をほとんど書いていないのですが、その例外がミステリーにかかわるいくつかのエッセイです。これらは非常に面白い。趣味がよろしく、急所をついています。まず、二七年の書評ですが、ここでは九冊の新刊の推理小説を取り上げ、それらを「コリンズが『月長石』で示した水準」に照らして評価しています。また、エリオットは五項目のルールを提示します。（一）、人物の変装に頼るのはだめ。（二）、殺害の動機はノーマルなものでなければならず、読者が独力で謎を解くチャンスが与えられていなければならない。（三）、超自然やオカルトを持ちこんではならない。（四）、あまりに奇抜な設定は避ける。（五）、探偵は高度な知性を有するが、超人であってはならない。要するに、ノックスやヴァン・ダインと同じようなルール作りを彼らより早くやっているわけです。エリオットに言わせれば、『月長石』はこの五項目をすべて満たしている、ということになります（しかし、先ほども言いましたように、読者にすべての手掛かりを提示しているかは疑問です）。エリオットはこの年、先に触れたエッセイ「ウィルキー・コリンズとディケンズ」を発表し、翌年オックスフォード版『月長石』に序文を寄せます。[10]次いで、二九年には『レヴンワース事件』の書評、およびノックスとガボリオの書評を書いています。ここで彼は再版になったガボリオの小説を評して、「この本を読めば、読者はガボリオのリバイバルがまったく正当なものであると納得されるだろう」と述べています。この時期の目利きでガボリオを高く評価していたのはエリオットだけではありません。アーノルド・ベネットもそうでした。[11]ベネットは当時「イヴニング・スタンダード」紙に書評コラムを持っており、二九年一月、当時の推理小説ブームに批判的な文章を発表し、今の推理小説はくだらないが、これに比べたらガボリオは全然違うと述べています。

ガボリオの物語には読者をぐんぐん引っ張っていく力がある。なぜなら、多少の偶然と、動機が薄弱な点を大目に見れば、『ルルージュ事件』という小説には、一貫した論理性と強い人間的な興味があり、作者はこの人間的興味を実に念入りに描き出しているからだ。

ベネットは半年後、この文章の続編にあたる「古典的推理小説のレシピ」において、同じ問題に立ち返ります。

昨今、推理小説は無味乾燥で人間的な興味のないパズルに堕する傾向がある（……）。読者は短編なら純粋なパズルに耐えられるだろう。実際すぐれた推理小説の大部分は短編か中編である（……）。すぐれた長編を支えるには入念な人物造形と人物を取り巻く状況の描写がないとだめだ。そのいいお手本はコリンズとガボリオだ。

ベネットの考えは、後になって一九四〇年代にエドマンド・ウィルソンがおこなった有名な推理小説批判と、本質的に同じものです。ウィルソンも、本来小説が持つべき「豊かな人物造形、人間的な興味、物語の雰囲気」が今はやりの推理小説には見られない、と不平をこぼします(一九四五)。彼らの言いたいことはよくわかります。トリックに作者が力を傾けると、小説としての面白さ、人間的な興味が薄まる、というのは経験的な事実です。理論的にこれが両立しないはずはないのですが、実際にめでたくそうなることはきわめて稀です。推理小説はパズルの面白さが主眼なのだという考えもあるでしょうが、僕はなかなかそんな風に割り切れません。しかし、これは多分に趣味の問題でして、議論で片がつく話ではありません。ただ、一つここで付け加えておきたいことがあります。それは、多分ポーも僕と同じ趣味に基づく判断を下すであろう、ということです。先にポーの『バーナビー・ラッジ』評は推理小説史上興味深い文献だと申しました。そして、単なるミステリーを重んじるのは犠牲を払うことだという彼の意見を紹介しました。いったい何が犠牲になるか、それをポーは述べていないとあの時申しましたが、それは『バーナビー』の書評の中で述べていない、という意味です。実は、ポーは同じ時期にブルワー・リットンの『夜と朝』を書評し(「モルグ街」と同じ号の「グレアムズ・マガジン」に掲載)、リットンはこの小説において、出来事のすべてが連関して意味を持つような、余りにも緊密なプロットを作ろうとしたがために、「登場人物同士の関係における真実性、および、それぞれの登場人物と作中の出来事との関係における真実性」を失ってしまった、と述べています。つまり、入り組んだプロットのために人間が犠牲になったというわけです。『バーナビー』の書評にあった言葉を用いれば、「正しい趣味」の持ち主ならそれを「無益な犠牲」と見なすだろう、というのがポーの考えです。これはまっとうな意見だと思います。[12]

ここでようやくフォークナーの出番がやってまいりました。彼はこれまで見てきた推理小説の伝統にどう関係するのでしょうか？　ベネットが今の推理小説は面白くないと言った一九二九年に、アメリカでは、黄金時代の古典的でコージーなミステリーに対抗するように、ハードボイルド派の旗手ハメットが『血の収穫』を発表しています。まさしくこの頃、おそらくはそのハメットやもっと安物のダイム・ノヴェルにヒントを得たと思しき、センセーショナルな『サンクチュアリ』（一九三一）が書かれます。そして、これを真似してイギリス人のハドリー＝チェイスが『ミス・ブランディッシュの蘭』（一九三九）を出版し、それをオーウェルが四四年に野蛮な小説だと言って非難します。時を同じくして、先ほど触れたウィルソンの推理小説批判がありますが、オーウェル、ウィルソンといった勘のよい批評家たちを苛立たせるほど当時推理小説はポピュラーな現象だと認識されていたのでしょう。

フォークナーの『駒さばき』所収の短編は三二年から四九年までの作品ですから、推理小説の歴史の中で、右に概観したような事情を背景にして書かれています。[13] この中には四六年の「エラリー・クイーンズ・ミステリ・マガジン」のコンクールで第二位に輝いた「調合の誤り」も収められていますが、正直言って、これは大した作品ではありません。これがコンクールの二位に入ったのは、おおかた、有名作家の名前を利用して推理小説のステータスを高めようとしたエラリー・クイーンの思惑があったのでしょう。こんなことを言うとフォークナー協会の方々に怒られるかもしれませんが、『駒さばき』全体についても、僕はそれほど感心しません。ウィルソンはこの本を評して「並みの推理小説よりは謎解きが手が込んでいて楽しい」と言っていますが、甘めに見てそんなところでしょうか。

本日の話の眼目である推理小説の叙述という観点から『駒さばき』を考えますと、最初の短編、三二年に書かれた「紫煙」には気になるところがあります。これはジェファソンの住民の一人と思われる匿名の人物の語りで、「われわれは思った」、「われわれは見た」など、地の文は「われわれ」が主語になっています。しかし、その中に二か所ほど、突然「私」が出てきたりするので、何か意味があるのか考えてみましたが、全然ありません。要するに、結構いい加減なようです。ただし、この作品では、この叙述に関する無頓着はミステリーとしての結構に何の影響も与えていません。ですが、「紫煙」と同じように、「われわれ」を語り手とする「エミリーへの薔薇」

には若干の問題があります。もちろん「エミリー」は純然たる推理小説ではありませんが、ミステリーを含んだ物語ではあります。そのミステリーの扱いがまずいのです。僕が問題にしたいのは次の箇所です。[14]

> そして、彼女は彼らをみんな追い払った。三〇年前、匂いの件でやってきた彼らの父を追い払ったように。このことがあったのは彼女の父親が亡くなった二年後、つまり、彼女の恋人（われわれはてっきり彼女が彼と結婚するのだろうと思いこんでいた）が彼女を棄てたすぐ後だった。父親が死んだ後、彼女はほとんど外に出なかった。恋人が立ち去った後、彼女はとんと姿を見せなくなった。（傍点引用者）

これは物語の初めの方で、税金を取り立てるために町議会の代表団がエミリーに会いに来て、それを彼女が追い払った、という場面です。この語り手は物語の中の出来事がすべて終わった時点から回想していますので、既に物語の結末を知っているわけです。それなのに、語り手が、「ホーマーがエミリーを棄てて立ち去った」と言うのは嘘ですから、ポーを援用すれば、フォークナーは「推理小説という芸術」がわかっていないということになります。

誤解のないように申しますが、僕は、語りが一貫していないからこの短編はだめだ、とか言うつもりはまったくありません。「エミリー」の面白さは、この種の叙述の瑕疵とは異なる次元にあります。ただ、無責任な感想を述べさせていただきますと、フォークナーは本質的に、ポーみたいな推理小説的思考をする作家ではないようです。しかし、『サンクチュアリ』はもとより、『アブサロム』や『八月の光』などを考えると、推理小説的な要素にはかなり惹かれるところがあったのでしょう。いや、もう一歩遡って、フォークナーはコリンズをはじめとするセンセーション・ノヴェルの延長線上にある作家だ、と言う方が正しいでしょうか。そのように考えますと、示唆に富むのが、先に触れた、エリオットの「ウィルキー・コリンズとディケンズ」というエッセイです。エリオットはここで、メロドラマの黄金時代であった一九世紀を振り返り、メロドラマ演劇がメロドラマ映画に取って代わられ、昔の長大な三巻本のメロドラマ小説の諸要素が今では様々な種類の手頃な長さの小説に分散してしまったと言います。

「純文学」、「スリラー」、「探偵小説」などといった言葉が生まれる前の世代の人間は、メロドラマは不滅のものであり、それを求める気持ちは人間の心の中に絶えず存在し、且つこの欲求は満たされねばならないものであることを知っている。もしもいわゆる「純文学」作品からこの満足が得られないとすれば、われわれはいわゆる「スリラー」作品を読むだろう。しかし、メロドラマ小説の黄金時代にはそんな分け隔てなどなかった。最上の小説はスリルに満ちていたのである。

エリオットは、コリンズやディケンズの最良の作品はメロドラマ小説の傑作であり、それがいい小説だと言うのです。僕の趣味から言うと、まさに正論であります。そしてこれは、二七年ですから、ちょうどフォークナーが小説を書き始めた頃の発言です。フォークナーは本質的にエリオットが言うような意味でのスリルに満ちた小説を書いた、とは考えられないでしょうか？　そのような考えは、エドマンド・ウィルソンの発言からも導き出せます。彼が『墓地への侵入者』について述べている文章を見てみましょう。

この小説はフォークナーお得意のサスペンスと興奮、ならびに、最上のフォークナーに見られるところの、読者の感情を不安なまでに揺り動かす力を持っている。『サンクチュアリ』に代表される初期のフォークナーは、しばしばその厭世観と悲観主義を非難されたが、ほんとうのところは、『パイロン』以後の彼の作品をほかの同時代のわが国の作家と区別する顕著な特質は、読者にうしろめたい気持ちなしにメロドラマのスリルを味わわせてくれる、一種ロマンティックな道徳観であった。

ウィルソンのこの観察が正しいなら、そして、エリオットのコリンズに関する発言がこれと同じ文脈で理解できるなら、フォークナーは上等のセンセーション・ノヴェルを書こうとした作家だった、と言えるのではないでしょうか。

【注】

1 ヘイクラフト、マーチ、シモンズといった古典はこの見方をとる。ただし、ケイマンやジェプカ（Rzepka）は、ポーは推理小説の骨格にある謎解きに対する科学的なアプローチを是認するのではなく、嘲笑しているのだと論じ、この種のオーソドックスな考えに異論を唱えている。

2 ポーはこの作品に「モルグ街の殺人事件」というタイトルをつけたが、厳密に言うと、オランウータンが人を殺しても殺人罪を構成しない。つまり、作者はこの事件を「殺人」と呼ぶことによって、読者に犯人が人間であると予測させ、ミスリードしているとジェプカ（七九頁）は指摘する。

3 ゴシック小説からセンセーション・ノヴェル、推理小説への移行については、横山の簡にして要を得た解説を参照。

4 この事件と推理小説の発展との関係についてはサマースケールを参照。

5 ただし、コリンズ自身に新しいジャンルを開拓したという意識があったことを示す証拠はない。初版につけた「序文」でも、自分の今までの作品では状況が人物の性格に与える影響を描いたが、この小説ではそれを逆転させて、人物の性格が状況に与える影響を描いた、と述べるにとどまっている。

6 これは漫然と印象を述べているのではない。『ドルード』の前作、『われらの共通の友』（一八六五）は推理小説的要素を持ちながら、推理小説的論理の不備が散見される作品であり、そこからの五年間でディケンズの意識に変化が生じたと信じるべき根拠が見当たらないというのがこの意見の根拠である。『共通の友』の状況設定は以下のとおり――外国帰りのジョン・ハーモンが乗った船の三等航海士ラドフットは、自分とジョンの顔が似ているのを利用して彼を殺害してジョンになりすまそうとする。しかし、この計画は頓挫し、溺死するのはラドフットで、彼の死体が発見されて、それがジョンのものだと認定される。ジョンはそれをよいことに、別人になりすます――では、ジョン・ハーモンと思しき人物の溺死体が上がった時、どうして同じ船の三等航海士ラドフットの蒸発が問題にならなかったのか？　この二人が似ていることは船上で話題になっていたのである。この種のプロットの風穴に加えて、叙述面での問題もある。ハーモン家の忠実な召使ボフィンは別人になりすましたジョン相手に芝居を演じ、吝嗇漢になったふりをする。これが演技であることをディケンズはジョンにも、読者にも黙っている。そして、ボフィンの心中を描いた後、「それはまことに彼のような吝嗇漢にふさわしい、悪賢い、疑い深い考えだった。街を行く彼は悪賢く、疑い深い男のように見えた」(第三部一四章)などという解説を加える。これは明らかに読者を欺くために嘘をついているわけで、まったくアンフェアな叙述である。こういうことを平気でするのだから、もし完成していたら、『エドウィン・ドルード』でも同じようなミスを犯していたに違いないのである。

7 **『月長石』を未だ読んでないという幸せな方(人生に大きな楽しみが残されているのだから)はこの注を読まないでいただきたい。**コリンズはこの小説のトリックを構成する根本的な要素、つまり、キャンディー医師がこっそりフランクリン・ブレイクにアヘンを飲ませたという点について、読者が自力でそれを推察し得るだけの情報を提供していない。

8 ガボリオとイギリスのセンセーション・ノヴェルおよび推理小説との関係はスチュアートが丁寧に論じている。

9 ノックスが「十戒」を作ったのは、叙述がフェアかどうかで物議をかもしたクリスティーの『アクロイド殺人事件』(一九二六)に触発されたからだと言われている。この小説がフェアか否かはフェアをどう定義するかの問題だろうが、少なくとも彼女は読者に虚偽の情報を与えていないし、読者がテクスト内に与えられたヒントからポワロと同じ結論にたどり着くことも可能である。いずれにせよ、彼女はこの驚くべきトリックを不自然な形でなく成立させるために実に周到な計算を行っている。それは彼女が推理小説の叙述の論理に対して、ポー以来最も鋭敏な意識を持っていたことを示している。その点は『アクロイド』だけでなく、『そして誰もいなくなった』(一九三九)からも見て取れる。後者については若島の綿密な論考を参照されたい。

10 ギャラップによるエリオット書誌はワールズ・クラシックス版の序文が後に「コリンズとディケンズ」としてリプリントされたとしているが(四六頁)、これは誤りである。リプリントされたのは二七年の「タイムズ文芸付録」掲載のエッセイであり、この序文は(ほぼ同内容ではあるが)それとは別物である。

11 前述のセシル・チェスタトンも然り。

12 ポーはおそらくベネット同様、純粋ミステリーは短編においてのみ可能だと考えたはずである。

13 アーウィンは、チェスの駒のナイトにちなんだ *Knight's Gambit* というタイトルを持つこの作品集とハードボイルド派の推理作家、チャンドラーの『大いなる眠り』(一九三九)との関連を指摘し、ハワード・ホークスが後者を映画化した時にフォークナーが書いたシナリオにも言及しているが(映画は一九四六年公開)、彼はフォークナーのシナリオの一番いい部分を見逃している。ホークスが採用しなかった箇所だけに無理もないのだが、われわれは保存されたシナリオからフォークナーの工夫を知ることができる。この小説にはチェスのナイトの駒が印象的な場面(第二四章)で用いられており、フォークナーは、それを見事に処理している。原作では、主人公マーロウが家に帰ると女が彼を待っている。彼女は全裸でベッドに寝ている。マーロウはテーブルの上に並べてあった詰めチェスの問題を眺め、世の中難問だらけだと感じながらナイトの駒を動かす。次いで、その指し手は誤っていた、これはナイトのゲームじゃない、と思う(騎士道精神などこの事件とは無縁だ、の意もかけてある)。彼女を追い出した後、苛立ったマーロウは彼女が寝ていたベッドをナイフで引き裂く。フォークナーが書いたシナリオでは(ケイウィン、一一八頁を参照)、マーロウは(服を着た)女がチェスの駒を噛んでいるのを見つけて、彼女を引っぱたく。駒が床に落ちる。それは白のクイーンである。マーロウは彼女を追い出す。女はドアを激しく叩いて入れてくれと叫ぶ。彼はその駒をハンマーで叩き割る。そして、女がドアを叩く音を完全に消し去るまで、彼はひたすらハンマーを振るい続け、駒は粉々になる。こうした視覚と聴覚の巧みな融合は、フォークナーが映画という芸術を実によく理解していたことを示している。しかし、残念ながら、前述のように、ホークスはこの素晴らしいアイデアを採用しなかった。(なお、チャンドラーからフォークナーに至る線を延長すると、ジーン・ハックマンがチェス好きの疲れた私立探偵を演じるアーサー・ペン監督の佳品、*Night Moves*(一九七五)に行きあたる。注意——くれぐれも、これを九二年の凡作 *Knight Moves* と混同することなかれ。)

14
この箇所に筆者の注意を喚起したのは湊の論考である。

【引用文献】

Allen, Hervey. *Israfel*. New York: George H. Doran, 1926.
Bennett, Arnold. "I Take Up the Challenge of Detective Fiction Lovers." *The Evening Standard*, 17 January 1929.
——. "Recipe for a Classic Mystery-Novel". *The Evening Standard*, 20 June 1929.
Braddon, Mary Elizabeth. *Lady Audley's Secret*. London: Tinsley, 1862.
——. *Henry Dunbar*. 1864. London: Spencer Blackett, n. d.
Chandler, Raymond. *The Big Sleep*. New York: Knopf, 1939.
Chase, James Hadley. *No Orchids for Miss Blandish*. London: Jarrolds, 1939.
Chesterton, Cecil. "Art and the Detective." *Temple Bar*, October 1906.
Chesterton, G. K. "The Value of Detective Stories." *The Speaker*, 22 June 1901.
Christie, Agatha. *The Murder of Roger Ackroyd*. London: Collins, 1926.
Collins, Wilkie. *The Woman in White*. London: Sampson Low, 1860.
——. *The Moonstone*. London: Tinsley, 1868.
——. *I Say No*. 1884. New York: Harper, n. d.
Dickens, Charles. *Barnaby Rudge*. 1841. London: Dent, 1996.
——. "A Detective Police Party." *Household Words*, 27 July 1850.
——. *Bleak House*. 1853. London: Dent, 1994.
——. *Our Mutual Friend*. 1865. London: Dent, 2000.
——. *The Mystery of Edwin Drood*. 1870. London: Dent, 1996.

Doyle, Arthur Conan. *A Study in Scarlet*. 1887. *The Penguin Complete Sherlock Holmes*. Harmondsworth: Penguin, 1981.
Eliot, T. S. Review of R. Austin Freeman, *The D'Arblay Mystery*, etc. *The New Criterion*, January 1927.
____. "Wilkie Collins and Dickens". *Times Literary Supplement*, 4 August 1927.
____. "Introduction" to Wilkie Collins, *The Moonstone*. Oxford: OUP, 1928.
____. Review of Doyle, *The Complete Sherlock Holmes Short Stories*, and Anna Katherine Green, *The Leavenworth Case*. *The Criterion*, April 1929.
____. Review of Knox, *The Best Detective Stories of the Year1928*, Gaboriau, *The Mystery of Orcival*, etc. *The Criterion*, July 1929.
Faulkner, William. "A Rose for Emily." *Collected Stories of William Faulkner*. New York: Vintage, 1977.
____. *Knight's Gambit*. New York: Random House, 1949.
Gaboriau, Emile. *L'Affaire Lerouge*. 1866. 『ルルージュ事件』太田浩一訳、国書刊行会、二〇〇八年。
Gallup, Donald. *T. S. Eliot: A Bibliography*. London: Faber, 1952.
Green, Anna Katharine. *The Leavenworth Case*. New York: Putnam, 1878.
Hammett, Dashiell. *Red Harvest*. New York: Knopf, 1929.
Haycraft, Howard. *Murder for Pleasure*. 1941. New York: Carroll and Graf, 1984.
Irwin, John T. "*Knight's Gambit*: Poe, Faulkner, and the Tradition of the Detective Story." *Arizona Quarterly* 46 (1990): 95-116.
James, Henry. Review of M. E. Braddon, *Aurora Floyd*. *Nation*, 9 November 1865.
Kawin, Bruce. *Faulkner and Film*. New York: Frederick Ungar, 1977.
Kayman, Martin A. *From Bow Street to Baker Street*. Basingstoke: Macmillan, 1992.
Knox, Ronald A. "Introduction." *The Best Detective Stories of the Year 1928*. London: Faber, 1929.
Matthews, J. Brander. "Poe and the Detective Story." *Scribner's Magazine*, September 1907.
Murch, A. E. *The Development of the Detective Novel*. New York: Philosophical Library, 1958.
Orwell, George. "Raffles and Miss Blandish." *Horizon*, October 1944.
Poe, Edgar Allan. "The Murders in the Rue Morgue." *Graham's Magazine*, April 1841.
____. Review of Edward Bulwer Lytton, *Night and Morning*. *Graham's Magazine*, April 1841.
____. Review of Charles Dickens, *Barnaby Rudge*. *Saturday Evening Post*, 1 May 1841.
____. Review of Charles Dickens, *Barnaby Rudge*. *Graham's Magazine*, February 1842.
____. "The Mystery of Marie Roget." *Snowden's Ladies' Companion*, November 1842-February 1843.
____. "The Purloined Letter." *The Gift: A Christmas and New Year's Present for 1845* (1844).

Rzepka, Charles J. *Detective Fiction*. Cambridge: Polity, 2005.
Stewart, R. F. . . . *And Always a Detective*. London: David and Charles, 1980.
Summerscale, Kate. *The Suspicions of Mr. Whicher*. New York: Walker, 2008.
Symons, Julian. *Bloody Murder*. 1972. Harmondsworth: Penguin Books, 1985.
Van Dine, S. S. "Twenty Rules for Writing Detective Stories." *American Magazine*, September 1928.
"Waters." "Recollections of a Police-Officer." *Chambers' Edinburgh Journal*, July1849.
Wilson, Edmund. "Why Do People Read Detective Stories?" *The New Yorker*, 14 October 1944.
———. "Who Cares Who Killed Roger Ackroyd?" *The New Yorker*, 20 January 1945.
———. "William Faulkner's Reply to the Civil-Rights Program." *The New Yorker*, 23 October 1948.
———. Review of *Knight's Gambit*. *The New Yorker*, 24 December 1949.
Zangwill, Israel. *The Big Bow Mystery*. 1891. *Three Victorian Detective Novels*. Ed. E. F. Bleiler. New York: Dover, 1978.
江戸川乱歩「解説」、『ビッグ・ボウの殺人』早川書房、一九五四年。
湊由妃子『小説を豊かに読むために——「語り論」試論』（英知大学提出博士論文、二〇一〇）。
横山茂雄「ミステリの淵源を探る——英国ゴシック小説とセンセーション・ノヴェル」、『幻想文学』五五号（一九九九年五月）。
若島正「明るい館の秘密」、『乱視読者の帰還』みすず書房、二〇〇一年。

◎佐々木徹（ささき　とおる）京都大学教授。共編著に『ディケンズ鑑賞大事典』（南雲堂、二〇〇七年）、訳書にマックス・ビアボーム『ズリイカ・ドブソン』（新人物往来社、二〇一〇年）など。

特集
フォークナーとミステリー

一九二〇・三〇年代のイギリス・ミステリーとフォークナー

小池　滋
Shigeru Koike

1　黄金時代の幕開く

一九二〇年はイギリスのミステリー小説の歴史上エポック・メイキングの年と言われている。二人の新人作家がそれぞれの処女作を世に問うて、その質で文壇に確固たる地位を築いただけでなく、その後二〇年にわたるイギリス・ミステリー小説の黄金時代の幕を開くことになったからである。

具体的な話に入ろう。三〇歳のアガサ・クリスティ（一八九〇—一九七六）が『スタイルズ荘の怪事件』を発表した。北アイルランドの鉄道員フリーマン・ウィルズ・クロフツ（一八七九—一九五七）が『樽』を発表した。面白いことに、この二人とその作品は対照的と言ってよいくらい大きな違いを持っていた。

クリスティは少女時代から文筆の才を示し、南イングランドに住んでいた頃、近所に住んでいた小説家イードウン・フィルポッツ（一八六二―一九六〇）――この人については後に詳しく述べる――にその才能を認められていた。

他方クロフツはもともと技術屋の鉄道プロで、文学とは無縁の生活を送っていたが、大病をして長いこと休職となり、時間つぶしに探偵小説をいろいろ読んでいるうちに、自分も書いてみたくなり、四一歳で新人というには少々トウが立ちすぎていたが処女作を発表したのだった。

さらに、この二つの作品を読み比べてみると、一八〇度正反対と言ってもよいほど違った特色を持っていることがわかる。クリスティの『スタイルズ荘の怪事件』では、天才的アマチュア探偵エルキュール・ポワロが登場して、その灰色脳細胞をフルに働かせて謎を解き明かして行く。読者は現実にこんなにすんなり事件が解決されることはあり得まいと思いながらも、その颯爽としたプロセスに快感を覚えてしまう。

それに反して『樽』では、事件の解決をめぐって大勢の人間がモタモタ動きまわる。後のおなじみ主人公フレンチ警部はまだ登場して来ないが、その前身ともいうべきプロの警察官にしても、アマチュア探偵にしても、超人的頭脳の冴えを示すことはなく、辛抱強く、時には失敗も繰返しながら真相に迫って行く。読者はパズル解きの快感を共有することはできないが、現実の人生をじっくり味わうことができる。犯人を追いつめる人たちのまだるっこしさに時にいらいらすることはあるが、推理機械ではない、血の通った人間味に共感することができる。

こうした二つの大きな対照は、一九二〇年に始まったわけではない。既に佐々木徹氏の論文の中に語られているように、ポーのデュパンとディケンズのバケット警部あるいはコリンズのカフ巡査部長とを比較すれば容易に納得が行くだろう。しかし、クリスティとクロフツはこうした際立った対照的な特色を、よりはっきりと、より多くの作品によってその後も示して、ミステリー小説の二つの主流を形成し、その後の作家に大きな影響を与えてくれた。

英米の実例を示すときりがないから、日本における例をあげるならば、江戸川乱歩の明智小五郎ものや横溝正史の金田一耕助ものはクリスティの流れを汲むものであり、鮎川哲也や松本清張のプロの警察官はクロフツの影響から生まれたものと言ってよかろう。

2　多種多様な特色

このようにして、一九二〇・三〇年代には、この二つの流れを汲む多くの作品が生まれて、いわゆるミステリー小説の黄金時代を作ってくれた。しかし、このような、一般に「本格」と呼ばれるものだけが黄金時代を支えていたわけではない。「変格探偵（あるいは推理）小説」という、いささか差別・侮蔑的な名前を付けられながらも、その作品の圧倒的な質の高さによって、今日なお古典的作品として生き残っているものも――確かに数の上では本格ものより少ないが――いくつかある。

例えば、物語の最初から犯人がわかっている作品、犯人が自ら名乗っている小説がある。これには「倒叙探偵小説」（**the inverted detective novel**）という奇妙な称号が与えられることがあるが、私は好まないし、また特に気にしてもいないから、以後無視することにしよう。

最初から犯人がわかっている小説を最後まで読んでくれる人がいるのか、という素朴な疑問がでるかもしれない。それに対する答えは――だから、最後まで読ませるだけの筆力がなければいけない、となる。犯人は誰か、あるいは（例えば密室殺人とか完全なアリバイとかの）トリックの正体は何か、という餌で読者を引張るよりも難しい仕事を成功させる腕前が必要なのだ。

理屈よりも具体的な例をあげる方がよかろう。フランシス・アイルズ作の『殺意』（*Malice Aforethought* 一九三一）『犯行以前』（*Before the Fact* 一九三二）などである（ここだけ原題を示したのは、どちらもプロが使う法律専門用語であることを知っていただきたいから）。作者の本名はアントニー・バークリー・コックス（一八九三―一九七〇）で、アントニー・バークリーの名前で「本格」探偵小説を発表している。わざわざ右の二作を別名で発表したところを見ると、彼自身が「変格」であることを意識していたのだろうか。

しかし、だからと言って、彼自身がこれを卑下して差別化したとは思えない。おそらく、謎解きパズルの興味とは別種の魅力を読者に与えることができるという自信を持ち、ひらき直っていたのだろうと思う。最初から犯人がわかっていても、その人間的興味(確かにいやらしい人間だが)で読者を最後まで引きずって見せる、という自信を。ドストエフスキーの『罪と罰』(一八六六)だって「変格」探偵小説のひとつと呼べないこともないが、だからと言ってその魅力が減るわけではあるまい。問題は人間が、その性格、心理その他もろもろが充分に描けているか否か、なのだ。

アイルズ自身がこのようなことを述べたり書いたりしたかどうか私は知らない。実証的な資料はないように思う。しかし彼の作品を読むと、そんなメッセージが声高に聞えて来るような気がする。それに、こうした作品を書いたのはアイルズ一人だけではなかったことも事実である。

ミステリー小説の解説書などを見ると、いわゆる「倒叙探偵小説」の例としてあげられているのは、オースティン・フリーマン(一八六二―一九四三)のソーンダイク博士もののいくつか、先に名前をあげたクロフツの「クロイドン発一二時三〇分』(一九三四)、それからイードゥン・フィルポッツの『医者よ自らを癒やせ』(一九三五)や『極悪人の肖像』(一九三八)などである。

これらの作家たちは、いわゆる「本格もの」も発表しているのだから、「倒叙もの」がある特定の作家だけの産物ではないことがわかる。むしろ「本格もの」に対する批判がいろいろな形で生まれて来たと考える方が正しいだろう。謎解きパズル、知的ゲームという狭い仕掛けだけに頼って、それを「本格」と称して満足している風潮に対する反省、いや告発と理解すべきだろう。

フランスの文学批評家アルベール・ティボーデの言葉を借りると、真のすぐれた小説は在来の小説に対する「ノン」であるとのことだが、「変格」ミステリー小説は、いわゆる「本格もの」に対して「ノン」を突きつけた小説なのだから、こうした小説がいくつも生まれたという事実こそが、ミステリー小説が成熟期に入ったということ、つまり真の意味での黄金時代が実現したということの確固たる証拠と言ってよかろう。

3　純文学作家からの関心

こうした状況に対して、いわゆる純文学の作家たちからの反応も顕著になって来た。例えばグレアム・グリーン(一九〇四–九一)は、その本格的な長篇小説の第一作『内なる男』を一九二九年に発表して以来、精力的に作品を世に出したが、イギリスでは正統的宗教とは認められていないカトリック教の思想や人間の根元的悪を主題とするシリアスな小説の他に、今日なら「ハードボイルド・スリラー」とレッテルを貼ってよい小説もいくつか書いている。後に作者自身が自分の作品を「ノヴェル」と「エンターテインメント」という二種類に分類しているので、それに従って出版社も宣伝し、その視点から批評をした人もいた。

しかし、私に言わせれば、これはグリーンが読者を欺くために作ったトリック、「レッド・ヘリング」だから、額面通りに受け取るのは危険だと思う。「レッド・ヘリング」とは燻製ニシンのことで、猟犬を訓練する時に、本ものの獣の臭跡を区別できるように、わざとばらまいたもの、つまり、ミステリー作者が読者を誤解へと誘い込むために仕掛ける罠のことである。

例えば『ブライトン・ロック』(一九三八、『不良少年』の邦題を持つ訳もある)を読めば、これはどちらのカテゴリーに属するのか、はっきり断言できる人はいないだろう。他の「エンターテインメント」と呼ばれている作品にも、シリアスなテーマが仕込まれていて、「ノヴェル」の方に入れて当然と思えるものがある。

グリーンがこうした(ある意味では)意地の悪い工作をしたのは、明らかに一九二〇年代のミステリーの名作を読んで、「本格」などという狭い枠におさまりきらぬものだが、文学としては充分自立できる作品が現に存在することに感心して、自分もやってみようという気を起したからだろう。近代小説の技法というのは、必ずしもヘンリー・ジェイムズやジェイムズ・ジョイスの作品だけではなく、大衆小説と呼ばれているものからも学べると目を開かれたからだろう。

アメリカに住むウィリアム・フォークナーも、同じような啓示を受けたのではないかと私は言いたいのだが、その前にもうひとつ回り道をしよう。

4 ミステリー小説の本流は都市小説

一九二〇・三〇年代のイギリス・ミステリー小説の成熟を実証できる、もうひとつの特色は、いわゆる探偵小説は都市小説だという常識を覆すような名作が出現したことである。

「探偵小説は都市小説だって?」そんな常識があるのかと首をかしげる人も当然いることだろう。確かに元祖のデュパンは近代都市パリの特徴的産物高等遊民で、舞台も都会に設定されている。でも、ホームズ物語やクリスティの作品などには、田舎を舞台にしたものが多くあるではないか。ドイルの『バスカヴィル家の犬』(一九〇二)はダートムア、ミス・マープルが住んでいるのは田舎の小さな町、『そして誰もいなくなった』(一九三九)は海中の孤島ではないか!

話が長びいてはいけないので、具体的に検証するのは『バスカヴィル家の犬』だけに限るとしよう。確かに舞台はダートムアの原野で、登場人物はそこに住む人びとである。だが、物語が開幕する前に死んでいるが重要な人物、サー・チャールズ・バスカヴィルに注目して欲しい。農業や酪農業で支えられて来た南イングランドの名家の一員で、当然一九世紀となるとイギリスが商工業国家に変身したため、バスカヴィル家は衰亡の危機にさらされた。その時彼は一代で家を再興させた功労者なのだが、その手段は南アフリカの金鉱への投資に成功して巨大な富をかち得たからだった。地元農地の改革・活性化ではなく、ロンドンの株式取引所を利用した才覚によってお家を救い、地元の貧しい人、苦しむ人に惜しみない金の援助を行うことができた。

また、表題にも使われ、事実上の主人（？）公とも言うべき「魔犬」も、地元で生まれた神秘の存在ではなく、犯人がロンドンの犬屋に注文して買ったものだった（犯人については未読の人の楽しみを奪うといけないから、説明を遠慮する）。

これでわかる通り、舞台は淋しい田舎でも、登場人物は多かれ少なかれ大都市の文化の洗礼を受けた――悪く言えば、かぶれた――人や犬なのだ。謎を解く側、ホームズ、ワトスン、スコットランド・ヤードの警官はもちろんロンドンからやって来た人たち。

ロンドンから来た頭のいい人たちによって、田舎土着の伝説やオカルトが次から次へと合理的に解明されて、あいまいな部分がひとかけらも残されない。ミステリー小説とは、まさに都市の文化が田舎の文化を吸収・破壊し、同化して行くプロセスを示すものなのだ。それは文明の進歩・恩恵の具体的産物として歓迎され、知的特権階級のステイタス・シンボルとさえ見なされてしまった。

第二次大戦で敗れた直後の日本でも、敗戦の原因は日本人の論理的・合理的思考の欠如であるから、それを正すための一策として、この種の小説を奨励しよう、名前も「探偵小説」ではなく「推理小説」としよう、と大真面目に論じられたことを思い出してみよう。ミステリー小説は田舎を都市化する機能、田舎を知的な意味でリゾート開発する役割を持つと見なされたのである。

（余談ながら、グリーンの傑作がブライトンを舞台にしていることは、実に象徴的であると思う。ブライトヘルムストンという海岸の一寒村が、保養地として首都のセレブ（とくに宮廷人）たちによって高級リゾートに変貌し、さらに一九世紀には鉄道の開通によってロンドン庶民の大多数の息抜きの場所になった。もちろん、文明化は明るい面だけではなく、暗い面をも（例えば暴力団シンディケートによる支配）もたらしたから、ハードボイルド・ミステリーの絶好の材料となった。）

クリスティの小説に見られる田舎の検証は、残念ながら省略しよう。ひとつだけ言うと、ジェイン・マープルの住む田舎の小さな町は、ジェイン・オースティンが一九世紀初頭に手紙で書いていたような、「絶好の小説材料となる三つか四つの家族」の住む小村ではなく、大都市の郊外、日本で言う「ベッドタウン」――英語では「寄宿舎町《ドーミトリー・タウン》」――になりかかっている。

それから、バークリー（アイルズ）の小説を、第一次世界大戦後の世相を正確に描いた風俗小説として読めることを指摘した、若島正氏の評論「風俗作家としてのバークリー」（『乱視読者の帰還』［みすず書房、二〇〇一年］所収）をぜひここで名前だけでも紹介しておきたい。

5　地方小説としてのミステリー

こうした状況に対して「ノン」を叩きつけた孤独な反逆者がいた。イードゥン・フィルポッツである。彼はわが国でも早くから注目されていたが、それは『赤毛のレドメイン一家』（一九二二）のみによってのことと言ってよかろう。この作品は昭和一〇（一九三五）年に邦訳が出ていて、翌年に出版されて傑作と評価された蒼井雄《あおいゆう》の『船富家の惨劇』は明らかに『赤毛のレドメイン一家』の影響を受けたものと言われている。本格探偵小説のお手本のひとつとして、今日に至るまで多くのファンを持っている。

だが、『レドメイン』だけが有名になりすぎてしまったことが裏目に出て、彼の他のミステリー小説（ハリントン・ヘクストという筆名で発表したものもある）は、ごく僅かしか、しかもかなりのオタクにしか読まれていない。前にも述べたように、その中には、いわゆる「倒叙」ものもいくつかあり、フィルポッツは決して本格一筋の作家ではない。

いや、ミステリー小説を書き始めたのが一九二一年、五九歳になってからのことで、それ以前に普通の小説、詩、戯曲を多く発表していて、中央文壇では純文学の大家として認められていた。彼の小説の大部分は子供の時から住んでいた南イングランドのダートムア地方を舞台にしたものなので、トマス・ハーディの諸作品が「ウェセックス小説群《ノヴェルズ》」と呼ばれているように、「ダートムア小説群」と呼ばれた。しかし、現代においてはハーディの作品ほどの高い評価を得られてはおらず、とくに日本での英文学研究の中ではほとんど無名となっている。私はもっと再評価してもよいと思うのだが、彼の厖大な作品の中の一部しか読んでいないので偉そうなことは言えない。従って、ここでは彼のミステリー的作品に限って述べてみたい。

ダートムアを舞台にしていると言えば、当然のことながら『レドメイン』などを、『バスカヴィル家の犬』と比較したくなる。紙数の関係から細かい論証は飛ばして結論だけを記すと、ドイル（それからクリスティ）のように都市小説にしているのではなく、それに意図的に逆らった地方小説《ローカル》にしている。ここで誤解のないよう付け加えると、ローカルカラーを売りものにした小説という意味で言っているのではない。ローカルカラーで読者を引きつけようとするのは、まさにドイルが『バスカヴィル』で見事に行ったことだった。都市の人間から見た「知的リゾート開発小説」という妙な表現で前に記したものである。フィルポッツが『レドメイン』の中で行ったことは、まさに真向からそれに反対するもの、田舎の固有の根源的な特質、よく「土地の霊」（genius loci. E・M・フォースターの好んだ言葉である）と呼ばれるものを基本に据えてミステリー小説を書くことも可能であるということを実証したものであった。

だからフィルポッツにとっては、本格とか変格とか、ましてや「倒叙」などというカテゴリーは何の意味も持たない。いや、ミステリー小説という命名すら、おそらく本人の意に反することだろう。すべての小説は人生というミステリーを写し出すこと、そしてその鍵は都市ではなく、人間が土地に根を張って生きる田舎にあるというのが彼の主張だった（もちろん彼はこんなことをどこかで書いていたわけではない。彼の作品から私が勝手に引き出したメッセージにすぎない）。

6 フォークナーに与えた啓示

さて、海の彼方で一九二〇年代半《なか》ば頃から本格的に小説を書き出したウィリアム・フォークナー青年にとって、当然意識せざるを得なかったのはジェイムズ・ジョイスやオルダス・ハックスリーなどのイギリス・モダニズムの作家たちであったが、同時に文学としての成熟を見せたミステリー小説も無視できなかっただろう。グレアム・グリーンの場合と同様、ロウブラウと一般に受取られている小説にも、学べるものが多くあると気付いて、積極的にそれを自分の作品の養分とした。その結果一般の読者だけでなく、多くの批評家からも「ヴァイオレンスの作家」としか思われなくても平気だった。

ただ、彼の場合自分がイギリスで言えばダートムアに当たる、南部の中でも特に貧しいミシシッピ州の名家の一員であることは、どうしても忘れ去ることはできなかった。南北戦争で負けて以来没落の一途を辿るしかなかった名門の家と、バスカヴィル家やレドメイン家とは重なって見えたに違いない。だから、ドイルが『バスカヴィル家の犬』でやったように、都市小説としてそれを作品にすることはどうしてもできない。都市小説に対して「ノン」と言った『赤毛のレドメイン一家』の作者フィルポッツの方に共感するのは当然だろう。

ローカルカラーを売りものとして、都市の読者を引きつけようとする、いわゆる「本格」ミステリーは、彼にはまがいものとしか思えなかった。地方を文学世界におけるリゾートとして開発するなどとは、作家としてやるに忍びないことだ。例えば、一八八九年にウィリアム・クラーク・フォークナーが殺された真の理由は何か、この謎を解明するために、ファイロ・ヴァンスかエラリー・クィーンのようなアマチュア探偵がニューヨークからミシシッピ州にやって来る――かりにこんな思いつきが浮かんだとしても、とても書く気にならなかったろう。それは個人的な理由からではなく、作家として地方を舞台にして小説を書くという基本的な姿勢として許せないから。

だが、ダートムア小説群に固執したフィルポッツにならって、「ミシシッピ小説群」を書き続けてもよいとは思ったことだろう。地方性を単なる作品の舞台装置として利用するのではなくて、文学世界の普遍性を生み出す母胎とするのなら、やってみる価値がある。ミステリー小説に仕立てたとしても、それは文学の中の狭いジャンルのひとつから脱して、文学の中の中核となるに違いない。

このような途方もない野心を芽生えさせる肥料《こやし》となったのが、一九二〇・三〇年代のイギリス・ミステリーの傑作だった。だから私は、この「黄金時代」を国内の文学状況における重大エポックとして評価するだけではなく、国外の作家にも影響を与えた、世界文学史上の大津波と呼びたい。

［付記］以上は二〇一〇年一〇月八日に開かれた日本ウィリアム・フォークナー協会全国大会のシンポジウム「フォークナーとミステリー」における私の発言に基いて執筆したものです。司会の大野真氏には準備段階からいろいろお世話になっただけでなく、活字化するに際しても助けていただきました。ここに感謝の言葉を捧げます。

また当日席上でも申しましたように、私の論述はほとんどが私自身の〈直観と言いたいのですが、それは図々しいので〉ヤマカンに基づくものです。フォークナー自身の書簡や執筆ノート、研究者による伝記的・批評的論文などの実証的資料は使っていません。不備な点は遠慮なくご叱正下さいますようお願い致します。

◎小池滋（こいけ　しげる）　東京都立大学名誉教授。著書に『英国鉄道物語』（晶文社、一九七九年）、『ゴシックを読む』（岩波書店、一九九九年）など。

特集

フォークナーとミステリー

フォークナーの南部とドス・パソスの合衆国

『アブサロム、アブサロム！』と『マンハッタン乗換駅』

三杉圭子
Keiko Misugi

1　探偵小説の枠組み

二〇〇四年に出版された『フォークナー研究必携』においてトーマス・インジは、一九八八年にレスリー・フィードラーが『サンクチュアリ』の大衆小説的要素を指摘して以来、フォークナーにおける探偵、推理、ホラー、犯罪小説などの側面が多くの批評家達によって活発に議論されるようになったと述べている（一七三）。しかし、フォークナーとミステリーとの関連を指摘する批評はさらに時代を遡って散見される。例えば一九七六年には、ジョン・カウェルティが探偵小説のフォーミュラを分析した著書『冒険、ミステリー、そしてロマンス』で『響きと怒り』と探偵小説の類似性を論じている（八九）。さらに一九六七年には、ワレン・フレンチが「ウィリアム・フォークナーと探偵小説の技巧」という論考で、『アブサロム、アブサロム！』を「アメリカ文学における最も偉大な探偵小説」と評している(三六)。

一九三六年出版の『アブサロム』は、アメリカでハードボイルド探偵小説が興隆した時代にその影響を十分に受けて書かれた優れた文学作品である。[1] それに先んじることおよそ一〇年、大衆文化を積極的にモチーフとして扱った作家ジョン・ドス・パソスもまた、一九二五年出版の『マンハッタン乗換駅』において、ハードボイルド探偵小説の様式を採り入れている。このような形式上の共通点とともに興味深いことは、両作品が対照的なトポス、即ちヨクナパトーファとニューヨークというそれぞれに南部と北部を凝縮した特異な象徴的空間に依拠していることである。フォークナーがヨクナパトーファという架空のトポスによって、南部の過去と物語の現在の軋轢を描いたのであれば、ドス・パソスが描出した拡大成長するニューヨークというメトロポリスは、北部のみならず、資本主義経済の発展によって工業化し、大衆化する消費社会アメリカ合衆国の提喩であった。[2] 合衆国は南部をはじめ多くの矛盾をはらんでいたものの、近代国家としての総体は飛躍的な発展を遂げつつあり、ドス・パソスはそのモダニティをニューヨークというトポスに語らせたのである。それゆえ、もし『アブサロム』がヨクナパトーファを舞台とした南部の、とりわけその過去をめぐるミステリーであるとするならば、『マンハッタン乗換駅』は、北部のメガロポリスに象徴されるアメリカ合衆国のモダニティをめぐるミステリーとして読むことができるだろう。

ジョン・カウェルティは前述の書において、探偵小説のフォーミュラを三つ挙げている。第一に謎があること、第二に隠された事実の究明および究明者を中心とすること、第三に隠された事実が結末で明かされることである(一三二)。『アブサロム』においてクエンティン・コンプソンは、ミス・ローザ・コールドフィールドにサトペン屋敷に一緒に行ってくれるよう要請される。そこには誰か謎の人物が潜んでいるというのである。クエンティンが遭遇するのは、トマス・サトペン一族をめぐる事件の鍵を握るサトペンの息子ヘンリーである。こうしてミス・ローザという依頼人を通して、クエンティンは探偵の役割を引き受け、サトペン家の謎の真相を探ることになる。謎の解明に向けてクエンティンは、ミス・ローザ、そしてクエンティンの父ミスター・コンプソンから話を聞き、故郷から遠く離れたハーヴァード大学で、友人のシュリーヴとともにサトペン一家の物語を再構築していく。そこで明らかになるのは、サトペン一族の悲劇に埋め込まれた旧い南部の人種差別主義である。

一方、『マンハッタン乗換駅』における主人公は、特定の人物ではなくニューヨークという都市であるが、新聞記者ジミー・ハーフは狂言回しであると同時に物語展開上重要な役割を担っている。彼は二〇世紀初頭のマンハッタンで、ニューヨークの申し子とも言うべき女優のエレン・サッチャーに出遭い、惹かれていく。そこには、ハードボイルド探偵小説の特徴である都市とファム・ファタールの存在が顕著である。そして、この小説の最大の謎はエレンその人であり、彼女が具現するところのニューヨークという街そのものである。カウェルティが言うように、「荒れ地としての都市、人工的砂漠、あるいは失われた人間性の洞窟が、ハードボイルド探偵小説という風景の中での主要なテーマである」(一五五)ならば、『マンハッタン乗換駅』が描き出す都市風景は、まさにこの現代の荒れ地である。拡大発展するニューヨークを舞台に、その市民達の無為な生と死、そして破滅の物語が断片的に提示され、ジミーはエレンとの関係を通して、この都会の悲劇の真相を探ることになる。そこで明らかになるのは、拡大発展する都市に内在する暴力的な空虚である。

この探偵小説の枠組みを備えた二作品について、それぞれの作品でどのような事件が起こったのか、犯人は誰なのかを、次に検証していく。

2　事件と犯人

『アブサロム』においてクエンティンが探求することになる核心的事件は、一八六五年に起きたトマス・サトペンの息子ヘンリーによる、ニューオーリンズ育ちの友人チャールズ・ボンの射殺である。ボンはヘンリーの妹ジュディスの夫となるはずの男であり、ミス・ローザは兄と妹の間に次のようなやりとりを思い描く。「もうおまえは彼と結婚できないぞ。／どうして結婚できないの？／死んじゃったからさ。／死んじゃった？／そうだ、ぼくが殺したんだ」（二三九―四〇）[3]。ここで問題になるのは、犯行の動機である。クエンティンの父は当初それをボンの重婚の罪だと考えていたが、クエンティンは、ボンはサトペンがハイチで結婚した女の息子であるために、問題は近親婚であることを知り、さらにはボンの母に黒人の血が流れていたこと、つまり事件の真相は人種混淆のタブーだという理解に至る。クエンティンとシュリーヴは、ヘンリーとボンの会話を以下のように想像している。「――あなたはぼくの兄さんだ。／――いや、そうじゃない。ぼくは黒人で、きみの妹と寝ようとしているんだ、きみがとめなければね、ヘンリー」（二八六）。彼らの推理が殺人の動機として指し示すのは、人種混淆は、重婚はもとより近親婚よりも恐れられるべきだという南部に特徴的な認識である。ラテン文化の影響下にあったニューオーリンズを例外として、長く奴隷制に依拠してきた南部には根強い人種差別主義があり、それが白人女性の純潔を守るべき白人男性の騎士道的使命感と結びつき、弟は兄を射殺するのである。

　しかし、『アブサロム』の悲劇はそれだけではない。花嫁にならずして寡婦になったジュディスは、ボンの息子を看病して黄熱病で命を落とし、サトペン自身は、敷地内に住み着いた貧乏白人ウォッシュ・ジョーンズに草刈り斧で斬殺され、年老いたヘンリーはサトペン屋敷で焼死する。これらを一連の事件ととらえその原因は何であるかと考えるならば、それはすべて、サトペンが盲目的に追従した、白人と黒人は婚姻関係を結んではならず、農園主の王朝は純粋白人のものでなければならないという旧い南部の人種差別主義が引き起こしたものだと言うことができる。貧乏白人の家に育ったサトペンは、少年時代に味わった屈辱をバネに富と力を得ようと決意し、「土地と黒人と立派な邸宅」を得る計画を立てる（一九二）。ハイチを経由してヨクナパトーファに農園を築き上げた彼は、成功を手中にしたかに見えるが、捨てたはずの混血の息子が現れて、白い息子は継承権を放棄したうえに異母兄弟の殺人者となって逃亡し、サトペンの計画は失敗に終わる。彼の子孫で生き残るのは、皮肉にもボンの血を引く白痴の黒人ジム・ボンドだけである。

ここで、サトペンの特徴として繰り返し語られる「イノセンス」に注目してみたい。クエンティンの祖父は、『サトペンの困ったところはイノセンスだった』と振り返る（一七八）。クリアンス・ブルックスはサトペンのイノセンスを論じて、彼は「南部的というよりむしろアメリカ的」だと指摘している（WF 四二六）。物質的所有を人間の尊厳の証だと考え、自らの強い意志と才覚で立身出世したサトペンは、アメリカの成功神話の具現者である。しかし、勇気と抜け目無さをもって少年期の計画に固執する彼は、死に至るまでそのイノセンスを保ったままである。南部の価値観に盲目的に追従した彼の純粋さは、ブルックスが言うように、ヘンリー・ジェイムズの女相続人たちが示すヨーロッパの経験に対するアメリカの無垢ではなく（WF 二九六）、むしろ単純かつ合理的に人生の本質をとらえようとする「近代人の特徴（a special characteristic of modern man）」である（WF 二九七）[4]。そのとき、アメリカ性とモダニティはいみじくも交叉するのである。サトペンはそのイノセンスゆえに南部の人種差別主義を無批判に受けいれ、良心に一点の曇りもないまま黒人の血を持った妻と息子を捨て、白人の男性後継者を得るためにミス・ローザを愚弄し、ウォッシュ・ジョーンズの孫娘を利用して捨てる。一族の悲劇はいわばその報いとして起こったのであるが、サトペンは決して自らを省みることをしない。このように、クエンティンとシュリーヴの推理によって、サトペンのモダンかつアメリカ的なイノセンスによって奉じられた南部の人種差別主義が、事件の真相として明らかにされるのである。

一方、ドス・パソスの『マンハッタン乗換駅』においては、ニューヨークという都会に住む人々の群像劇がつづられる。ある者はこの街で生まれ成功を夢見、ある者は田舎での過去を捨てこの街に自由の夢を見る。しかしこの小説では、脈絡のない偶発的事件や不慮の死が次から次へと提示されていく。新聞はセンセーショナルに殺人事件を書き立て、街の喧噪の中に自殺、他殺、焼死が多発する。その中で、『マンハッタン乗換駅』における謎として浮かび上がるのは、「ものごとの中心」とは何なのかという問いである。田舎から出てきた父親殺しのバッド・コーペニングは「ものごとの中心」（五〇〇）を求めてニューヨークを徘徊するが、孤独と幻滅のうちにフェリーから投身自殺する。[5] ニューヨークは果たして「ものごとの中心」なのか――それは、エレン・サッチャーを読み解くことで解明される。男たちは彼女を「愛とミステリーと光輝にあふれ」る女性だと崇拝し（六七四）、ちょうど多くの人々が田舎からニューヨークに誘い出されてくるように、彼女に魅了されその周辺をさまよう。しかしエレンは社会的上昇のために彼らを利用しては捨てる。唯一エレンが愛したスタン・エメリーは、自暴自棄なアルコール依存症のうちに、自死のような形で焼死する。男たちを引き寄せ決して充足を与えることのないエレンは、ニューヨークという都市のとらえがたい魅力を具現する存在なのである。

　エレンとニューヨークを同定する要素はその生い立ちとキャリアに明らかである。エレンが生まれたのはちょうどニューヨーク市が近隣の地域を併合してグレーター・ニューヨークとなり、ロンドンに次ぐ世界第二の都市として出現した一九世紀末のことである。彼女はつましい会計士の娘であるが、ニューヨークがガラスと鋼の摩天楼の街に成長していくとともに、女優としてスターダムにのしあがり、新聞のゴシップ記事を賑わせ、世間の注目を浴びるようになる。ニューヨークは言うまでもなく舞台興行のメッカであり、女優業はこの街の申し子である彼女に最も相応しい職業である。また、第一次世界大戦後に彼女は雑誌編集者に転身するが、そのキャリアはやはりこの街がアメリカの出版業の中心地であり、消費文化の情報発信源であることを象徴している。

　それゆえにエレンは、ジミーの妄想の中で摩天楼と一体になる。「この四月の夜を、夜ごとにひとり街から街へとさまよいながら、彼の心に摩天楼がつきまとう。（中略）金色の衣裳をつけたエリーが、薄い金箔で作った本物そっくりのエリーが、窓という窓から手招きしている。彼は街から街へさまよい歩いて、風に鳴る金ぴか窓の摩天楼の入口を探しているが、歩けども歩けども入口は見つからない」（八〇二―〇三）。エリオットの『荒地』を想起させる四月の夜、エレンに受けいれられないジミーは、この摩天楼に入ることができない。それは彼が都市の謎に翻弄されていることを表しているが、さらには、この摩天楼には入るべき内側が無いことを示唆していると考えられる。それは、エレンが繰り返し中身の無い人形――ねじまきの人形や、硬直した瀬戸物の人形に喩えられることにも明らかである（八一二）。そして、ついに彼女を妻として勝ち得たとりまきの男が、これまでの自分は「まるでブリキの機械のおもちゃみたいで中身はがらんどうだった」が、彼女とともに歩む人生は「有意義なものになるだろう」と語ると、エレンは喉を詰まらせてその話題を否定する（八一二）。なぜなら機械人形のような彼女には外面がすべてであり、この都市で暮らす者たちにとって内実などというものは常に不在だからである。

このように、エレンは人々の注目の的であり「ものごとの中心」であるが、その中心にあるのは空虚以外のなにものでもない。そしてエレンの空虚は、彼女の雑誌編集者としての戦略に最もよく言い表されている。崇拝者の言葉によれば、彼女の仕事は「『すべての読者に自分がものごとの中心にいて何でもできる人間だと思わせること』」である（八〇五）。それは「『まるでこのアルゴンキン・ホテルにいて昼食をとっているような気持ちにさせる』ことだと彼女は言い、『『ただし今日ではなく明日』』」（八〇五）と付け加える。ミッド・タウンの一流ホテルでこの会話を交わす彼女自身が「ものごとの中心」にいることは言うまでもないが、彼女が与える中心性の感覚は、読者の欲望の対象であると同時に欲望そのものなのである。決して満たされることのない欲望、空虚な中心性こそがエレンの正体であり、ニューヨークという街の真相なのである。そしてこのアメリカ北部のメガロポリスは、資本主義が肥大し、都市化が進み、消費文化が百花繚乱するモダンなアメリカ合衆国の縮図でもある。それゆえに『マンハッタン乗換駅』は、核心となる事件もプロットもない、空虚な中心を抱えた、ある意味異色の探偵小説なのである。

ここでエレンとトマス・サトペンの欲望を比較考察してみるならば、エレンの野心は表層的で内面が欠落しており、彼女は何かに執着することも大きな充足感もなく、社会上昇を続けて生きのびる。他方、サトペンは勇気とともに偏執狂的な強い意志力を持ち合わせてはいるが、その内実は「イノセント」であるため、少年期に立てた計画にとりつかれて以来、何も学ばずにその一生を終えることになる。エレンは女優として、そして編集者として戦略的に人々の欲望を煽るが、サトペンは他者の欲望にはまったく無頓着で、自らの欲望にのみ忠実に生きようとする。このような二人の生き方は、南部・北部の地域差を越えて、帝国主義的膨張主義、資本主義、自由競争、技術的発展、物質主義、合理主義など、アメリカのモダニティの諸相とその問題の表象なのである。

3　謎解きと探偵

次に、両作品における謎解きを通過儀礼という観点から考察し、クエンティンとジミーが解明された謎をどのように受けとめるかを検証したい。両作品において探偵たちがそれぞれの謎にとりくむとき、彼らは自らの共同体の成熟した構成員となるための通過儀礼を体験していると考えられる。ヤドゥイガ・マシェウスカは、ミス・ローザのクエンティンへの働きかけを例に挙げ、通過儀礼は「ある文化の年長の構成員が、若者にその文化の歴史について語り、若者を自らの出自である文化と感情的に結びつけて、彼らの人生を変えてしまう目的のもとに行われる」と定義している(三一七)。古典的探偵小説では、通過儀礼としての事件の解決は秩序の回復につながり、共同体の存続を補強する。しかし、ハードボイルド探偵小説『アブサロム』そして『マンハッタン乗換駅』では、探偵たちは真相に直面したとき、共同体が強要する規範に対して両義的あるいは否定的な姿勢を見せる。さらに両作品において、彼らがともにやがて作家になることが期待される若者として設定されていることは注目に値する。ハーヴァード在学中のクエンティンは、依頼人であるミス・ローザから、次のような言葉をかけられる。『たぶんあなたは多くの南部出身の殿方やご婦人連も現にそうしているように文筆活動に入られることでしょう。そうすればいつかこのことを思いだしてそれをお書きになるかもしれませんね』(五)。他方『マンハッタン乗換駅』のジミー・ハーフは、新聞記者として生計を立てているが、常々会社を辞めて創作活動に専念したいと願っており、「新米記者の告白」(六三五)という題の未完の文章や、密造酒をめぐる事件に巻き込まれた体験を物語につづろうとしている(七六二)。

こうした二人がそれぞれの謎に取り組むとき、彼らは物語を語る、もしくは書くという行為において真理の探究を行い、通過儀礼を体験する。クエンティンは、サトペン一族の物語を再構築する作業を通して南部の過去と対峙する。つまり彼は、南部の人種差別主義、人種混淆のタブーと向き合うのである。彼はミス・ローザに見込まれて、南部の男としてその過去を引き受けるよう謎の究明を託されたのであるが、それと同時に、北部の友人達の好奇のまなざしに対しては、南部についての説明責任を負っている。そして、彼の推理の過程は、サトペン一族の物語を彼なりに語り直す、極めて創作的な行為である。クエンティンは優れた知性と想像力、そして対象へのコミットメントを兼ね備え、謎の解明に至るために共同体の過去を追体験する。しかし、シュリーヴとともに物語を語り終え、旧い南部の秩序たる人種混淆のタブーを確認したとき、クエンティンはそれを肯定することも否定することもできず、それまでの冷静な語り口から一転して、「『きみはどうして南部を憎んでいるんだい？』」というシュリーヴの問いに「憎んでなんかいないさ」と執拗に否定を繰り返すのである（三〇三）。解明された南部の過去はあまりにも呪い深く、彼を混乱に陥れる。果たしてクエンティンは旧い南部の規範と折りあいをつけうるのか否かは未解決のまま作品は終わっているが、もしも『響きと怒り』で自殺するクエンティンとのインターテクスチュアリティを考えるならば、彼はその重みに耐えられなかったのだと言うこともできるだろう。

他方、『マンハッタン乗換駅』のジミーはクエンティンと異なって、探求すべき謎の対象、すなわちエレンとの距離が近すぎるために、その圧倒的な存在に翻弄されるばかりである。このとき彼の創作力は、現代のバベルの塔とも言うべき摩天楼の幻のもとに、御しがたい混乱に陥っている。前述のエレンと摩天楼が一体化した妄想のうちに、ジミーは「タイプライターが（中略）ニッケルめっきした紙片の雨をひっきりなしに降らせる」幻覚を見ている（八〇三）。しかし、この体験が大人になるために与えられた試練だとするならば、このとき彼を混乱から導き出すのは、共同体の過去、すなわちジミーの脳裏を繰り返しよぎるアメリカ合衆国の建国の理念なのである。妄想の中にジミーは「幸福の追求、譲渡できない追求……生命と自由の権利……」（八〇二、省略記号は原文）と、とぎれとぎれで不正確ではあるものの、独立宣言の言葉を思い浮かべる。断片化され、前後がねじれたこれらの言葉にアイロニーを見るのは容易である。しかし、ドス・パソスは後のエッセイにおいて、建国期をアメリカ合衆国の「黄金時代」と同定し、その「古の言葉」の重要性を説いている。[6] 彼は、建国期の「言葉は古く、ほこりにまみれ、千の気取った政治的演説の旗布がかけられているが、根底では未だに健全」なのだと言う（*Occasions* 一七）。そうであれば、ジミーが二〇世紀初頭のニューヨークが呈する負の真相と対峙するとき、この若者が本来継承すべき共同体の秩序とは、建国期に約束された古の言葉にこそあると考えられる。彼の成熟は「生命、自由および幸福」を追求するべく天から与えられた権利を信頼することによって初めて可能になるのだ。それゆえ、通過儀礼を経た彼は、小説の終結部で作家としての活路を求めてニューヨークの混沌を後に旅立つ。それはジミーにとって、アメリカ合衆国本来の秩序を模索する試みとなるのである。

本稿ではフォークナーの『アブサロム』とドス・パソスの『マンハッタン乗換駅』を探偵小説として読み解き、南部の人種差別主義の生んだ悲劇と近代アメリカの空虚を検証してきた。二〇世紀初頭のニューヨークをモダンなアメリカの提喩として描いた『マンハッタン乗換駅』は、当時大きな変貌を遂げつつあったアメリカ合衆国の本質をとらえる優れた文学的試みであった。他方フォークナーは、旧い南部の因習がひとりの男を捕らえ、その一族に禍をもたらし、南部共同体の継承者となるべき若者にも大きな苦悩をもたらすさまを描いた。フォークナーはしかしそこに「イノセント」であるがゆえに破滅へと向かうアメリカ的な近代人に内在する悪と暴力性をも描いた。それゆえに、フォークナーは南部を、そしてサトペンを描くことを通して、深く人間の本質すなわち人間のミステリーに迫る偉大な作品を遺したのだと言える。

【注】

1 Koichi Suwabe 参照のこと。その他のフォークナー作品とハードボイルド探偵小説については大野真 参照のこと。

2 『マンハッタン乗換駅』におけるアメリカ合衆国の提喩としてのニューヨークについては拙論参照のこと。
3 日本語訳にあたってはフォークナー著、篠田一士訳『アブサロム、アブサロム！』を参考にした。
4 この議論はブルックスの "*Absalom, Absalom!*: The Definition of Innocence" に既出である。
5 日本語訳にあたってはドス・パソス著、西田実訳「マンハッタン乗換駅」を参考にした。
6 "The Workman and His Tool" in *Occasions and Protests* 一三一一四および *Prospects of a Golden Age* 参照のこと。

【引用文献】

Brooks, Cleanth. "*Absalom, Absalom!*: The Definition of Innocence." *Sewanee Review*, 59 (1951): 543- 58.

____. *William Faulkner: The Yoknapatawpha Country*. New Haven: Yale UP, 1972.

Cawelti, John. *Adventure, Mystery, and Romance: Formula Stories as Art and Popular Culture*. Chicago: U of Chicago P, 1976.

Dos Passos, John. *Manhattan Transfer*. 1925. In *Novels 1920-1925*. New York: Library of America, 2003. 西田実訳「マンハッタン乗換駅」西田実・大橋健三郎訳『新集世界の文学』第三六巻、中央公論社、一九六九年。

____. *Occasions and Protests*. Chicago: Regnery, 1964.

____. *Prospects of a Golden Age*. Englewood Cliff, N.J.: Prentice-Hall, 1959.

Fiedler, Leslie. "Pop Goes the Faulkner: In Quest of *Sanctuary*." *Faulkner and Popular Culture: Faulkner and Yoknapatawpha, 1988*. Ed. Doreen Fowler and Ann J. Abadie. Jackson: UP of Mississippi, 1990. 75-92.

Faulkner, William. *Absalom, Absalom!* 1936. New York: Vintage, 1990. 篠田一士訳『アブサロム、アブサロム！』世界文学全集I一〇九 河出書房新社、二〇〇八年。

____. *The Sound and the Fury*. 1929. New York: Vintage, 1991.

French, Warren, ed. *The Thirties: Poetry, Drama*. Deland, FL: Edwards, 1967.

Inge, M. Thomas. "Popular-Culture Criticism." *A Companion to Faulkner Studies*. Ed. Charles A. Peek and Robert W. Hamblin. Westport, CT: Greenwood, 2004. 261-77.

Maszewska, Jadwiga. "Functions of the Narrative Method in William Faulkner's *Absalom, Absalom!* and Louise Erdrich's *Tracks*." Waldemar Zacharasiewicz, ed. *Faulkner, His Contemporaries, and His Posterity*. Tübingen: Francke, 1993. 317-21.

Suwabe, Koichi. "*Absalom, Absalom!* as a Hardboiled Detective Novel: Faulkner's Readings of *The Sound and the Fury*." *Faulkner Journal of Japan*. http://www.soc.nii.ac.jp/wfsj/journal/No7/Suwabe2005.htm. Apr. 10, 2010.

大野真「フォークナーとハードボイルド探偵小説」『ユリイカ』一九九七年一二月、一九二一九八。

三杉圭子「ジョン・ドス・パソスの『マンハッタン乗換駅』における二つの歴史軸」『神戸女学院大学論集』五七巻一号、二〇一〇年六月、一一一–一二四。

◎三杉圭子（みすぎ　けいこ）　神戸女学院大学教授。論文に「クィア文学」山下昇・渡辺克昭編『二〇世紀アメリカ文学を学ぶ人のために』（世界思想社、二〇〇六年）など。

ミステリーの中でのフォークナー

大野　真
Makoto Ono

今回の発表においては、まず、ミステリーの特徴として、表と裏の二層的構造や一人二役などの技法を論じる。その上で、『駒さばき』中の短編や『墓地への侵入者』などのフォークナーの推理小説的作品を取り上げて、これらのミステリー的特徴とアメリカ南部の地域性（共同体とよそ者の関係、黒人問題）との絡みを考察してみたい。

1　ミステリー――表と裏の二層的構造

ミステリーの特徴としては、まず、見かけの表面上の物語の背後に、何かしらの謎が隠されていることが挙げられるだろう。そのため、ミステリーは、表面上の物語という顕在内容とその裏の深層の謎という潜在内容との二層的構造を持つ。表と裏、顕在内容と潜在内容の二層的構造はフロイトが夢の特徴として挙げたものであり

(『夢判断』一一五など)、その点でミステリーは夢に似た構造を持つ。

例えば、古典的な例だと、『シャーロック・ホームズの冒険』中の「赤髪連盟」がある。表面上の物語としては、「赤髪連盟」なる奇妙な組織に雇われて、毎日一定時間その事務所に行って『大英百科事典』の項目を写す仕事をしている赤髪の男の物語がある。しかし、その深層には、男が事務所に行って留守の間に密かに地下室でトンネルを掘って銀行強盗をしようと企てていた一味の物語が存在する。表面上の物語の背後には、実は別の物語が進行しているのである。それゆえに、読者は表面上の物語に騙されてはならない。ホームズが言うように、「明らかな事実以上に人を欺きやすいものはない There is nothing more deceptive than an obvious fact」(「ボスコム渓谷事件」二〇四)のである。

探偵あるいは読者は、表面上の物語に現れたわずかな手掛かりや矛盾をもとにして、論理的推論を積み重ねることによって、裏に隠れた深層へと迫っていく。逆に、犯人あるいは作者の方は、たやすく真相を見破られないように、様々な偽装を施して読者を幻惑しようとする。フロイトが夢の理論において指摘したように、顕在内容は潜在内容が偽装され歪曲された結果できたものなのである(『夢判断』一三六)。論理的推論によって顕在内容から潜在内容へと迫ろうとする努力と、それに抵抗しようとする偽装や歪曲とのバランス関係の中で、推理小説は成立している。

2　偽装の技法――一人二役

さて、推理小説における偽装と歪曲の代表的技法としては、一人二役がある。つまり、実際には一人の人間が、見かけの物語においては二人の人間を演じることによって、読者を幻惑するのである。一人二役には様々な変形があり、例えば、役割が増えて一人三役とか、あるいは逆に二人の人物が一人の役割を演じる二人一役などもある。これらを一般化すると、x人y役という具合になるであろう。

なお、一人二役あるいは二人一役という点においても、推理小説は夢に似ている。夢において、潜在内容では二人である人間が、顕在内容ではそれらの人間の特徴を合成した一人の人物に「圧縮」されたりする（『夢判断』二四四）。あるいは、逆に、潜在内容において一人である人間が顕在内容では二人の人間に「分割」される場合もあり、これはフロイトが現代の小説家（特に心理小説作家）の傾向として指摘したものである（"Creative Writers and Day-Dreaming" 一三八）。つまり、小説家は自らの自我を多くの部分的自我に分割し、いく人かの登場人物に投影するのだ。

このように、裏の潜在内容と表の顕在内容との関係は、一対一ではなくて、一対多あるいは多対一である。推理小説における「一人二役」およびその変形の技法は、こうした一対多あるいは多対一の関係をトリックという小説技法としてパターン化して見せたのだ。

さて、推理小説のトリックのパターンをまとめた先駆的業績としては、江戸川乱歩の「類別トリック集成」（一九五四年）がある。乱歩が採集したトリック例の総計は八二一であるが、その中でも「一人二役」のトリックは一三〇例に及び、最高の頻度を示している（「類別トリック集成」一〇九）。

さらに、推理小説における一人二役型トリックの特徴は、二役の役割の項に「犯人」「被害者」「探偵」といった推理小説ならではの役柄を代入することにより、「被害者すなわち犯人」とか「探偵すなわち犯人」などの重要なトリックを生むことだ。

例えば、「犯人が被害者に化ける」パターンは、「一人二役」型トリック一三〇例の中の最も多い四七例を占めている。この「被害者即犯人」トリックは、エドガー・アラン・ポーの作品にではなくて、ポーが長文の批評を書いたチャールズ・ディケンズの『バーナビー・ラッジ』にその原型があることを乱歩は指摘している（『海外探偵小説作家と作品』二〇三―〇四）。

さて、このように一人二役のトリックが成立する背景としては、アイデンティティの揺らぎがあると考えられるだろう。一人一役という同一性が崩れてきて、多重人格性が人間の本質として考えられるようになってきたのだ。

例えば、『シャーロックホームズの冒険』においても、アイデンティティの揺らぎの問題が取り上げられている。「アイデンティティの事件（花婿失踪事件）」（"A Case of Identity"）は、ある女性の義理の父親が別の男に変装して、その女性の恋人になりすます一人二役の話であるし（二〇〇）、「唇のねじれた男」は乞食に変装して二重生活を送っていた男の話である（二四二―四三）。また、「被害者即犯人」トリックの原型を考えたディケンズの作品でも、アイデンティティの問題は重要な位置を占めることを小池滋は指摘している。[1]

さて、一人二役のトリックによく使われていた変装という技法についてであるが、実は筆者は長年、変装をして他人に化けるという設定には無理があり、うまく化けられるはずがなく、リアリティがないのではないかと感じていた。最近、松本清張も「私の黒い霧」という随筆の中で同様の意見を述べていることを偶然発見したのである。

ところで、クリスティのトリックなるものを考えてみると、その半分以上が変装を使っていることに気づく。変装は日本人の感覚にはないものだ。外国人はそれぞれ髪の色や眼の色が違うし、服装にも変化があるから、変装もさして不自然ではないのだろうが、日本人の場合は人種的に単一だから、変装となるとどうも不自然な感じになる。実生活の上でぴんとこないのだ。リアリティとは、それが実生活の中に存在する可能性で決るのではなかろうか。いわゆるリアリズムとは平凡な日常生活の中にあるプロバビリティの意味だと解すると、日本の推理小説がトリックに変装をさけるのは賢明である。（松本　一五二）

松本清張は当時の作家の中で屈指のトリックメーカーとしてアガサ・クリスティを評価しているものの（一三

〇)、彼女が多用する変装を使った一人二役トリックが、ともすればリアリズムに反する傾向があることを指摘しているのである。一般に、トリックのパズル性を優先しすぎると、登場人物たちがトリックを成立させるための「操り人形 puppets」のようになってしまう危険性をエドマンド・ウイルソンは指摘したが(「探偵小説なんかなぜ読むのだろう?」 六六〇)、一人二役トリックも現実の人間から乖離してしまう危険性がある。[2]

しかし、このようにリアリズムに反してしまう可能性はあるものの、同時に、一人二役のトリックは、アイデンティティの揺らぎという重要な問題も提起している。一人二役のトリックは、ある人間が別の人間に化けるという虚構性の中で、アイデンティティの揺らぎという、人間にとって本質的な問題を追及しているのである。

レイモンド・チャンドラーは、「簡単な殺人法」というエッセイの中で、クリスティやヴァン・ダインなどの謎解き本格推理小説の人工性を批判して、ダシール・ハメットのハードボイルド探偵小説のリアリズムを称賛したが(九八八)、そのチャンドラーも、自らの長編小説の中では一人二役のトリックを繰り返し使っている。[3] ある人間が別の人間に化けたり、あるいは、一人の人間の中に別の人格が隠れているといった可能性が、チャンドラーの人間観の基本であったのだ。

3 よそ者と共同体――「調合の誤り」

さて、以上で述べたミステリーの特徴である「表と裏の二層的構造」や「一人二役」の技法が、フォークナーの作品の中で、南部の共同体という地域性との絡みにおいて具体的にどのように扱われているかについて考えてみたい。

まず、フォークナーの作品の中で最も推理小説的傾向が明白な中短編集『駒さばき』の中の「調合の誤り」を論じたい。同短編は『エラリイ・クイーンズ・ミステリー・マガジン』の一九四六年六月号のコンテストで二位を受賞している。

『駒さばき』で探偵役を務めるのは、弁護士・検事であるギャヴィン・スティーヴンズであり、事件の語り手は、主として、ギャヴィンの甥であり助手でもあるチック・マリソンである。

さて、「調合の誤り」の第一の特徴は、変装を用いた「一人二役」の技法が用いられていることである。物語は、ジョエル・フリントという男が、妻を殺してしまったと告げる電話を保安官にかけてきた場面から始まる。フリントは外来者の「北部人 Yankee」で、ヨクナパトーファ郡に二年前にやってきて、ウェズリー・プリッチェルの一人娘と結婚していたのだ（一〇九）。フリントは逮捕されるが、ある日、捕まっていたフリントの独房がもぬけの空になっていることが発見される。フリントは「影 shadow」のように消え失せてしまったのである（一二一）。一方、その後、プリッチェル老人は保険金のやり取りをしたり、自分の土地を北部人に売却してしまおうとする。

ところが、ギャヴィンは、このプリッチェル老人が実はフリントの「変装 disguise」であることを見破る（一二八）。フリントはプリッチェル老人を殺したうえで、かつらや付けひげを用いてプリッチェル老人に化けていたのだ。つまり、乱歩の「類別トリック集成」に従うと、「一人二役」の中の「犯人が被害者に化ける」パターンである。また、フリントは実はシニョール・カノーヴァという奇術師で、人間消失の芸を得意としていたのだ。カノーヴァはフリントさらにはプリッチェル老人を演じていたわけで、一人三役であるといえよう。一人二役さらには三役を演じるアイデンティティの揺らぎが、犯罪者としてのフリントの特徴である。

ここで、フリントが北部人という「外来者 outlander」であること（一〇九）に改めて注目したい。よそ者の侵入によって共同体の秩序が乱れて犯罪が生じる、という（いくぶん保守的な）図式がとりあえず成立している。そして、探偵役であるギャヴィンが犯罪の謎を解き明かし、秩序を回復するのだ。

さらに、ギャヴィンが守るべき共同体内での秩序とは、共同体のアイデンティティと同義なものになっている。この点で興味深いのは、ギャヴィンがフリントの変装を見破った際の手がかりである。この共同体では、南部の伝統的な飲み物であるコールド・トディーの作り方として、まず最初に水をグラスに入れて、砂糖を水の中に溶かし、その上でウイスキーを加えるのであり、それがほとんど「儀式 ritual」のような方法になっていた（一一七）。しかし、プリッチェル老人に化けた北部人フリントはこのやり方を知らず、ウイスキーを飲む際に、水を加えずに砂糖をストレートのウイスキーに加えたために（一一七）、ギャヴィンに偽物だと気付かれてしまうのだ。つまり、南部共同体のアイデンティティの一つの表れである飲食の方式が、よそ者を区別する目印となっている。

一人二役で問われるアイデンティティの問題が、個人レベルにおいてだけではなく、共同体レベル（共同体内部と外部）においても考えられていること、これが「調合の誤り」の第二の大きな特徴である。

さて、このようにして「調合の誤り」では事件は解決されて、共同体内での秩序とアイデンティティはとりあえず保持されたが、前章でも述べたように、一人二役によって示唆されるアイデンティティの揺らぎはもっと根本的な事態であるように思われる。

アイデンティティの揺らぎの問題が扱われているのは、同じ『駒さばき』中に収められている「マンク」である。この作品の主人公マンクは、出所不明（四〇）の「精神薄弱者 moron」（三九）であり、動物に似た心を持つ（四四）。ある時彼は無実の罪で捕らえられるが、服役中に突然脱獄を企てて刑務所長を射殺してしまう。マンクは死刑になるが、死の前に「そして今、我は自由な世界に出て土地を耕そう And now I am going out into the free world, and farm」（四九）という謎めいたセリフを言う。

実はこのセリフは同じ監獄にいたビル・テレルという男がマンクに教えていたものであった。テレルは刑務所長に仮釈放を拒否されたことを恨んでおり、マンクに対して「神は俺たちが外の自由な世界で暮らして、神のために神の土地を耕すように望んだんだ。……それなのにあの男［刑務所長］が神のみ心に反して俺たちを引き止めて自由な世界から締め出し、俺たちを嘲笑ったんだ」（五七―五八）と語っていたのである。いわば、マンクはテレルの吹き込んだ言葉に操られるようにして刑務所長を殺害してしまったのだ。ギャヴィンはテレルがマンクと同様のセリフを言うのを耳にして（五二）、真相に気付いたのである。

この作品は、人間が他人の言葉によって操られうることを示している。とくに主人公マンクの場合は動物に近い精神薄弱者ということもあって、テレルの言葉によって自我を乗っ取られ、自分という人間のアイデンティティを失ってしまっている。この場合の主体は人間ではなく、言葉の方であるとも言えよう。[4]

4　『墓地への侵入者』における表と裏の二層的構造、黒人問題

人間個人についてアイデンティティの揺らぎがあるように、共同体レベルにおいてもアイデンティティ、つまり同一性の論理に揺らぎが生じるのではないだろうか。このことを『墓地への侵入者』を例にとって考えてみたい。

『墓地への侵入者』は推理小説を意識して書かれた作品であり、推理小説的な表と裏の二層的構造を持っている。表面上の見かけの物語としては、ルーカス・ビーチャムという黒人が白人男性ヴィンソン・ガウリーを（卑怯にも背中から撃って）射殺した」という物語がある。その物語に基づいて、容疑者ルーカスをリンチにかけようとする者もいる。しかし、これは偽装歪曲された物語であり、その裏には真相が隠されているのである。

ここで、「ルーカスが白人男性を射殺した」という見かけの物語は、「黒人による白人殺し」という固定観念に沿ったものであり、「ルーカス＝（卑怯な）黒んぼ nigger」という同一性の図式に支えられている。まず、共同体の白人男性には、ルーカスを「黒んぼ」という黒人についての類型的な枠組みに当てはめようとする声が多い。「俺たちはまず、奴を黒んぼにしなくちゃならん。奴は自分が黒んぼだと認めなくちゃならん。そうすれば、俺たちも、奴の望み通りに認めてやれるだろう」（一八）。例えば、共同体の中の白人男性であるリリーは黒人に対してとくに敵意はないと自称する人物であるが、それでも、「ルーカス＝黒んぼ」という図式を信じ、そうした同一性を「秩序 order」のもとであると考えて、白人によるリンチを正当化しようとしている（四八）。

しかし、ルーカスはこうした「ルーカス＝黒んぼ」という同一性の図式には都合良く収まらない存在である。

まず、ルーカスは白人の農園主ルーシャス・クインタス・キャロザーズ・マッキャスリンの血を引き、その古い名家の父系の血筋を誇りにして、白人に対しても平静な態度を保ち、卑屈にならない。ルーカスは白人に侮辱された時にも次のように言い放つ。「俺はエドモンズの人間じゃねえ。俺はああいう新顔の連中の仲間じゃねえ。俺は古い家の者なんだ。俺はマッキャスリンだ」(一九)。

こうしたルーカスの誇り高い態度は、一六歳のチック・マリソン少年の記憶の中で気になる部分として印象付けられる。チックは四年前の冬、川に落ちた際にルーカスに助けられ、さらにルーカスの家で黒人食をごちそうになるが、食事の代金にコインを差し出したところ、ルーカスに拒絶されてしまう(一五)。ここでチックが目の当たりにしたルーカスの誇りは、黒人の図式的なパターンには収まりきれない不可解なものとしてチックの記憶の中に残る。ルーカスの誇りは不可解で違和感をもたらすものではあるものの、チックはそれを記憶から切り捨ててしまうことができない。チックは幼い時に同年齢の黒人少年アレック・サンダーの家で遊んだり食事をしたりした経験があり、黒人小屋の臭いを自分の過去の一部、さらには南部人として受け継いだ遺産の一部として感じている。「彼はそれをずっと嗅ぎ続けてきた。それをいつも嗅ぎ続けることだろう。それは逃れ難い過去の一部だった。それは南部人としての遺産の豊かな一部だった……」(一二)。ルーカスの誇りはチックにとって不可解ではあるが、臭いのような根源的な感覚と結びついて、記憶の中で消し去ることのできないものである。

このように、「ルーカスが白人男性を射殺した」という表面上の見かけの物語を支える「ルーカス=黒んぼ」という同一性の図式は、黒人の類型に一致しないルーカスの誇りによって揺さぶりをかけられる。深層に隠された真実を探るために、ルーカスはチックに対して被害者の「墓を掘ること dig up that grave」(六七)を依頼する。墓を掘りだすという作業は、表層の見かけの物語から裏の真相/深層へと移っていく過程を象徴的に表したものである。

ここで、墓を掘りだす作業を最初に行うのが、白人成人男性であるギャヴィンではなく、チック少年と黒人のアレック少年、それに女性のユーニス・ハバシャムであることに注意したい。ギャヴィンの方は当初はルーカスを犯人だと信じていたのである。ルーカスが墓掘りの作業をギャヴィンではなくてチック少年に依頼したことについて、ハバシャムは以下のように言う。「ルーカスは、それには子供が必要だと分かっていたのさ――あるいはあたしのような年寄りの女が必要なんだよ。確率だの証拠だのを気にかけない人間がね。あんたの伯父さんやハンプトンさんは長いこと大人の男だったんだし、長いこと忙しすぎたんだ」（八八）。この引用では、確率性や証拠の有無にもまして、女性や子供の直観的な行動力が重視されている。

墓掘りの作業においてチック少年に協力する黒人少年アレックは、チックと同年齢で、幼い時に一緒に遊んだり食事をした経験があり、いわばチックの分身ともいえる。また、ハバシャムは七〇歳の身寄りのない女性であって、「町の端 on the edge of town」に住み（七五）、その家には水道も電気も通っていない（七六）。いわば、周縁的な存在である（しかし、周縁的でありながら、この郡のもっとも古い旧家の出身であり［七五］、ヨクナパトーファ郡の根っこの部分、町の成立時代の混沌とした過去とつながってもいる）。更に、ハバシャムはルーカスの妻の黒人モリーとは同い年で、「姉妹のように、双子のように like sisters, like twins」育ち、モリーの最初の子供の名付け親にもなっている（八六）。このように「墓を掘る」という深層を探究する作業をする者が、ギャヴィンのような白人成人男性ではなく、少年や女性、黒人といった周縁的な存在である点が『墓地への侵入者』の特徴である。ジョーゼフ・R・アーゴーは、『墓地への侵入者』において著しい変化をもたらす存在がギャヴィンのような男性ではなく、「権力を持たない者 the powerless」であることに注目し、フォークナーのアポクリファ的作品においては、権力を持たない者こそが創造性や政治的洞察の源となると述べている（Urgo 八五）。

さて、「墓を掘る」という作業によって、チックたちは表層の物語から深層へと徐々に迫っていく。その結果、ヴィンソンを殺したのは兄弟のクロフォードであることが判明し（一八八）、犯人のクロフォードは自殺する（二三一）。「墓掘り」の作業によって暴き出された真相とは、白人同士の兄弟殺しだったのであり、それを黒人のルーカスによる白人殺しに偽装したのだ。白人同士による兄弟殺しは、単なる殺人よりもいっそう白人社会を戦慄させるものである(一九五—九六)。

クロフォードによるヴィンソン殺しの真相の詳細は、第一〇章において語られる(二一七—二一五)。しかし、真犯人がクロフォードであることが明かされる(一八八)第九章では、きわめて幻想的な雰囲気が支配している。そこでは、チックの属する「町 the Town」(一七七)の人々の様々な顔を一体化して、一つの大文字の「顔 a Face」としてとらえている(一七八、一九〇)。このように合成された町の人々の顔が、白人同士による兄弟殺しという真相の前に恐れをなして、頭の後ろをチックに見せて逃げ去っていくのである(一八七)。「舞台 stage」という言葉も用いられ(一八一、一九三)、演劇的なイメージもある。つまり、論理的推論による解決というよりも、幻想的あるいは演劇的な雰囲気の中での解決である。

『墓地への侵入者』の後半では、殺人事件の真相と重ね合わせるように、チックに対してギャヴィンの思想が語られる。ギャヴィンは南部の「同質性 homogeneity」を重視し、南部の同質性を連邦政府から守るべきことを主張する(一五〇)。また、時間に関しても、過去と現在と未来を不可分の一つのものとして考える(一九〇)。このようにギャヴィンは時間や空間における南部の同質性と一体性を重んじるのであり、南部の同質性の中に黒人たちも吸収・同化しようとする。彼の説く思想は「同質性の哲学」であるといえる。[5]

しかし、『墓地への侵入者』という作品自体は、殺人事件の解明という推理小説的な枠の中で「ルーカス＝黒んぼ」というような同一性の図式に対する疑いを表明しているのであり、真相を探究する中で明らかになったのは、白人同士の兄弟殺しという、いわばお互いに殺しあう同質性、同質性の内包する恐怖であった。[6] 何より、ルーカスという共同体内部の秩序に位置づけしにくい存在のもたらす差異、あるいはルーカスの中に少年チックが感覚的に感じ取っていたような違和感や異質性は、大人のギャヴィンの説く同質性の哲学では解消されない。

『墓地への侵入者』において、殺人事件の謎自体は解明されて真犯人も明らかになるのであるが、何かすっきりとしない印象を与える。事件の背景の黒人問題について、殺人事件の謎を探究する過程で明らかになっていく同一性に対する疑問と、作品の後半で語られるギャヴィンの同質性の哲学がかみあっていないからである。それゆえ『墓地への侵入者』では、ギャヴィン自身が認めているように(二三八)、ギャヴィンが探偵役として十分に活躍することはできなかったし、また、ギャヴィンの論理的推論による解決というよりも、後半は幻想的な雰囲気が支配することになってしまった。探偵役であるべきギャヴィンの論理のもとになる哲学が有効なものでないからだ。そのため、表層から深層の構造に進む時に、ギャヴィンによる論理的推論というよりもむしろ、少年チックたちの記憶や感覚、直観的行動力などが決定的な変化をもたらすことになったのだ。

　しかし、黒人問題については、ギャヴィンばかりでなく、作者も含めて誰もが決定的な論理的解答を持っていないのではないか。『アブサロム、アブサロム！』においては、黒人問題あるいはそれと関連する南部の歴史を探究する過程の中で、探偵役であるクエンティンと共に、読者も作者も未解決の謎の中に迷い込んでいくように思える。[7]『墓地への侵入者』でも、黒人問題について、白人成人男性の論理と少年の感覚とのずれが示唆されているのだ。そのような解決のつかない謎としての黒人問題を描き続けることが、作家としてのフォークナーの誠実さであろう。

『墓地への侵入者』は、推理小説的な形式を採用することで、黒人問題が推理小説的な関心を引く大きな謎であること、かつ、伝統的な推理小説の論理的解決の枠内に収まりきれないパラドクスをはらんだものであることを逆照射しているのである。[8]

【注】

1　「ディケンズはこのような二重のアイデンティティのトリックを、本格的推理と呼ぶことのできる作品の中ばかりではなく、そうでない作品の中でもしばしば好んで使っている。もっとも目立つ例は、『われら共通の友』の主人公ジョン・ハーモンで、父の莫大な遺産を相続すべく、南アフリカからロンドンに戻って来るが、テムズ河からその水死死体が上がったために、死亡と断定され、遺産は別人の手に渡る。しかし実は彼は生きていて、ロックスミスという別の名を名乗っている」(小池七〇)。

2 佐々木徹は『エドマンド・ウィルソン批評集2』の編・訳者あとがきで、この論文におけるウィルソンの立場について以下のように述べている。「……ウィルソンは謎解き自体を嫌っているのでは決してないことを付言しておきたい。いやしくも小説と名のつくものなら人間が描けていなければ話にならない、というのが彼にはどうしても譲れない一線なのであった」(佐々木三三四)。なお、推理小説作家の守るべきルールを一九二九年に定めたロナルド・ノックスの十戒の第一〇項でも、双児や変装の安易な使用が戒められている(Knox xiv)。

3 別府恵子は『さらば愛しき人よ』のヴェルマ・ヴァレントとミセス・グレイルのダブル・アイデンティティに注目しているが(別府一〇六)、その他、『湖中の女』のクリスタル・キングズリーとミュリエル・チェスとの双生児的な組み合わせや、『長いお別れ』の「ポール・マーストン＝テリー・レノックス＝シスコ・マイオラノス」の一人三役も重要である。

4 ここで連想するのは、ある一家に起きた連続殺人事件を描いた有名な推理小説(エラリイ・クイーンの『Yの悲劇』)である。いわゆるネタバレとなるため、詳細は述べられないが、犯人は、家族に恨みを抱きつつ死んだ父親の書いた推理小説のプランに従って次々と殺人を実行していく。この場合も、犯人は推理小説の殺人計画という言葉によって操られているのであり、真の意味での犯人は人間よりも言葉であるといえるかもしれない。

5 ギャヴィンとチックの伯父・甥関係や二人の関係における言葉の重要性が従来批評家たちに注目されてきたが(Zender 一二五; Samway 一四九、一五二)、『墓地への侵入者』でギャヴィンがチックに伝える言葉とは同質性の哲学なのだ。

6 同質性の内包する恐怖としては、兄弟殺し以外に、不気味な双児の例がある。ガウリー家の六人兄弟において、材木の横流しをして兄弟殺しの罪を犯したクロフォード以外にも、ビルボーとヴァーダマンの双児の兄弟には、「ロボットのような robotlike」と形容されるような機械的で不気味な印象がある(一六二)。モリーとハバシャムという黒人女性と白人女性の想像上の擬似的な姉妹あるいは双児がお互いに助け合うのとは対照的である。

7 最終的に謎が解明されない探偵小説は、新傾向の「反探偵小説」といえる。三杉圭子は、ポール・オースターの『ニューヨーク三部作』を現代の反探偵小説として位置づけている(三杉一八〇)。この三部作は、探偵小説の定石をある程度踏まえつつ、最後の大団円としての謎の解明を拒否しているのだ。オースターの作品の探偵が大都市ニューヨークの「果てしのない迷路へと踏み込んで行く」(三杉一九〇)ように、クエンティンも南部の歴史の謎という迷路の中に迷い込むのである。

8 最後に付記として、ミステリーの歴史と伝統の中でフォークナーの作品を位置づけてみたい。ジュリアン・シモンズの推理小説史である *Bloody Murder* は、ダシール・ハメットの作品などのハードボイルド探偵小説を推理小説の論理的な謎解きの伝統に対する「反逆

rebellion」と見なし、その流れの中で、フォークナーの『サンクチュアリ』や『墓地への侵入者』を論じている（一三九）。ハメットは推理小説の歴史の中での革新的な「創造者 creator」として位置づけられる作家であり（Haycraft 一六九）、論理的な謎解きの背景となる理性や秩序に対する信頼が崩れた後の、混沌とした現実を描いた。一方、フォークナーの『墓地への侵入者』も、論理的な謎解きとしては物足りないかもしれないが、黒人問題のはらむ割り切れない現実を描こうとした。そのために、ルーカスのように共同体内の既成の秩序に位置付けしにくい存在を中心に据えたのである。

ケリー・ヘイデンは、『駒さばき』には様々な推理小説の要素が用いられているが、フォークナーの関心はそうした定型を超えたところにあった、と述べている（Hayden 一八七）。フォークナーはミステリー的な要素を活用して黒人問題などの南部共同体とその歴史のはらむ謎に迫りつつ、論理的な解決のつかない混沌とした現実を描いた。フォークナーはミステリーの形式の中に入りつつ、それを越えるものを目指していたといえるのではないだろうか。

【引用文献】

Chandler, Raymond. "The Simple Art of Murder." *Chandler: Later Novels and Other Writings*. New York: Library of America, 1995. 977-92.

Doyle, Arthur Conan. *Adventures of Sherlock Holmes. The Penguin Complete Sherlock Holmes*. London: Penguin, 2009. 161-334.

———. "A Case of Identity." *Adventures*. 190-201.

———. "The Boscombe Valley Mystery." *Adventures*. 202-16.

———. "The Man with the Twisted Lip." *Adventures*. 229-43.

———. "The Red-headed League." *Adventures*. 176-89.

Faulkner, William. "An Error in Chemistry." *Knight's Gambit*. New York: Vintage, 1978. 109-34.

———. *Intruder in the Dust*. New York: Vintage International, 1991.

———. "Monk." *Knight's Gambit*. 39-62.

Freud, Sigmund. "Creative Writers and Day-Dreaming." *Art and Literature*. Trans. James Strachey. Ed. Albert Dickson. New York: Penguin, 1985. 129-42.

Haycraft, Howard. *Murder for Pleasure: The Life and Times of the Detective Story*. New York: Biblo and Tannen, 1968.

Hayden, Kelley. *William Faulkner's "Knight's Gambit": A Study*. Diss. U of Kansas, 1983. Ann Arbor: UMI, 1983. 8317890.

Knox, Father Ronald. Introduction. *The Best Detective Stories of the Year 1928*. Ed. Knox and H. Harrington. London: Faber, 1929. vii-xxiii.

Samway, Patrick, S.J. "Gavin Stevens as Uncle-Creator in *Knight's Gambit*." *Faulkner and Idealism: Perspectives from Paris*. Ed. Michel Gresset and Patrick Samway, S.J. Jackson: UP of Mississippi, 1983. 144-64.
Symons, Julian. *Bloody Murder: From the Detective Story to the Crime Novel: A History*. London: Faber, 1972.
Urgo, Joseph R. *Faulkner's Apocrypha: A Fable, Snopes, and the Spirit of Human Rebellion*. Jackson: UP of Mississippi, 1989.
Wilson, Edmund. "Why Do People Read Detective Stories?" *Literary Essays and Reviews of the 1930s&40s*. Ed. Lewis M. Dabney. New York: Library of America, 2007. 657-61.
Zender, Karl F. *The Crossing of the Ways: William Faulkner, the South and the Modern World*. New Brunswick: Rutgers UP, 1989.
江戸川乱歩「類別トリック集成」『続・幻影城』早川書房、一九九五年、一〇一―五六。
――『海外探偵小説作家と作品』早川書房、一九九五年。
小池滋「『ミステリー作家』ディケンズ」『ディケンズとともに』晶文社、一九八三年。六四―八〇。
佐々木徹、編・訳者あとがき、エドマンド・ウィルソン『エドマンド・ウィルソン批評集2　文学』中村紘一、佐々木徹、若島正訳、みすず書房、二〇〇五年。三三五―三三五。
フロイト、ジークムント『フロイト著作集第二巻 夢判断』高橋義孝訳、人文書院、一九九八年。
別府恵子「ハードボイルド探偵小説と真理の探究――二〇世紀タフ・ガイたちの世界」別府恵子編『探偵小説と多元文化社会』英宝社、一九九九年。八九―一一一。
松本清張「私の黒い霧」『実感的人生論』中央公論社、二〇〇四年。一四六―五七。
三杉圭子「現代の反探偵小説―ポール・オースターの『ニューヨーク三部作』」『探偵小説と多元文化社会』、一七九―二〇〇。

◎大野真（おおの　まこと）　東京薬科大学准教授。論文に、「変種の文学――『サンクチュアリ』のメカニズム」（『フォークナー』一二号、二〇一〇年）など。

ベスト・エッセイ（最終回）

サリー・ウルフ著『歴史の台帳』を読む

藤平育子

あらかじめお断りさせていただきます。本号において一部抜粋翻訳しようと思っておりました、サリー・ウルフ（Sally Wolff）の *Ledgers of History*（二〇一〇）の翻訳には、出版社および仲介会社から翻訳権料と手数料として数百ドル請求されましたので、逐一翻訳することを断念し、私が内容を紹介しながら、著書から引用するというかたちを取らせていただきます。

さて、くだんの本は、二〇一〇年二月一一日づけ『ニューヨーク・タイムズ』の「ブック・レヴュー」にフォークナーの写真入りで大々的に紹介された。フォークナーの研究書が、『ニューヨーク・タイムズ』で紹介されることはきわめて珍しい。

早速、予約注文したサリー・ウルフ（エモリー大学教授）の新著は、六月に私の手元に届いた。読み始めるや、意外な驚きばかりだった。ウルフのインタヴューを受けたエドガー・W・フランシスコⅢ世博士（一九三〇年生まれ）は、少年のころ、三〇代のフォークナーが父親フランシスコ・ジュニアの友人として、ホリー・スプリングズの家を訪ねて来ては、祖先から伝わる農園台帳（「リーク日誌」）を読み耽っていたと証言しているのである。現在、ジョージア州に住むフランシスコⅢ世は、いまだにその家の所有者であるが、長年、父親とフォークナーとの親交のみならず、祖先の農園台帳についても、口を噤み記憶から封印してきたのだった。それもそのはず、これまで、ジョーゼフ・L・ブロットナーをはじめ、フォークナーの伝記の著者たちの誰ひとり、フォークナーとフランシスコ・ジュニアの交流についても、「リーク日誌」についてもまったく触れていない。

著者のサリー・ウルフは、かつてフロイド・C・ワトキンズとの共著で、フォークナーの甥ジミー・フォークナーとの会見集 *Talking About William Faulkner*（一九九六）を出版している。「農園台帳とフォークナーとのつながり発見」と題された、パトリシア・コーエンによる『ニューヨーク・タイムズ』の記事は、ウルフの新著によって、ミシシッピ州セイラムにあった、千三百五〇エーカーもの広大な農園の経営者フランシス・テリー・リーク（Francis Terry Leak［一八〇三－六二］）が、一八三九年から六二年まで書き綴った詳細な記録を、フォークナー自身が丹念に読んでおり、それが『行け、モーセ』をはじめとする小説の構想や人物のモデルになったと想定しうると、ウルフのインタヴューを称賛している。

この農園主の曾孫エドガー・ウィギン・フランシスコ・ジュニアは、フォークナーと同年(一八九七年)の生まれで、母親どうしのつきあいから幼くして知り合いになり、のちに、二人は一緒に狩猟に出かけたり、ビールを片手に昔話をしていたという。そしてフランシスコ・ジュニアの息子フランシスコⅢ世は、ホリー・スプリングズにあった一家の屋敷を、一九三〇年代ずっとフォークナーがしばしば訪ねて来て、先祖のフランシス・テリー・リークが残した数冊の日誌を手にしているところを目撃し、フォークナーが農園の記録に魅せられたばかりか、ノートをとりながら「詳細な部分まで読み耽っていた」(一〇四)と証言している——「私は個人的には、一九三七年、三八年、三九年にフォークナーが日誌を見ているところを目撃しましたが、彼はそれよりもっと早い時期に、一九二〇年代にすでに、ウズラ撃ちのあとに家にやって来ては日誌を丹念に調べていたものと理解しています」(一一〇)。

確かに、本著の出版意義は、著者のサリー・ウルフが、「リーク日誌」の書き手の子孫であり、子供時代にフォークナーの来訪をしばしば目撃していたフランシスコⅢ世にインタヴューして、フォークナーが一九二〇年代から三〇年代に「リーク日誌」に眼を通していたとの証言を得たことであろう。ウルフは、『響きと怒り』のベンジーとキャンダス、『死の床に横たわりて』のタルやアディに類似する名前、そして『アブサロム、アブサロム!』のヘンリー、チャールズ、トム、エレン、ローザ、ミリーに至るまで、リーク農園の奴隷の名前だったことを指摘している(一七—二六)。さらにウルフは、『死の床に横たわりて』のアディの死体搬送は、リーク家でも四日かかって死体を運んだ記録が残っていることからヒントを得たのではないかという(二〇)。『アブサロム』におけるサトペン屋敷の建設や家具、杉木立にある墓地などは、リーク農園の屋敷建設の詳細な記録や墓地のある場所の風景と類似するという(二一—二六)。

もちろん、フォークナーが読んだ「リーク日誌」に書かれた奴隷売買や農園の必需品の購買記録の詳細は、『行け、モーセ』の成立に欠かせなかっただろう。登場する奴隷の名前はもちろん、日誌の書き方まで、「熊」四章において、アイザック・マッキャスリンが読む農園台帳の記録と類似している(二九—四七)。「リーク日誌」の書き手フランシス・テリー・リークは法律家だったため、「放棄する(relinquish)」、「要求(claim)」、「所有(possession)」、「相続人(heirs)」などの法律用語を用いており、フォークナーもそれらを小説で用いている、などという指摘(二五)には特に興味をひかれた。

さて、ウルフがたまたま知り合い、首尾よくインタヴューすることになったフランシスコⅢ世との会話において、フォークナーが「リーク日誌」を丹念に読んでいた、という証言のほかに、フォークナーがしばしば訪ねていたホリー・スプリングズのマッキャロル屋敷でフランシスコ・ジュニアと交わした会話、そして少年フランシスコⅢ世のフォークナー体験が、読者の眼をひくだろう。そもそも、「リーク日誌」がマッキャロル屋敷に保管されてきたのは、フランシスコⅢ世の曾祖母アミーリア・リークが、夫が若くして他界したあと、娘のベッツィを連れて実家のマッキャロル屋敷に戻った時、義父が書き残した「日誌」一式を一緒に携えてきたからだった。

フランシスコⅢ世が語った興味深い話の一つめは、『征服されざる人びと』の「待ち伏せ」という物語に登場する「セリア・クック」(*U* 一五)のエピソードが、マッキャロル屋敷の窓ガラスに刻まれた「ルーディ(Ludie)」という文字に由来しているという話である。フランシスコⅢ世の回想によれば、フォークナーが、「エドガー、ルーディの話をもっと聞かせてくれないか」(八〇)と父親のフランシスコ・ジュニアに持ちかけると、父親はルーディの生い立ちに至るまで詳しく話していたという(八〇―八二)。ルーディはフランシスコⅢ世の曾祖母アミーリアの従妹で、「恐らく一八六〇年に、ダイアモンドの指輪で窓ガラスに『ルーディ』と刻んだ」(一三二)のだった。フランシスコ・ジュニアは、祖母アミーリアの語った話として、ルーディは、マッキャロル農園を通りかかった南軍兵士たちに「ペカン・パイをふるまった」が、その時「言葉を交わした兵士の一人と、……六ヵ月後に結婚した」(八二)のだと、息子フランシスコⅢ世に伝えている。

フランシスコⅢ世は、フォークナーがいかに「ルーディ」の話に魅了されていたかを記憶しており、ある時、フォークナーが「ルーディはまだあそこにいるかい?」と聞いた。そこで、「ええ、まだあそこにいますよ」と答えると、フォークナーは「彼女のことを別の本に書こうと思っているんだ」(七二)と言ったという。このようにして、フランシスコⅢ世の生家、ホリー・スプリングズのマッキャロル農園屋敷の窓ガラスにダイアモンドの指輪で書かれた「ルーディ」の名前は、『征服されざる人びと』において、「シーリア・クック」として、さらに『尼僧への鎮魂歌』においては、「セシリア・ファーマー」(*RN* 一九七)の刻印としてフォークナーの小説に書き込まれた。

フランシスコⅢ世の話の中で、注目される二つめの点は、なぜ、壮大なページに及ぶ「リーク日誌」がこれまでフォークナー研究者によって注目されてこなかったのか、という私の疑問と結ぶものである。

じっさい、「リーク日誌」のオリジナル手書き原稿は、「フランシス・テリー・リークの日誌」と題されて、すでに一九四六年、重要歴史文書の保管で名高いノース・キャロライナ大学チャペル・ヒル校のウィルソン・ライブラリーに寄贈された。一九世紀に書かれた膨大な量の手書き「日誌」は、遺族の寄贈条件を叶えるため、ノース・キャロライナ大学の手で数巻のタイプ原稿として整理され、リークの子孫に贈られた。さらに、タイプ原稿は、一九八五年、University Publications of Americaによって、*Records of Ante-bellum Southern Plantations*と題されたマイクロフィルムとなり、フィルムが一九九一年に販売されるや、エモリー大学とミシシッピ大学がそれを購入している（四―五）。

「リーク文書」の手書きオリジナル版は、一九四六年に寄贈されて以来、ウィルソン・ライブラリーで一般公開されており、歴史家のユージーン・ジェノヴィージィとエリザベス・フォックス‐ジェノヴィージィは、それを典型的な農園記録として注目し、それぞれ南部農園の貴重な歴史的研究として足跡を残した。[1] だが、フォークナー研究において、この「リーク日誌」を直接参照したものは見当たらない。フォークナーの祖先の血をひく黒人女性エメラインを探し当てたジョエル・ウィリアムソンは、チャペル・ヒルの歴史学教授としてお膝元のウィルソン・ライブラリーにあった「リーク日誌」にも、ジェノヴィージィの研究にも触れていない。

ただ、人種問題に焦点を合わせて*Faulkner: The House Divided*を書いたエリック・J・サンドクイストは、ユージーン・ジェノヴィージィの研究書を参照しながら、黒い血の問題について論じ、『行け、モーセ』の最後の物語「行け、モーセ」においてイリノイの警官を殺害して処刑される黒人人物の名前は、もとは「ヘンリー・コールドフィールド・サトペン」とされ、しかもトマス・サトペンの奴隷のひとり、「ローザ・サトペン」の孫だったことを、驚愕とともに指摘している（Sundquist 一三一）。だが、今回、「リーク日誌」をフォークナーがよく読んでいたというフランシスコⅢ世の証言を信じるなら、リーク農園に実在した奴隷たちの名前が、フォークナーの小説の黒人人物にはもちろん、白人人物にも借用され、奴隷たちが小説のなかで生き続けることを可能にしたのだろうと推測することができよう。

それにしても、二〇〇八年三月にサリー・ウルフがフランシスコⅢ世に出会うことになったのは、まったくの偶然だった。一九五〇年代以来、エモリー大学の行事の一環として、フォークナーのミシシッピ探索というのがあり、エモリーの同窓生に誘いのメールを送ったところ、エモリー大学を卒業しているフランシスコⅢ世から「自分は参加できないが、フォークナーを知っていた」（x）という返信が来たのだった。

いったい、なぜこれまでフランシスコ・ジュニアもフランシスコⅢ世も、フォークナーとの交流をおおやけにしなかったのだろうか。フォークナーと同い年で二〇年以上にわたり親交を深めたジュニアは、曾祖父の手書きによる「リーク日誌」をウィルソン・ライブラリーに寄贈したものの、フォークナーとの知己については触れなかったのだろう。また、タイプ原稿のかたちで保管していたフランシスコⅢ世には、少年時にフォークナーと知り合うことによって味わった二つのトラウマ的な体験があったようだ。一つは、「口濯ぎ」の苦い記憶である。フランシスコⅢ世が六歳の時、フォークナーが"goddamn squirrel"(六九)という冒涜表現を用いたのを、真似してしまい、母親(フランシスコ・ジュニアの妻)から厳しく叱られ、舌に石鹸を塗られて口濯ぎをさせられたという。この口濯ぎの話は、『征服されざる人びと』において語られている(*U* 三九―四〇参照)。この母親は、フォークナーの不作法を嫌っていたため、やがてフォークナーの足は、マッキャロル屋敷から遠のくが、フランシスコⅢ世は、一九四八年、オクスフォードにフォークナーを訪ねている。そして、それがフォークナーに会った最後になったとも語っている(七二)。

もう一つ、フランシスコⅢ世は、「リーク日誌」の存在にもフォークナーとの交流にも口を噤んできた理由を、「後記」で明らかにしている。


私は、二年にわたってフォークナーが、古い農園日誌のある箇所を読み、憤慨して、日誌の書き手を冒涜するところを目撃しました。私は、その日誌を書いた祖先を、フォークナーと同じぐらい嫌いになったのです。……私はあの古い日誌には決して手を触れまい、日誌について決して語ることも考えることもしないと誓いをたてたのです。(一七七)

このようなわけで、ウルフが偶然にも出会うことになったエモリー大学の一卒業生フランシスコⅢ世は、フォークナー文学の謎を解き明かす「リーク日誌」(タイプ原稿)の持ち主であり、「ルーディ」と刻まれた窓のある屋敷の所有者でもあり、フォークナーの汚い言葉を真似て口濯ぎをさせられ、フォークナーの奴隷所有者への怒りによって、彼自身南部の祖先を嫌うようになった「リトル・エディ」と呼ばれる少年だった。少年時代のトラウマを封じ込めて生きてきたフランシスコⅢ世は、フォークナーの作品には興味がなく、特に奴隷所有の罪について描く『行け、モーセ』は一度も読んだことがないことを強調している。

「リーク日誌」を熟読したことによって、フォークナーは故郷ミシシッピのことを書くことに導かれたと、ウルフが説明しているとおり（一七）、フォークナーが一九五六年始めのインタヴューにおいて「アクチュアルなものをアポクリファルなものに昇華して……私だけの小宇宙を創造した」と述べた、「小さな郵便切手ほどの私の生まれ故郷」（LG 二五五）のアクチュアルなものの多くは、「リーク日誌」に書かれた内容を発端とし、フォークナーがマッキャロル屋敷で交わしたフランシスコ・ジュニアとフランシスコⅢ世との会話によって成り立っていたのである。

　ウルフの新著は、フランシスコⅢ世へのインタヴューも、「リーク日誌」に登場する名前や出来事とフォークナー作品との比較も楽しめるうえ、註も充実していて、まるごと面白い読み物となっている。今後、マイクロフィルムなどの読解が進めば、さらに詳しいフォークナーのテクスト研究が実るかもしれない。

【注】

1 Elizabeth Fox-Genovese著、*Within the Plantation Household: Black and White Women of the Old South* (Chapel Hill: U of North Carolina P, 1988)、および、Eugene D. Genovese著、*Roll, Jordan, Roll: The World the Slaves Made* (New York: Vintage Books, 1976) など参照されたい。

【引用文献】

Cohen, Patricia. "Faulkner Link to Plantation Diary Discovered." *The Book Review. The New York Times.* February 11, 2010. <http://www.nytimes.com/2010/02/11/books/11faulkner.html>

Faulkner, William. *Requiem for a Nun.* 1950. New York: Vintage Books, 1975.

——. *The Unvanquished.* 1938. New York: Vintage International, 1991.

Meriwether, James B., and Michael Millgate, eds. *Lion in the Garden: Interviews with William Faulkner 1926-1962.* New York: Random House, 1968.

Sundquist, Eric J. *Faulkner: The House Divided.* Baltimore: Johns Hopkins UP, 1983.

Wolff, Sally. *Ledgers of History: William Faulkner: an Almost Forgotten Friendship, and an Antebellum Plantation Diary.* Baton Rouge: Louisiana State UP, 2010.

　さて、冒頭に掲げましたとおり、長いあいだ翻訳紹介してまいりました「ベスト・エッセイ」シリーズは、今回をもちまして終了させていただきます。ご愛読ありがとうございました。

◎藤平育子（ふじひら　いくこ）　中央大学教授。著書に、『フォークナーのアメリカ幻想——「アブサロム、アブサロム！」の真実』（研究社、二〇〇八年）、*History and Memory in Faulkner's Novels*（共編著、松柏社、二〇〇五年）など。

FAULKNER MANIA

2

「ベンジーの墓」とは何か？

新納卓也

フォークナー作品には随所に謎が散りばめられています。わざと仕掛けられた＝解ける謎もあれば、いつまでも答えが出ない迷宮っぽい謎もあるのは、彼の作品を愛読している皆さんならご存じのとおりです。そこで編集室では、皆さんがフォークナー作品の中で出会った難解な謎について、ざっくばらんにご質問いただいて、編集室で一緒に考えてみよう、という新コーナーを設けることにしました。興味ぶかい謎について、皆さんからのご質問をお待ちします。質疑をとおして、フォークナー作品の新しい読解の可能性に出会うことになるかもしれません。回答は原則として編集室で検討し、必要に応じてアメリカの研究者にも問い合わせますが、最終的に新納卓也氏の原稿といたします。第2回の質問者は中野学而氏です。

周知のように、『響きと怒り』という小説は「死」に取りつかれた小説です。その中でも最大の「死」はむろん旧南部的伝統／コンプソン家の「死(崩壊)」でしょうが、それはとうぜん、具体的にはその特異な社会体制を象徴的に小説内で背負う人物達の死によって濃厚に主題化されていきます。「匂い」で死が分かる、と黒人達に言われるベンジーは、だからこそ特に「死」との関わりが深く、彼のセクションのみに限ってみても、ダマディ、クエンティン、コンプソン氏、ロスカスの四人の重要な人物が実際に次々と死にますし、母キャロラインも自分の死とそれによる一家の解放をいつも誰かにあてこすっていいます(むろん皮肉なことに、彼女はかなり長生きをするわけですが)。「不在の中心」たるキャディも、物語上は生き続けていてもベンジーにとっては目の前にいないわけですから、死んでしまった他の家族達となんら変わりはなく、その意味ではいわば「死んでいるに等しい」わけです(実際、クエンティン・セクションにおいて彼女はドールトン・エイムズとの性行為のことを「何度も死ぬ」と表現しています)。また馬のナンシーは溝に落ちて死んで今や白骨化していますし、ヴァーシュの話の中では沢山の「青歯茎」の子供たちが死ぬ——このように、ベンジーにとってはつまり「死」こそがこの世の常態そのものなので、そうであれば、ベンジーがキャディの「よすが」たるスリッパのみならず「墓」にもただならぬ親近感と安心感のようなものを抱いているらしいことは、いかにも自然なことです。作品の最後近くでは、いよいよ訪れるコンプソン家の終焉の匂いを感じたのか、「この世のありとあらゆる声にならない苦しみ」をその身に引き受けたかのような激しさで朝からずっと泣き続けるベンジーですが、馬車に乗せ、ジェファソンの共同墓地に向かうコースを正しい方向に走らせさえすれば泣きやませることができるわけで、まさに「あるべきところにある」と言いますか、これらの事態にはそれなりに物語上の整合のようなものが取れているわけです。

しかし、そのように共同墓地に行くのを好むベンジーに、実は「自前の墓」といいますか、「ベンジーの墓」と黒人召使い達の間で呼ばれている敷地内の奇妙な構造物(?)がある、ということに視点が及ぶと、ことはそう簡単にはすまなくなってくるのではないでしょうか。つまり、この「墓」の存在それ自体は『響きと怒り』読者にとっては周知の事実に属しますし、それがどのようなものであるかについてもかなりのディテールが作品中で与えられているのですが、それにも拘わらず、「それが一体何であるのか」ということになると一向に判然とせず、いまだに何らの統一的見解も得られていない。その意味で、この構造物(?)は端的に言って「謎だらけ」のこの小説中でも最も謎めいた特異な「小道具」のひとつであり、たとえば短編「あの夕陽」におけるナンシーの「二回の逮捕」に関する謎などと同じく、「意味の真空地帯」を生むように意図的に空白に仕組まれているとしか思えないようなものでもあるわけです。そのようなわけで、このコーナーは「フォークナー・マニア」ということですので、通常であればそのまま触れずにおくべきような問題であってもあえて足を踏み込んで迷宮入りする、というようなこともかえって面白くなりうるのではないかと思い、思い切って質問させていただく次第です。どうぞよろしくお願いします。

まず「客観的」な叙述がなされる「ディルシー・セクション」の記述を参照しておけば、「ベンジーの墓」の様子は次のようなものです。平石・新納訳から引用します。

彼ら［＝ラスターとベンジー］が裏庭を横切って柵の近くのスギの木立ちのほうへ行くまで、彼女［＝ディルシー］はじっと見送っていた。それから彼女は自分の小屋へ行った。

（中略）針金を編んでそれに樽の板を並べたハンモック型のブランコがあった。ラスターはそのブランコに寝そべったが、ベンはあてもなくそのあたりをうろうろした。彼はまたグスングスン言いだした。（中略）「おめえはだまるつもりがあるだか、それともねえだか?」とラスターは言った。起き上がって、あとをついていくと、ベンは地面に小さく土を盛ったところでうずくまった。その盛り土の両側には、前には殺虫剤がはいっていて空になった青いガラスのビンが地面に据えつけられていた。その一方には、しなびたチョウセンアサガオの花が一本入っていた。ベンはその前にうずくまり、うめき、ゆっくりと不明瞭な声を出した。そのままうめきながら、彼はうろうろとあたりを探して小枝を一本見つけると、もう一方のビンに入れた。「どうしてだまらねえだ?」とラスターは言った。「思いっきりわめけるような理由をこしらえてほしいだか?おいらがこうしたら、どうだ」彼はひざまずくと急にビンを一本引きぬいてうしろに隠した。ベンはうめくのをやめた。彼はうずくまってビンが立っていた土の小さな窪みを見つめ、それから力いっぱい空気を吸い込んだとき、ラスターはビンを見えるところに戻した。「だまるだ!」と彼はかすれ声で言った。「わめいたら許さねえだぞ! ええだか。ほら、ここにあるだよ。わかるだか? これで元通りだ。おめえはここにいるときっとおっぱじめるだな。来るだ、あっちでボールを打ちはじめたかどうか、見に行くだよ」（下巻、二六三―六四）

つまり、一九二八年四月八日のイースターの日、コンプソン家の敷地の隅にある杉の木立の中には「盛り土」があり、そのふもとに間隔を空けてビンが「二本」――一本にはしなびたチョウセンアサガオが挿してあり、もう一本の方はおそらく空だったのでしょう、そこにベンジーが小枝を拾って挿します――「据えつけられて」いる、というのです。この日ずっと泣いているベンジーは、この構造物の前に来てもうめき続けます。それに苛立つラスターがビンを一瞬ベンジーの視界から隠しますが、ベンジーがさらに激しく泣きそうになったのを見て取り、すぐまた「元」に戻します。つまり、この時点でビンは「二本」あるはずです。

一方、我々が最初にこの「墓」を目にする「ベンジー・セクション」、つまりこの日の「一日前」の墓の様子は次のようになっています。同じく平石・新納訳です。

> それからボクたちが木の下に来ると、影はなくなった。ビンの中に花があった。ボクはもう一本の花をその中に入れた。
>
> 「おめえはもうおとなでねえだか」とラスターが言った。「ビンに花を二本入れて遊ぶだか。キャロライン様が死んだら、みんながおめえをどうするつもりだか、知ってるだか。ジャクソンに送るだぞ、そこがおめえに似合いの場所だでな。ジェイソンさんがそう言ってるだ。（中略）」
>
> ラスターが手で花たちをたたき落とした。「ジャクソンじゃ、おめえが泣きだしたらこうされるだぞ」
>
> ボクは花たちを拾おうとした。ラスターがそれを拾い、花たちはいなくなった。ボクは泣きだした。
>
> （中略）
>
> 「ラスター」とディルシーが台所から言った。
>
> 花たちが戻ってきた。
>
> 「だまるだ」とラスターが言った。「ここにあるだよ。見るだ。はじめとおんなじに、ちゃんと元に戻っただ。さあ、だまるだよ」（上巻、一〇八―一〇九）

奇妙なことに、ここではどうやらビンは「一本」しかないように思えます。そのビンにはまず一本花が挿してあり、そこにさらにベンジーが「もう一本」入れることで、花は「二本」となる。つまり「一本のビンに二本の花を入れること」が問題となっている。原文では **“There was a flower in the bottle.”**（五四）となっていて、**“bottle”** に **“the”** がついているので、ここに来るといつもビンがある、ここには当然ビンがある、そのことが世界の前提だ、というベンジーの心持ちが表わされているのでしょうが、ボトルに関しては複数形の **the bottles** ではなくて単数形になっているあたり、もしも「二本のボトル」が視界に入ればベンジーであっても「複数」と認識するだろうことはまず間違いないでしょうから、やはりこの瞬間においては「ここにあるボトルは一本である」ということであるように考えるのが妥当だろうと思います。そして、ここでは、そのボトルに挿されたチョウセンアサガオの花二本をラスターは苛立って両方とも叩き落としますが、その後でやはり「元通り」に戻し、最後はディルシーに呼ばれて二人ともこの場を立ち去りますから、この時点で花はやはり「二本」ビンに挿してあるはずなのですが、翌日「四月八日」の時点で再びここに二人が来てみると、先ほど見たように、ビンには花は「一本」しか挿されてはいない。そして、ビンそれ自体が「二本」に増えている。何が起こったのか、これはなかなか奇妙なことではないでしょうか？あるいは、ここでは単に作家の記憶違いのようなことが起こっている、と考えるべきなのでしょうか？

これらのことに関しては、私見の及ぶ限り、これまで殆ど全くといってよいほど注意が払われて来ていないと思います。それもそのはず、テクストは、これも私の知る限りですが、この件に関して何の「内的説明」も与えていないようだからです。それでもこれまで幾人かの評者の興味をそれなりに刺激してきていることも間違いなく、たとえば『響きと怒り』の注釈書を書いた大橋健三郎やポークとロスなどはこれが「不吉」なものであると同時に「謎」であることを強調しつつ、ここには「何かが埋められているのかもしれない」という可能性を示唆していますし（大橋 三〇四、Ross and Polk 一八七―八八）、ヴォルピは「チョウセンアサガオ」の発するという「悪臭」に注目し、これは「良い匂い」のキャディをアイロニカルに連想させるものになっている、と読み、その長い花の形から「男性器」の象徴性を読みこんでさえいます（一〇三―〇四）。すると、この「墓」の前でうめく行為は、自分が「去勢」されてしまったことに対するベンジーの「悼みの身ぶり」というようなことになるのでしょう。

しかし、当然ながらどうにも判然としない気持ちが残ります。そもそも、この「墓」の前に来ても彼は泣き続けるわけで、これがキャディのスリッパほどの、あるいは「共同墓地」に行くことほどの重要性や鎮静作用をベンジーに対して持っているとは考えにくい。だから、この問題をこのように考え続けること自体にまず大きな抵抗を感じもする。しかしその上で、やはりいろいろなことが気になる。なぜボトルが一本だったり二本だったりするのか。それは、四月七日から八日にかけて起こる娘クエンティンの失踪事件と何か関係があるのか。そもそも、これはいつから存在しているのか。作ったのはベンジーか、あるいはそれ以外の誰か。あるいは、日付がイースターであるということとこの「墓」は何か関係があるのか（たとえば「埋められている」ものは単に「イースター・エッグ」である、などということはあるのか）。キャディや娘のクエンティンが多数の男性と交情する場である「ブランコ」というあまりにも意味深長なものの近くである、ということは何か関係してはいないのか――そのようにいろいろと考えていくと、「これは何なのか？」という最も本質的な問題に答えることはおそらく不可能であるとしても、たとえばヴォルピのようにその「本質的な疑問」を積極的に迂回して「いかにもそれらしい象徴的な意味」ばかりをここに読み込んでいくことは、何か屋上屋を架すようなものにしかならないような気がしてなりませんし、やはり、まさにそういう「様々な意味が吸い込まれては消えていく真空地帯」のようなものをひとつ置き去りにすることで読者による小説全体の読みの濃度を集中的に高めさせることこそ、フォークナーの最終的な意図だったのではないか、などと思われてもくるところです。

たとえば平石・新納の両先生は岩波文庫版の『響きと怒り』共訳をなさっていて、そこではこの「墓」の前に埋めてある「ビン」を「前には殺虫剤がはいっていて空になった青いガラスのビン」(下巻、二六三)としていらっしゃるわけですが、この部分は原文では"an empty bottle of blue glass that once contained poison"(三一五)となっており、要するに「以前は毒が入っていたボトル」としか書かれておらず、特に「殺虫剤」のボトルとはなっていないわけです。高橋正雄訳でもやはり「毒薬」となっている。そこで、遅まきながらここでやっと今回のメインの質問なのですが、訳される際にそのように判断なさった理由はどのようなものだったのでしょうか?また、そのように判断なさるに際して、この厄介な構造物のことをどのようにお考えだったのでしょうか?以上、少し長くなってしまいましたが、このあたりの問題についてのお考えをお聞かせいただければ幸いに存じます。

(東京女子大学講師・中野学而)

『響きと怒り』の翻訳をおこなう際に共訳者として心がけたことのひとつは、フォークナーが描き出そうとしている小説世界をできる限り奥行きと細部を備えたかたちで、具体的に、ときに映像的にとらえることでした。もちろんこれは翻訳の際に程度の差こそあれ誰もが留意することなのですが、語り手の意識を通じて物語を展開するという独特の手法がとられたこの小説では、各場面がいつの(あるいは人物が何歳の頃の)出来事なのか、またどんな場所や状況において、実際に何が起きているのかといったことに、ことさら注意を向けることが必要だったと言えます。先行研究にも助けられながら、各場面の描写を詳細に分析するとともに、小説内の綿密なクロスレファレンスをおこなうという精読の基本作業を積み重ねた結果、ベンジーのようにきわめて不親切な語り手による報告の内容も、整合的に構築された時空間のもとで生起していることがあらためて確認できたように思います。その確認ができたということは、とりもなおさずフォークナーが、一見不親切な語りの手法をとりながら物語を理解するための情報を読者に「親切に」提供するという離れ業をおこなってみせていることの証しだとみなすことができるでしょう。あるいは内面と外的世界が対峙するという図式のなかで、無意味が意味に反転する驚きに満ちた小説を成立させるためには、物語の舞台を綿密に作り込む必要があったということかも知れません。

もっとも語り手の報告のなかには一応の解釈はできるものの結局のところ腑に落ちる説明をつけにくい箇所はあります。ベンジーの章だけをみても、例えばキャディの結婚式の際に酔っ払ったベンジーに実際に起きたこと(酔うところから吐くまでの経緯の詳細)や、ロスカスの死去のエピソードの冒頭（三三）[1]、あるいは父親コンプソン氏が死去した夜の記憶の始まり部分（三四）などは、不分明にみえる内的独白をリアルな外部の出来事へと変換しようと試みる読者に対する配慮がいくぶん失念されている場面になっていると考えたいところです。

さらに物語世界の作り込みという観点からみると、詳細な年表や地図が作れるぐらいに周到な構築をおこなってはいるものの、矛盾や不整合を一切許さないほどに緻密であったかというと決してそういうわけではありません。よく知られている例として、キャディがおばあちゃんの「パーティ」を覗こうと登り、娘のミス・クエンティンが家出の際に伝っておりる木は「ナシの木 the pear tree」（二八二）のはずなのに、キャディの結婚式の前日か前々日をめぐるクエンティンの記憶では「リンゴの木 the apple tree」（一〇五）となっているところ（大橋 七四―七五）や、ヴァーシュという名前の人物が二人いるように受け取れる箇所[2]などが挙げられますし、また小説内の小さなほころびと呼んで良いような、より細部的な矛盾としては、台所と食堂のあいだの「自在ドア the swing door」（二七四）が密閉式のドアのように描写されている場面（新納 一七六）や、風に乗って流れてゆく雲の進む方角がコンプソン屋敷の配置と合わない箇所（新納 一七二）などがあります。今回中野さんが取り上げられた箇所も、こうした作品世界構築上の矛盾点のリストに加えることができるのではないでしょうか。ビンの数という具体的な事柄についてあからさまなズレがあり、しかもご指摘のように作品内の相互参照によって容易に解決することのできない点を考えると、これまで言及がされてこなかったのはむしろ不思議な気がしますが、何よりもこのような埋もれた「謎」を掘り出してこられた中野さんに敬意を表したいと思います。

この問題を考えるにあたり、まずはベンジーの「花」についての確認から始めることにします。ベンジーは花が好きであること、ディルシーやラスターがそれを知って彼に花を持たせることを習慣としているらしいことは、ベンジー・セクションの現在の場面でラスターが早々にチョウセンアサガオを手渡すこと（六）や最終章でディルシーの指示でやはりラスターがスイセンを持ってきてやること（三二八）から明らかでしょう。十数年前に母とともに馬車で墓参りに向かう場面で、ディルシーがお墓にたむける花束から花を一本抜いて渡してやるくだり（一〇）がありますので、この習慣は現在に至るまで長く続いていると考えられます。一九二八年四月七日のいまを生きるベンジーは、「キャディ」という声に惹かれてラスターに付き添われつつゴルフをする人たちを追いかけるのが日課になっているわけですが、「キャディ」と聞こえても姿が見えないためにきまってむずかりだすのを知っているラスターは、彼をなだめるためにも好きな花を渡してやっているのだと推測できます。

ところでラスターは、ゴルファーがいなくなったところで「川まで行ったら、またあいつらが見られるだよ」(六)と言いつつベンジーを川のほうに連れ出します。行った先では「おめえはここにすわって、チョウセンアサガオで遊んでるだ。なにか見てえんなら、川で遊んでる子供たちでも見てるがええ」(一四)と言い捨てて二五セント玉を探しがてら川にいる黒人たちと話をし出しますし、その場にはコースを外れて飛んだゴルフボールを探しに来たキャディ役の少年がやってくるばかりで、ゴルファーの姿は見えません。そもそも洗濯場となっている小川に行くことはディルシーから禁じられていることも考え合わせると、この日二人が向かった小川周辺はゴルファーたちを追いかけるベンジーがいつもたどる散歩コースの一部ではなかったという印象を持ちます。たいていの場合、ゴルファーの動きが気になるベンジーは台所裏から出て、屋敷の角を曲がってから、そこに広がる「裏庭 the back yard」を突っ切り、スイカズラにおおわれた柵のほうへ向かったうえで、この柵に近いエリアにあるスギの木の茂みとブランコ、門、さらには「ベンジーのお墓 his graveyard」のあいだをうろうろし、ときおりラスターに導かれて裏の空き地や納屋、ディルシーの小屋あたりに足をのばすというのが日課だったのではないでしょうか。物語のなかでも何度か言及がありますが、コンプソン家の逼塞に合わせてベンジーのふだんの行動範囲はずいぶん狭くなってしまっています。皮肉なことに小説的にはこの狭さが幸いして、川から戻ってきたベンジーが相変わらずゴルファーを求めてうろつき、ミス・クエンティンとその恋人の邪魔をして彼女を怒らせ、門越しに帰宅する女の子たちを追い、ラスターとゴルファーとのやりとりで「キャディ」の名を聞いて泣き出したのちに、「お墓」におもむくという展開が、過去の記憶の想起を伴ってやつぎばやに起きることが可能になっているとみることもできるでしょう。

　いま述べたように「お墓」はベンジーがもっとも行きたがるエリアに配置されているわけですので、ここにはベンジーが気が向いたときに立ち寄って、手に握っていた花や拾った枝をビンに挿すといったふるまいを習慣的におこなっていたはずです。ただこの場所が彼にとってどんな意味をもっていたのかについてはどうもわかりにくい描き方になっています。四月七日の夕方に家に戻る直前「お墓」にたどりつき花をビンに入れるベンジーは、「ビンに二本入れて遊ぶ」(五四)と形容するラスターの言葉からみても、どうやらこのひととき安らいでいるようにみえますが、翌日ここをたずねた彼は、中野さんも指摘されているように、「うめき、ゆっくりと不明瞭な声」を出し、「うめきながら」(三二五)小枝をビンに入れるなど、慰撫されている様子はありません。ここでラスターは「おめえはここにいるときっとおっぱじめるだな」(三二五)と言いますから、むしろベンジーにとっては何らかのストレスがかかる場所のようにも観察できます。盛り土に埋めたビンに花を捧げてうめくのだとすれば、ディルシーたちが呼び慣わしているように、このビンはベンジーにとって大切なものが失われたことを嘆くための墓標とみなせるわけですが、いっぽうでそれを黙って遊んでいるときには、障害をもったベンジーが花を放り込んで楽しむためのただのビンでしかありません。中野さんはこの場所を「様々な意味が吸い込まれては消えていく真空地帯」と形容されていましたが、ここではそれを少し言い換えて、盛り土に置かれたビンという具体的なモノ自体に象徴的意味がぼんやり宿り、意味と無意味がたゆたう場としてとらえたいと思います。このモノと象徴の揺らぎは『響きと怒り』でフォークナーが見つけ出した独特のシンボリズム提示のシステムですので、この「お墓」もその一例とみなすことができるでしょう。[3]

もっともフォークナー自身は「お墓」の象徴性をあまり意識していなかった可能性も残されています。というのも、この場所が描写される二つの場面のいずれにおいてもラスターが墓に手を出してベンジーをいじめており、フォークナーの狙いとしてはベンジーの「お墓参り」の儀式を意味深く描くのではなく、それを邪魔するラスターの意地悪なふるまいを描くことのほうに力点があったように受け取れるからです。「ここにいるときっとおっぱじめる」のはいつもラスターがベンジーに手を出すからだとすると、このセリフはそのことを自分で意識したうえで口にしている一種残酷な冗談になっているのかもしれません。

それではビンと花の数の矛盾についてはどう考えれば良いのか。この部分についてはクロスレファレンスをおこなってみても新たに判明する事柄は浮上してこず、やはり基本的にはフォークナーが勘違いをしていると受け取るのが無難ではないか、というのがひとまずの回答です。ただそう言い切ってしまうとそこで話が終わってしまいますから、ここではあえて想像をたくましくして何らかの説明がつけられないかを考えてみることにします。

まず四月七日にベンジーが「お墓」を訪れた際に「ビン the bottle」(五四)を単数で認識した点についてですが、彼がこのとき自分が関心を向けているモノ(つまり花が入った一本のビン)だけに意識を志向させているため、それを含む全体を俯瞰する説明的な報告をしなかったのではないかという解釈が一案としては思い浮かびます。食事の際にスプーンの動きばかりに意識を向けるのと同様に、ここでもベンジーは(フォークナーが考える)知的障害者独特の強い主観性を発揮しているとみなすことができるのではないかというわけです。ただかりにこのような説明をつけたとしても、花の数の変化をめぐる謎の解決にはつながらないので、後者についてはまた別に理由を考えなくてはいけません。もともと「花 a flower」(五四)が入っているビンにベンジーがずっと持ち歩いていてしおれかけたチョウセンアサガオの花を入れて二本としたのに、翌日そこを訪れるとそこには「しなびたチョウセンアサガオの花が一本 a withered stalk of jimson weed」(三二五)しかなかったわけですので、四月七日にベンジーたちが家に戻ってから翌日の午後までのあいだに「花」一本がなくなってしまったことになりますが、小説内にはそんなことが起きた事情を示唆するような情報がまったく与えられていないわけですので、この問題については相当程度推測の補助線が必要ということになってしまいます。そこで帰宅後のベンジーたちの行動を追いながら、小説に書かれざる「裏エピソード」として、二五セント玉が見つからない腹いせに帰宅してからもベンジーをいじめ続けるラスターが、やけどをした後に夕食まで時間つぶしをしている書斎をこっそり抜け出してこんないたずらをしたのではなどと考えてみましたが、結局のところ、最初のビンの問題も含めて、フォークナーが花とビンに関して「二本」という数をめぐって勘違いをしてしまったととらえたほうが納得しやすいのではないかとあらためて納得するに至りました。物語のなかでは最終章に至る前にクエンティンが死んでいるわけですので、作者として彼の痛切な死を悼むあまり、ついうっかりお墓のビンの数を増やしてしまったのではないかと考えることも、フォークナーファンの楽しみとしてはありうるのではないかと思いますが、いかがでしょうか。

さて最後になりましたが「前には殺虫剤がはいっていて空になった青いガラスのビン」(三二五)という訳文に関するご質問にお答えします。“poison”の訳語については翻訳当時とりたてて議論をした記憶はないのですが、ここを「毒薬」と訳してしまうと、自然「いったい誰が、なんのためにどんな毒薬を使ったのか」といった関心を読者に呼び起こし、コンプソン家の人間ドラマにより深刻な局面が隠されているのではないかとの、行き過ぎた読み込みを誘ってしまうのではないかとの懸念から、この語について考え得る日常的な用途を想定した訳語を選んだように思います。ただその際、この時代どのようなビン入りの殺虫剤が手に入ったのかといった、より踏み込んだ時代考証はおこないませんでしたので、この機会に当時の“poison bottle”について調べてみることにしました。

まずすぐにわかったことは、ビンというものが収集の対象になっているということでした。コレクターの数も少なくないようで、カタログ形式の価格ガイドが複数出版されています。取り寄せた二冊のガイドの目次を見るといずれにも“poison bottle”というカテゴリーが設けられていましたので早速そのページを開いたところ、ポラック編の色刷りの価格ガイドでは多数の青い色のビンがリストされているのがただちに目に入ってきました。ガイドの説明によると、一九世紀中頃から二〇世紀前半にかけてイギリスやアメリカで“poison bottle”が製造された際、毒を誤飲することがないように目立つ色として青やアンバー色、ときに緑色に着色することが慣例になっていたとのことで、[4] ベンジーの「お墓」に置かれたものを「青いガラスのビン」とした際、フォークナーは当時流通していたこうした典型的な“poison bottle”をイメージしていたものと考えられます。

“poison bottle”について意図的に特徴が与えられていたのは色だけではありません。薄暗いところでビンを扱う際に、誤って毒を取り出し服用してしまうことを避けるため、触った感触だけでもそれとわかるように、ビンの表面に格

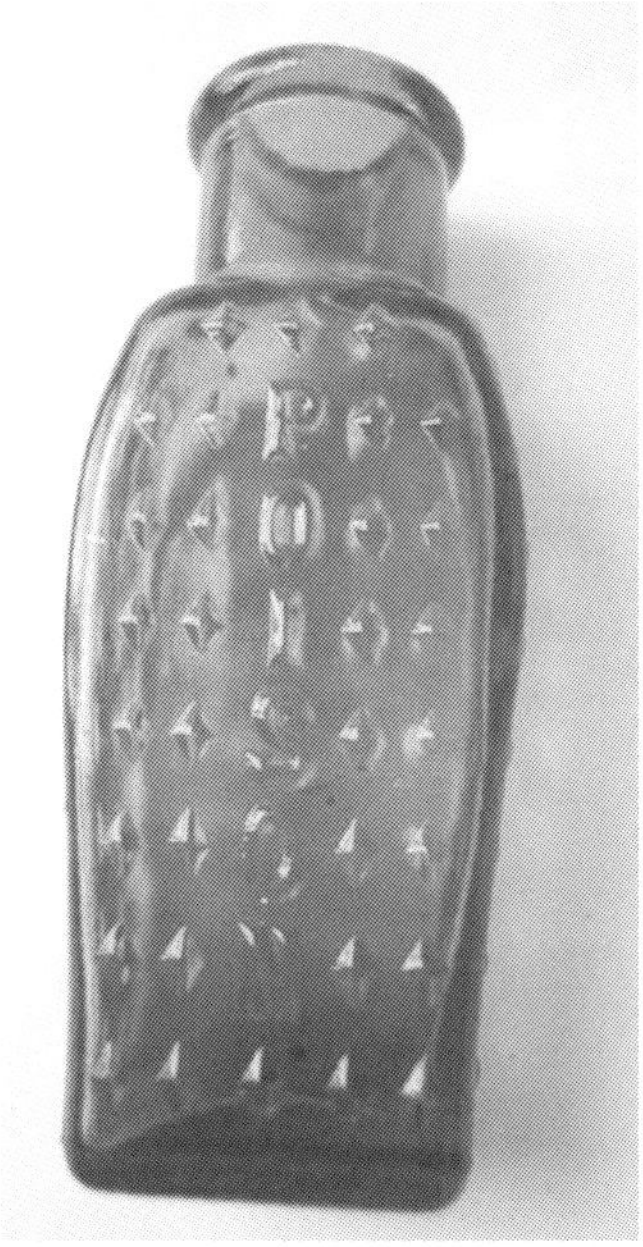

▲図A

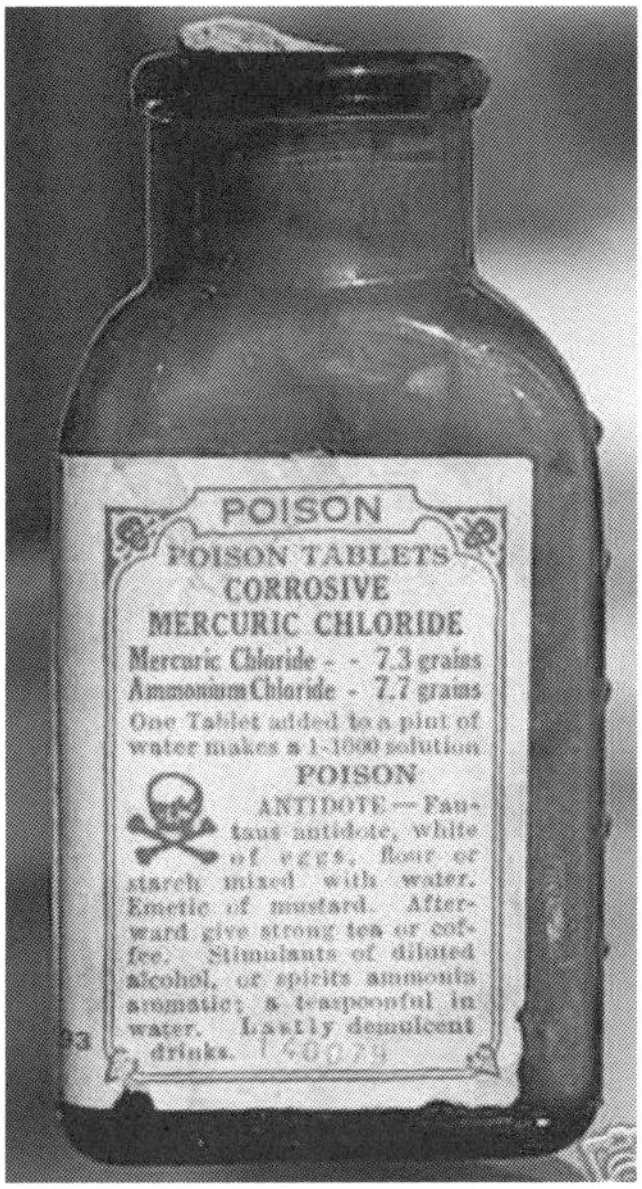
POISON
POISON TABLETS
CORROSIVE
MERCURIC CHLORIDE
Mercuric Chloride - - 7.3 grains
Ammonium Chloride - 7.7 grains
One Tablet added to a pint of water makes a 1-1000 solution
POISON
ANTIDOTE — Fautaus antidote, white of eggs, flour or starch mixed with water. Emetic of mustard. Afterward give strong tea or coffee. Stimulants of diluted alcohol, or spirits ammonia aromatic; a teaspoonful in water. Lastly demulcent drinks.

▲図B

ROUGH ON RATS
RATS
ROU
OUR OCCUPATION GONE "ROUGH ON RATS Did it

▲図C

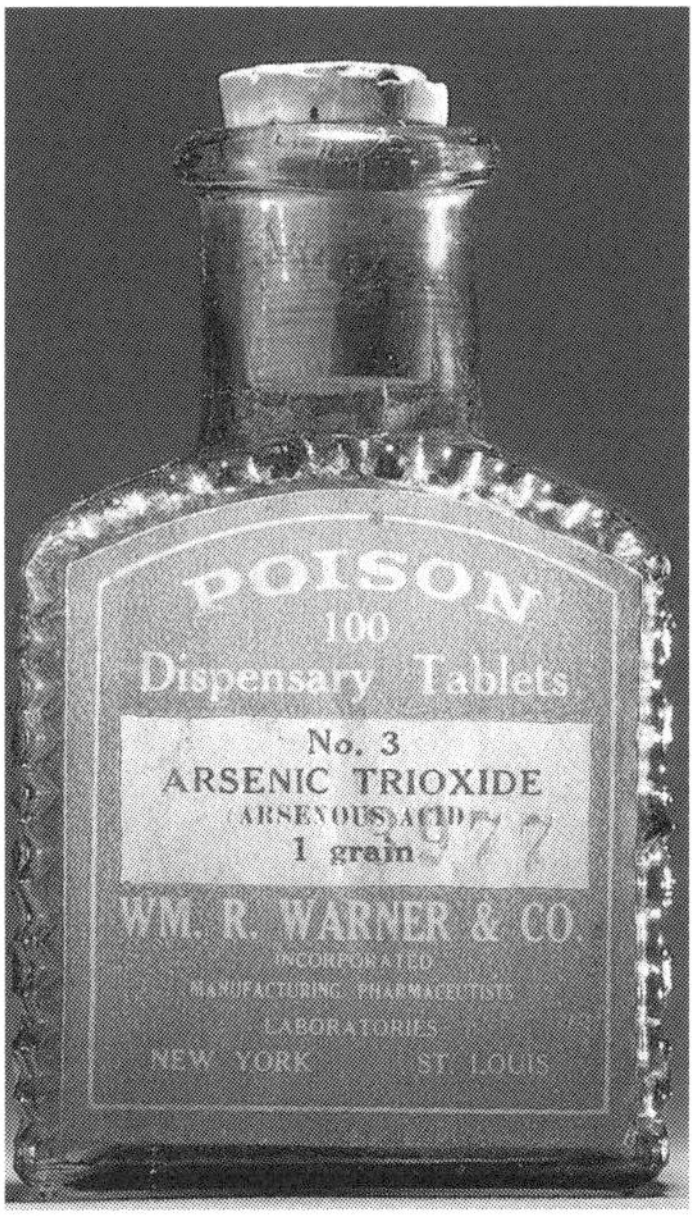
POISON
100
Dispensary Tablets
No. 3
ARSENIC TRIOXIDE
1 grain
WM. R. WARNER & CO.
LABORATORIES
NEW YORK ST. LOUIS

▲図D

子模様やダイヤモンド柄、あるいは"POISON"といったような文字をエンボス加工でつけたものが数多く製造されており、その例は上記のカタログやインターネットのコレクション系サイトで確認することができます。興味深いのは手触りだけでなくビンの形にもわかりやすい特徴がしばしば与えられていたことで、三角柱のビンやドクロの形をしたビンのほか、図Aのような棺形の"poison bottle"も製造されていたようです。かりに例の盛り土のある場所に置かれていたものがこのタイプのビンだったとすると、ディルシーたちが「お墓」と呼んでいた第一の理由はビンの形にあったのかも知れません。

　翻訳との関わりで気になるのは、こうしたビンに入れてあった「毒」とはいかなる物質で、またどういう用途に用いられたのかという点です。当時貼られたラベルがそのまま残っている"poison bottle"を探してみたところ、そうしたビンの画像がインターネット上でいくつか見つかりました。当時の流通ぶりの証しかも知れませんが、コバルトブルーのビンに貼られていたラベルが示す物質はたいていの場合「塩化第二水銀 mercuric chloride（別名 bichloride of mercury, corrosive sublimate）」で、典型的なラベルでは目立つように"POISON"と印字され、一錠を一パイントの水に溶かすと0.1％の溶液になるとして希釈することが使用上の前提であることを示したうえで、解毒のしかたが記載されています（図B）。塩化第二水銀用のラベルには「防腐剤（消毒剤） antiseptic tablets」と表記されているものもありましたが、デボラ・ブラムの『毒殺犯ハンドブック』では、この猛毒の薬品は bedbug と呼ばれる南京虫の類を駆除するための殺虫剤として売られていたほか、その化合物が下剤や消毒剤や利尿剤として販売されたり、ときに梅毒の薬としても処方されることもあったとしています（Blum 一〇六）。[5]

　ところでフォークナーの読者にとってもっともなじみがある毒と言えば「エミリーへの薔薇」に出てきた砒素ではないでしょうか。この小説では砒素を購入しに来たエミリーに対して薬屋の店員が「しかし法律のうえでは、それをどのような方面にお使いになるか、はっきりさせることになっておりますので」（CS 二二六）と使途を申告するよう求め、結局教えてくれないので砒素の入った「ドクロ印の下に『殺鼠用』と書かれた箱」（CS 二二六）を袋に入れて黒人の小僧を通じて渡すという印象的な場面が描かれています。時代が進み薬事に関する法整備も進むなかで、当時の法律に則って使途を訊いてきた店員に対し、一切返事をしないというのはいかにもエミリーらしい頑固な態度で、砒素の購入の場面を利用して時代の変化と彼女の人物的特徴がうまく伝えられていると言えます。ただし前述のブラムの説明では、砒素は一九世紀末から二〇世紀前半にかけてドラッグストアで「除草剤、殺虫剤、殺鼠剤」（Blum 八六）として販売されていたとのことで、当時よく知られた殺鼠剤として紹介されている Rough on Rats という商品（図C）の広告を見ると箱の外側に使途を明示した商標が記されています。こうした販売形態が一般的だったとすると「エミリーへの薔薇」における毒薬の使途をめぐる法律への言及はフォークナーの創作だったのかも知れません。[6] ちなみにこの砒素の殺鼠剤は粉末状で、ビン入りのものは見つかりませんでしたが、「三酸化二砒素（亜砒酸）arsenic trioxid（別名 white arsenic）」のタブレットが入った"poison bottle"はラベルつきのビンがあったことを確認できました（図D なおこの例では色はアンバー）ので、こうした砒素化合物が「青いガラスのビン」に入っていた可能性もあると言えるでしょう。[7]

以上のようなことから、ベンジーの"poison bottle"は、何らかの効用のために薬屋で購入され、なかの劇薬がどこかの家庭で使われたあとで捨てられていたものを誰かが拾ってきたのだと考えて差し支えなさそうです。「殺虫剤」という訳語も具体的に塩化第二水銀のような猛毒がそうした用途で流通していたことが確認できましたので、このまま修正をしなくてもフォークナーがこのボトルについてイメージしていた内容から大きく外れることはないだろうというのが翻訳の問題についての結論となります。

最後になりましたが、中野さん、興味深いご質問をどうもありがとうございました。

【注】

1 ここでは「なげいている」とされる「ボクたち」が誰を指しているのかはっきりしない。

2 *SF* 五七。この箇所では、フロニーの兄のヴァーシュとは別に、フロニーの夫（つまりラスターの父親）がヴァーシュであるように読める。そのように考えれば矛盾ではなくなるが、フロニーの夫であるヴァーシュはこの場面しか登場しないので、フォークナーの勘違いである可能性は残る。なお大橋の注釈はこの問題をラスターが二人いる可能性として論じている（大橋 九一–九二）。

3 平石、一三一参照。なお作品テーマにかかわる例を挙げるなら、ミス・クエンティンが家出をした日に泣き続け、屋敷の敷地から離れるとディルシーの言っていたとおりに泣き止むベンジーの姿は、コンプソン家の崩壊という「終わり」を感じて悲嘆のうめき声をあげているように受け取れる一方で、（前夜にミス・クエンティンが闇の中で木をおりてゆくさまを見た時にもうめくわけではない）ベンジーはたまたまその日、まわりのものにはわからない不快さゆえに泣いているだけかもしれず、この二つの可能性は決定不能のままたゆたう。

4 Polak 一七四–七五、Megura 一六〇–六一、Durfinger 一参照。

5 「リッピンコット農場マニュアル（Lippincott's Farm Manuals）」というシリーズの一冊として一九一八年に刊行された『外注と益鳥——害虫の効果的駆除』という本では、強力な bed bug 駆除液の作り方を「一オンスの粉末状塩化第二水銀を一パイントの水に混ぜて二日置き、そのあと同量のアルコールを加えて強く振る。オイル缶に入れたこの液をベットの枠木の裂け目や隙間に注ぎ込むと良い」（Washburn 二九四）と説明している。なお塩化第二水銀は（ときに棺形をした）錠剤でビンに入っており、それを家庭で砕いたものと思われる。

6 ほかに『死の床に横たわりて』にはデューイ・デルが中絶薬を求めてたずねる薬屋で、店員のマクガワンが「ラベルを貼らずに毒薬を並べておくようなやつは、監獄に行かなくちゃならねえ」（*AILD* 二四七）と考える場面がある。薬事に関する法律は一九世紀末から二〇世紀前半にかけて連邦法でも州法のレベルでも少しずつ整備が進んでおり、こうした場面は南部の町にも近代的な薬事法の波が浸透しつつあったことを示している。なおフォークナーの地元のオクスフォードは一九〇八年に薬学校が設立されるなど、ミシシッピ州のなかでも薬剤師の養成に積極的な町であった（Campbell 七一–七八）。

7 ウォッシュバーンは "white arsenic" を殺虫剤として紹介はしているものの、「植物にも人体にも危険であるため望ましくない」（Washburn 四〇）とこの毒物の使用をいさめている。

【引用文献】

Blum, Deborah. *The Poisoner's Handbook: Murder and the Birth of Forensic Medicine in Jass Age New York*. New York: Penguin Press, 2010.

Campbell, Leslie Caine. *Two Hundred Years of Pharmacy in Mississippi*. Jackson: UP of Mississippi, 1974.

Durflinger, Roger L. *Collector's Guide to Poison Bottles*. Bend: Marverick Publications, 1975.

Faulkner, William. *As I Lay Dying*. New York: Vintage International, 1990.

——. *The Collected Stories of William Faulkner*. London: Penguin Books, 1989.

——. *The Sound and the Fury*. New York: Vintage International, 1990.

Megura, Jim. *Official Price Guide to Bottles*. 12th Edition. New York: Ballantine, 1998.

Polak, Michael. *Warman's Bottles Field Guide: Values And Identification*. 3rd Edition. Iola: KP Books, 2010.

Ross, Stephen M., and Noel Polk. *Reading Faulkner*: The Sound and the Fury: Glossary and Commentary. Jackson: UP of Mississippi. 1996.

Washbun, F. L. *Injurious Insects and Useful Birds: Successful Control of Farm Pests*. Philadelphia and London: J.B. Lippincott Company, 1918.

大橋健三郎『ウィリアム・フォークナー 響きと怒り／解説詳注 大橋健三郎』英潮社、一九七三年。

新納卓也「フォークナー『響きと怒り』注釈（最終回）」『フォークナー』九号（松柏社、二〇〇七年）。

平石貴樹『メランコリック デザイン——フォークナー初期作品の構想』（南雲堂、一九九三年）。

◎新納卓也（にいろ たくや） 武蔵大学教授。論文に「ダーク・マザー 初期フォークナーの「母」たち」田中久男監修／亀井俊介＋平石貴樹編著『アメリカ文学研究のニュー・フロンティア』（南雲堂、二〇〇九年）など。

◆投稿論文

南部のヴァージニティをめぐって

ニューマンのキャサリン、フォークナーのキャディ、そしてクエンティン

松井美穂

1

一九世紀の後半から二〇世紀の初頭にかけて、英米では女性の社会進出が進み、それまでのヴィクトリア朝的な女性観に抵抗を示す新たな女性たち、いわゆる「ニューウーマン」が登場した。さらには、一九世紀末からの新しい性科学の流行とそれに影響された第一次世界大戦後の性の解放を背景として、女性における従来の性規範からの解放が進み、結果フラッパーのようなそれまでにない性的な能動性を持つ女性が現れることになる。この新たなセクシュアリティの流れはアメリカ南部にも侵入してくるが、南部淑女を性欲のない純粋無垢な存在と奉る南部に対してこの新たな性文化は、他の地域とはまた違った意味で大きな影響を与えることになった。南部の女性神話においては、性欲とは黒人／黒人女性／娼婦に属するものであり、一方南部淑女の処女性は結婚まで維持され、彼女たちの無垢なる身体は、いずれ南部白人の正統な家系を維持するための種を植える場所とされていた（Jones, "Women Writers" 二八一）。このように南部淑女の処女性は、南部家父長制社会の階級と人種のシステムと分ちがたく結びついていたのであり、彼女らが性欲を持ち、正式な婚姻外で性体験を持つということは、人種、階級、そして性に関するダブルスタンダードが支配する南部において「性的な能力がすなわち男らしさの証明」であるならば（Rubin 五〇）、ジェンダーのカテゴリーをも逸脱し、その境界を撹乱する行為でもあった。南部社会にとって、女性の欲望と身体を管理することは、白人男性中心のシステムを維持するために必須であったと言える。

このような社会に性的主体としての女性をも可能にする新たな性のイデオロギーが侵入し、従来の性規範と衝突したとき、そこに混乱が起こることは避けがたかったと思われる。そしてこの混乱を新たな文学技法を用いて描いた作品が二〇年代後半にあいついで生まれた。一つは一九二六年に出版されベストセラーになりながら現在ではほとんど忘れ去られたフランシス・ニューマンによる『ハードボイルド・ヴァージン』（以下『ハードボイルド』と略記）、そしてもう一作は今ではモダニズム文学の金字塔となっている一九二九年の『響きと怒り』である。両作品は文学史の中では異なった評価を受けることとなるが、本稿ではあえて『響きと怒り』をニューマンの作品へのレスポンスであったと仮定し、フォークナーに対するニューマンの影響の可能性を探りながら、両者がどのようにこの南部における社会的、文化的変化と対峙したかを考察して行きたい。なお、本稿では『響きと怒り』の中でも、特に『ハードボイルド』との関連性が強いと考えられるクエンティンの章に焦点をあてて論じることとする。

2

一八八三年にアトランタの上流階級に生まれたニューマンは、結婚はせず、図書館司書として働きながら新聞や文芸雑誌で書評を書いていたときに、H・L・メンケンやジェイムズ・ブランチ・キャベルに認められ、小説も書くようになる。批評家としてニューマンはジェイムズ・ジョイスを早くから評価し、またヴァージニア・ウルフなどのモダニスト女性作家の文学的技法に関心を持ち、アメリカの女性作家も彼女らをモデルとして「すぐれた文体」や「女性の経験」にもっと注意を向ける必要があると主張した(Wade 九)。一九二六年にシャーウッド・アンダソンとメンケンの推薦によりマクダウェル・コロニーに参加し『ハードボイルド』を執筆、同年それを出版する。この作品は実験的な技法を駆使した小説であった一方、そのセンセーショナルな内容のためにボストンでは発禁となり、恐らくそれゆえ、この年のベストセラーとなった。しかし一九二八年に二作目の小説 *Dead Lovers Are Faithful Lovers* を出版後、ニューマンはニューヨークのホテルで意識不明の状態で発見され、三日後に死亡する。当初死亡原因は脳内出血と報道されるが、その後、催眠剤の過剰摂取が原因であるという記事がでると、とたんにメディアはニューマンをセンセーショナルな「セックス・ライター」、「欲求不満の独身女《スピンスター》」などと扱い、その死をスキャンダラスにとりあげることになった(Wade 一九)。このようにして、ニューマンは二冊の小説とわずかな短編等を残した後、アメリカ文学史からはほとんど姿を消すこととなる。

『ハードボイルド』は、作者と同じくアトランタの名家に生まれたキャサリン・ファラディが南部淑女として成長して行く中で、様々な男性とのロマンスを体験する一方、南部社会における性や性差を巡る矛盾を認識し、最終的には男性と性的関係をもちながらも独身のまま作家とし生きていく決意をするというストーリーである。言うなれば、この作品はニューマンの自叙伝的小説であり、女性の「芸術家小説Kunstlerroman」であるが、注意しなければならないのは、キャサリンはニューマンの完全なペルソナではなく、語り手のキャサリン描写は時にシニカルなものであり、また成長物語ではあっても最終的に主人公は安定した自我を見いだすのではないということである。

この作品が当時の南部人に衝撃を与えた理由は、ニューマンがキャサリンの内面を通して、南部の宗教、教育、性差別を批判、諷刺し、また南部淑女が通常口にはしないとされること、例えば生理、ペニス、梅毒、避妊、性的な快楽を、婉曲的にではあるが語らせている点にある。特にニューマンが南部社会における男性中心的な性規範を痛烈に諷刺し、南部の紳士階級におけるモラルの低下を皮肉っているのが、ニール・ランプキンとの関係においてである。ランプキンはキャサリンの求婚者の一人で、騎士道的な身振りで彼女の気を引こうとする南部紳士であるが、「合法的な性行為年齢」を引き上げることは、非の打ち所のないジョージア青年を一四歳の処女を犯しただけのことで絞首刑送りにすることになると主張する（一七四）。キャサリンは、彼女の父や兄も含め白人男性は皆この意見に賛成するであろうことを確信している。またこういった話題を南部淑女は知らないことになっていること、さらには「ジョージアの女性は失って初めて処女であることを知ることになっている」というように（一七四―七五）、南部淑女のセクシュアリティが自ら与り知らぬところで管理され、無垢なるものと規定されているという現実を揶揄する。結局キャサリンはランプキンとの結婚は断るが、その際口にはしないが、結婚と売春の本質がそう変わらないことがその内面を通して示唆される（一九三）。

　このようにキャサリンは結婚適齢期までは南部のマナーにしたがって夫探しを繰り返すが、その中で南部の女性規範への批判的認識を深め、最終的には結婚を拒否し、作家になることを考える。そして自分のヴァージニティを捨てることを決意し、旅行先のドイツでボストン出身の劇作家オールデン・エイムズを相手に性体験をする。しかし処女喪失がもたらしたのは、期待とは裏腹に、快楽や解放ではなく、妊娠と自分の肉体が自分でコントロールできないことに対する恐怖であった。妊娠していなかったことが判明すると、自分の知性をエイムズに証明するために劇を書き、その劇がエイムズの劇よりも長く上演されることになるとキャサリンは満足する。ここにおいて、彼女は知的に男性より優位にたつことになり、さらには彼女の劇の若い賛美者が出現し、恋愛においても南部淑女らしく男性を下から見上げる立場から、男性に見上げられる立場へとかわるが、前述の通り、最後にキャサリンが見いだすのは安定した自我ではない。小説の最後に示されるのは、自身は肉体的には処女ではなくても、精神的には男性との関係において満足することはない「救いようがない処女の hopelessly virginal」状態にあり、幻想は常に粉砕される運命にあるという認識である（一八四―八五）。

　ニューマンは南部淑女という偶像の破壊者と見なされるが、この小説が描いているのは、単なる偶像破壊ではなく、南部の女性神話という規範の抑圧と、それへの抵抗の狭間で、あるいは南部社会の表層と自己自身という深層の狭間で、自らのアイデンティティを模索し、格闘する女性の姿であった。そしてこのような、キャサリンの「フェミニストの、処女性の美学 a feminist, virginal aesthetics」の探求を描くために（Beilke 八〇）、ニューマンは非常に難解で実験的な文体を用いたが、それには必然性があった。自らを当時のアヴァンギャルドに属すると認識していたニューマンは（*Tomorrow* 二八四）、文学作品のスタイルに対し意識が高く、「意識の流れ」の技法に早くから注目していた。ニューマン自身は『ハードボイルド』を「女性が感じる真実を女性が描いた最初の小説である」と説明している（*Letters* 二〇五）。シドニー・ジャネット・カプランが指摘するように、二〇世紀初頭の文化変動が女性の心理に与えた影響やその表面下での心理的格闘を表現するには、伝統的な文学形式では不十分であり、ヘンリー・ジェイムズやジョイスと同様に、女性作家もその焦点を外界から内面へとシフトする必要があった（一―三）。ニューマンのスタイルもこのような技法の探求の産物といえる。[1]

　しかしながら、彼女の文体は、ウルフあるいはドロシー・リチャードソンなどの「意識の流れ」とはまた違った形で難解なものになっている。例えばニューマンの場合、一文が長文であるだけではなく、その中で二重、三重の否定形を用いているため、意味を容易には理解できない文体になっている。さらには内容の伝達には必ず語り手が介在しており、直接的な描写は避けられ、ダイアログが一切使用されていない（つまり会話を直接引用しない）。ここで、このダイアログを使用しない技法について、それが南部社会を描く上でどのように効果的であるか検討してみたい。ニューマンはその理由を、「人は実際には考えていることを口にしたりはしない」のであり、会話は「表層」にすぎないからだ、と説明している（"Frances Newman Tells" 六）。前述の通り、キャサリンが心の中で考えることは、しばしば南部淑女としては口にできない事柄である。物語では、語り手によってキャサリンの内面の真実は読者に伝えられるが、それにより南部独特の規範やマナーによって規定されている外界と、彼女の内面が次第に乖離し、キャサリンの成長とともに溝が深まって行くことが明らかになる。キャサリンは若い時からすでに南部の紳士淑女における「社会のお上品なフィクション the polite fictions of society」を尊重する態度を認識しているが（五二）、ニューマンの南部観の根底には、南部社会の虚構性、つまり南部人は神話や伝統がまるで事実であるがごとく生きているが、その伝統や神話が文化の変化の中で浸食された現在において彼らの行動は、もはや身振り、パフォーマンスでしかないという認識があったと言える。

　この南部の虚構性に関連してニューマンが利用しているもう一つの技法に、バーバラ・ウェイドが「劇のモチーフ」と呼ぶ技法がある（一三三）。小説の中でキャサリンと男性との関係は、「最初のエピソード」（八六）、「ロマンティックなドラマ」（一九五）、「皮肉なコメディ」（二四九）のように表現される。これはキャサリンと男性との関係が一見伝統にのっとったロマンス劇を展開しつつ、最終的にはそのコンベンションを裏切る形で終わらせることによって、ジャンル自体をパロディー化していると考えられる。と同時に、恋愛のプロセスも実はパフォーマンスにすぎないことを浮き彫りとする。キャサリンにとって劇作家になることは、男女のヒエラルキーを転覆させるだけではなく、現実と身振りの境目が曖昧な南部にあって、それを逆手にとって現実を批判する手段であったのかもしれない。

　ドナルド・M・カーティゲイナーはこの南部の虚構性について、二〇世紀初頭に活躍した南部女性評論家（L・H・ハリス夫人）を引用しながら、フォークナーの世代の「現在と、それと矛盾する伝説的過去との差異」をめぐる心理状況を、「事実と幻想の間に引き裂かれ、明らかな事実の存在にもかかわらず幻想を信じることを必要としている」とし、この心理的分裂状態がもたらす結果が、「身振りを最高位に引き上げる」南部的態度であると述べている。南部人は畢竟「身振りの達人 the master of gesture」でなければならなかったのだ（六五）。『ハードボイルド』は、キャサリンにとって南部の規範にそって生きることは、南部女性という身振りに徹し、その役割を演じることにすぎず、また彼女に求愛する男性もそういう役割を演じている役者にすぎないということを冷徹に示しながら、南部人の男女がまるでそれが真実であるかのように振る舞ってきた神話や伝統が、もはや事実とはかけ離れた虚構にすぎないことを示した作品であると言える。

3

ニューマンが南部淑女のイメージを破壊し、ジョーンズの言を借りれば「処女喪失は相対的に見て無意味である」ことを暴露した三年後（"Like a Virgin" 六二）、同じようにモダニスト的技法を用いてフォークナーは娘の処女喪失によって没落していく南部の名家に関する小説を出版した。フォークナーが『ハードボイルド』を読んだという直接の言及はないようであるが、ジョゼフ・ブロットナーのフォークナーの図書目録には『ハードボイルド』が含まれている（四四）[2]。キャスリン・マッキーも指摘しているが、キャサリンが処女を失う相手のオールデン・エイムズと、キャディの処女喪失の相手であるドールトン・エイムズの名前は偶然とは言えないほど類似している（一八二）。『兵士の報酬』と同じ年に、自身と同じ出版社（ボーニー・アンド・リヴライト）から出た南部女性作家によるベストセラー作品に対し、フォークナーが関心を持たなかったとは想像しがたいし、当時『紳士は金髪がお好き』のアニータ・ルースへ宛てた手紙の中で「女性の知性に関しては未だ自分はヴィクトリア朝的な偏見がある」と言っていたフォークナーが（*SL* 三二）、「知性と性欲」を持った南部淑女を実験的かつ知的な文体で描いた作品に関心を持たなかったとは思えない。

では『響きと怒り』が『ハードボイルド』へのレスポンスであったとすると、後者が前者へもたらした影響は何か。それはフォークナーにおける、女性の性を主題として取り上げる際の視点の変化あるいは拡大にあるのではないだろうか。『響きと怒り』に至るまでの若きフォークナーにおいて、性、性的欲望、女性といったものが重要な主題であったことは、初期の作品を見れば容易に読み取れるところである。前作『蚊』においてもフォークナーは、フラッパー的な若い女性パトリシアとジェニーに「処女かどうか」という会話をさせるなど（一四七–四九）、男女問わず登場人物たちに「処女性」や性の問題を頻繁に話題にさせている。『響きと怒り』においてはさらに、この「女性の性」／「処女性」が明確に小説の中心的テーマとなるのであるが、その扱い方はそれ以前と大きな違いがあるように思える。それまで「性」や「女性」はどちらかと言えば個人の内的な問題、あるいは芸術と性というように普遍的な問題と結びつけて扱われていたのが、『響きと怒り』、特にクエンティンの章においては、明らかに南部社会の問題と結びついているのである。そして、このように「性」や「女性」を巡る言説を南部の問題と深く絡めて考える視座を、『ハードボイルド』はフォークナーに提供したのではないか、というのがここで筆者が主張したい点である。

そのように考える一つの根拠として、ニューマンがフェミニスト作家で、フォークナーが内面はヴィクトリア朝的な男性作家であっても、両者には南部の現実に関して共通の認識があったと考えられる、ということがある。それは先述の「南部の虚構性」の問題である。もちろんカーティゲイナーの説明にもあるように、これが南部社会の根幹的な問題であることは、当時の南部知識人が認識していたところであろうが、ニューマンとフォークナーは特に意識的にこの問題を文学作品で扱っていたのではないか。例えばフォークナーは、『兵士の報酬』において「女性の名誉、評判」と言ったものは女性の内面的真実とは関係なく男性によって構築されたもので、それは「薄っぺらなドレスのようなもの」でしかない、ということをすでにマーガレット・パワーズに宣言させている（八七）。この台詞はキャサリンが心の中で言ってもおかしくないことばであるが、さらにこの「女性の名誉は男性が構築したものにすぎない」という考えは『響きと怒り』においてクエンティンの父に引き継がれ、第二章の冒頭のクウェンティンの意識の中で、以下のように南部性と絡めて想起される。

南部では純潔であることを恥ずかしく思うのだ。少年達は。男は。彼らはそのことで嘘をつく。なぜならそれは女にとってはそれほど重要じゃないからだ、と父が言った。処女性というものを考えだしたのは男であって女ではないのだ、と父は言った。（七八）

クエンティンは常にこの「処女性は男性が作ったものであり女性には何の意味もない」という、父が説き、キャディが体現する女性の性に関する考えと、「処女性＝名誉」という南部の伝統的規範に則った考えに引き裂かれ、その内面は旧来の性規範と新しい性文化がせめぎあう場となっているのである。

このように、『響きと怒り』の第二章においてフォークナーは、南部の女性性を巡る神話と虚構の問題を追求していく。と同時に、先ほどの引用で女性のヴァージニティと男性のそれが結びつけられていることが暗に示しているように、女性性と表裏一体である「男性性」における虚構の問題をも、この南部の歴史を一身に背負ったクエンティンの章において追求していく。恐らくフォークナーがボストンのハーヴァード大学においても、クエンティンの周りに執拗にスポードやジェラルド、ジェラルドの母といった南部人を配置したのも、こういった問題意識があったからであろう。例えば、先述の引用における処女性の想起のきっかけは、クエンティンがたまたまスポードを見かけ、それにより彼がシュリーヴのことを「クエンティンの夫」と呼んだことを思い出したことにある。この意識の流れは、南部男性にとって自身のヴァージニティは、セクシュアリティの逸脱を意味する可能性があることを、つまり男性の「女性化」／マスキュリニティの否定につながることを、クエンティンが言語化する以前に意識していることを示している。処女性に関する父の言葉の後、回想の中のクエンティンはヴァージンでないのは何故自分ではなく妹であったのか、と父に問うが、これは明らかにキャディのヴァージニティは自らのヴァージニティの問題とつながっていることを、さらに言えば処女性を巡ってキャディとクエンティンは性差のヒエラルキーが逆転していることを彼が深層で理解していることを示している。そして、このようなキャディが及ぼすマスキュリニティへの脅威は、クエンティンをして男らしい身振りを強制していくと同時にその失敗をもたらす一つの要因となって行くのである。

　さらに、ケンタッキー出身のジェラルドとその母は、南部の貴族階級の欺瞞や虚栄心といったものを体現する人物であるが、彼らの存在は、クエンティンにとって自身の南部人としてのアイデンティティを形成し、かつ抑圧もする南部社会のあり方を客観的に示す鏡となり、クエンティンにおける過去と現在、幻想と事実の境界を曖昧にして行く役割を果たす。自身、母における血統へのこだわりを批判的に見る一方で、キャディの相手がドールトン・エイムズというよそ者であったり、裕福ではあるが道徳心の欠如した非南部人（シドニー・ハーバート・ヘッド）であることに拘るように、血統や名誉といった問題はクエンティンの内部まで深く浸透している。キャディの処女喪失が衝撃を与えたのは、それが単なるモラルの問題ではなく、キャディが南部の階級制度の根幹にある決まり事を無視したということにもある。それは、クエンティンがキャディになぜ、「黒人女性のように」、「暗い森」でエイムズと会うのか、と問いつめることにも現れている（九二）。

　クエンティンは自殺の直前、幻想と現実が混乱する中で、記憶の中では妹を救うべく騎士道的な身振りでドールトン・エイムズと戦いながら、現実には目の前のジェラルドを殴り、回想の中でもエイムズに倒されたのと同様、現実でもジェラルドにあっけなく殴り返され負傷する。その「ご婦人方の英雄」然とした振る舞いをシニカルな南部人であるスポードがからかい（一六七）、クエンティンの男らしさがパフォーマンスにすぎないことを暴露するが、当然クエンティンも自分の茶番劇ぶりは認識しているところである。自殺する直前、クエンティンは父に対しキャディと近親相姦をしたというのは「嘘ではない」と訴えた場面を思い返すが（一七七）、この近親相姦という神話的な男女の関係こそ、クエンティンにとって最大のフィクションであり事実であった。そして、そのフィクションが事実になり得ないことを既に悟っているのであり、だからこそ、その虚構と事実の差異を解消させるために、キャディの性を象徴する水の中に、自らの身体を埋没させる手段を選んだのであろう。

4

『響きと怒り』がキャディの失楽園的なイメージから始まったということはフォークナーがたびたび語っていることであるが、その際フォークナーは、キャディの内面を探索するのではなく、彼女の処女喪失によって混乱する三人の兄弟の内面を描き、なおかつその混乱がもたらした結果を客観的に叙述させる方法をとった。キャサリンと比較すれば、キャディはすでに南部の伝統や名誉から遠くはなれた存在であり、フォークナーにとっては、キャディにおける規範との内面的な格闘というものは主題として考えられなかったのかもしれない。逆に、キャディを生々しい肉体を持った女性であると同時に物語の中では不在とすることにより、彼女を言わば家父長制社会に破壊的な力をふるう女性のセクシュアリティを表象する一つの抽象的な存在とし、それに対峙する南部男性の内面を描くことで南部社会におけるセクシュアリティの問題を探求する方が、自ら対峙すべき南部の問題を扱うには適した方法であったのかもしれない。

　ニューマンは、キャサリンによる「虚構にすぎない南部の女性神話」との格闘を描き、そして、フォークナーは「虚構性が暴露されてしまった南部の女性神話」を前にしてそれと格闘する男性の内面を描いた。さらに敷衍して言えば、ニューマンは、神話という虚構を生き、役者として振る舞うことを要求する南部家父長制社会にあって、その虚構と主観的真実の狭間でもがきながら、性的、ジェンダー的、社会的主体性を獲得しようとする女性の姿をその内面を通して描いた。一方フォークナーは、特にクエンティンを通して、南部の伝統の虚構性を認識しつつ、南部紳士の身振りに徹することで、その伝統の衰退に抗い、結局敗北していく南部男性の内面の真実を描いたのだ。結局のところ、両者は南部の女性神話を巡って男女がそれぞれに戦った様子をそれぞれの視点から描いたのであり、同じ「南部における処女性」という抽象概念を表と裏から描いた、と言えるかもしれない。そして、南部社会においてかつて事実と等価であった神話／虚構が、その距離が埋めがたいほどに現実と乖離してしまった時に、虚構と現実の狭間で苦悶する南部の人間を描くために、男女の作家から新しい文学形式が生まれてきたと考えると、そこに、もっぱら男性化されていた南部のモダニズムの起源を、多少なりとも「両性具有化」する可能性が見いだせるかもしれない。

【注】

1 モダニズムの観点からの『ハードボイルド』の分析に関しては、拙論「モダニズム、ジェンダー、*The Hard-Boiled Virgin*—Frances Newmanの再評価に向けて」『北海道英語英文学』五三号（日本英文学会北海道支部、二〇〇八年）一五―二六参照。

2 フォークナーの文体に対するニューマンの影響については、一九四八年のジョゼフ・ウォーレン・ビーチの指摘があるが（Beach 一六〇）、その後さらに詳しく両者を比較検討した論は出ていないようである。

【引用文献】

Beach, Joseph Warren. *American Fiction 1920-1940*. New York: Macmillan, 1948.
Beilke, Debra. "Southern Conceptions: Feminist Procreation in Julia Peterkin's *Scarlet Sister Mary* and Frances Newman's *The Hard-Boiled Virgin*." *This Giving Birth: Pregnancy and Childbirth in American Women's Writing*. Ed. Julie Tharp and Susan

MacCallum-Whitcomb. Bowling Green, OH: Bowling Green State U Popular P, 2000. 67-82.

Blotner, Joseph, comp. *William Faulkner's Library: A Catalogue*. Charlottesville: UP of Virginia, 1964.

Faulkner, William. *Mosquitoes*. New York: Liveright, 1997.

——. *Selected Letters of William Faulkner*. Ed. Joseph Blotner. New York: Vintage Books, 1978.

——. *Soldiers' Pay*. New York: Vintage, 2000.

——. *The Sound and the Fury*. New York: Vintage International, 1990.

Jones, Anne Goodwyn. " 'Like a Virgin': Faulkner, Sexual Cultures, and the Romance of Resistance." *Faulkner in Cultural Context*. Ed. Donald M. Kartiganer and Ann J. Abadie. Jackson: UP of Mississippi, 1997. 39-74.

——. *Tomorrow Is Another Day: The Woman Writer in the South, 1859-1936*. Baton Rouge: Louisiana State UP, 1981.

——. "Women Writers and the Myths of Southern Womanhood." *The History of Southern Women's Literature*. Ed. Carolyn Perry and Mary Louise Weaks. Baton Rouge: Louisiana State UP, 2002. 275-89.

Kaplan, Sydney Janet. *Feminine Consciousness in the Modern British Novel*. Urbana: U of Illinois P, 1975.

Kartiganer, Donald M. "'Getting Good at Doing Nothing': Faulkner, Hemingway, and the Fiction of Gesture." *Faulkner and His Contemporaries*. Ed. Joseph R. Urgo and Ann J. Abadie. Jackson: UP of Mississippi, 2004. 54-73.

McKee, Kathryn B. "The Portable Eclipse: Hawthorne, Faulkner, and Scribbling Women." *Faulkner in America*. Ed. Joseph R. Urgo and Ann J. Abadie. Jackson: UP of Mississippi, 2001. 167-86.

Newman, Frances. *Frances Newman's Letters*. Ed. Hansell Baugh. New York: Horace Liveright, 1929.

——. "Frances Newman Tells How She Writes." *Atlanta Journal* 1 Apr. 1928: 6, 8.

——. *The Hard-Boiled Virgin*. New York: Boni and Liveright, 1926. Fwd. Anne Firor Scott. Athens: Brown Thrasher Books, U of Georgia P, 1993.

Rubin, Louis D., Jr. "William Faulkner: The Discovery of a Man's Vocation." *Faulkner: Fifty Years After "The Marble Faun."* Ed. George H. Wolfe. University: U of Alabama P, 1976. 43-68.

Wade, Barbara Ann. *Frances Newman: Southern Satirist and Literary Rebel*. Tuscaloosa: U of Alabama P, 1998.

◎松井美穂（まつい　みほ）　札幌市立大学専任講師。論文に、「視線、異装、ジェンダー越境：*The Ballad of the Sad Café* におけるクィアな眼」（『アメリカ文学研究』四一号、日本アメリカ文学会、二〇〇五年）など。

◆投稿論文

アメリカへの道

『死の床に横たわりて』におけるコモディティ・フェティシズムと「南部の葬送」

山本裕子

プロローグ

「アメリカの生活様式 American Way of Life」というフレーズが頻繁に使われるようになったのは、一九三〇年代のことであった。そして、「アメリカン・ドリーム」が一般用語となったのもこの時代である(Susman 一五四)。国家に貧困という名の暗雲が垂れこめていた大恐慌時代、アメリカ的想像力は「狂騒の時代」に花開いた消費文化へのメランコリアを表出させていたのだろうか。そうであるならば、「暗黒の木曜日」の翌日から執筆された(Blotner 1: 六三三)とされる『死の床に横たわりて』(一九三〇)が、商品に対する固着――コモディティ・フェティシズム――を見せているのも無理からぬことである。

　おもちゃの列車、蓄音機、入れ歯――『死の床に横たわりて』におけるバンドレン一家は大量生産商品への憧憬を募らせている。この背景には、フレンチマンズ・ベンド付近の村での水道も電気も洗濯機も無い農本主義の生活様式と、ジェファソンやモットソンなどの都市が近代的なインフラ整備によって実現していた最新の家庭用器具や電化製品に囲まれた都会の資本主義的生活様式との格差、すなわち「近代化の不均衡」(Hegeman 二三)が存在する。スーザン・ヘゲマンによれば、近代化の進行度合いは商業中心地からの「地理的距離」によって決定づけられ、南部辺境地帯は最後まで取り残された(二三)。「アメリカの生活様式」は主に都市部で消費された商品体系であり、農村部には通信技術、全国的販売促進、そしてハリウッド映画を通じてその残像が伝達されたにすぎなかった(Jones 二一六)。南部の貧農たちは、都市部に限定されたプログレッシブ時代の新しい生活様式の恩恵を実際に享受することがなかったからこそ、彼ら自身の「欠乏」を強く意識し、大衆消費社会が与えてくれるであろう物質的豊かさを渇望したのである。『死の床に横たわりて』に前景化される「町と田舎との対立」は、ケヴィン・レイリーが既に指摘したように、一九二〇年代南部における都市と農村の格差という歴史的情況――「都市部の価値観が辺境農村部のそれを押し潰すようになった歴史的転換期」(九一)――を色濃く反映している。そして、一九二〇年代南部に共時的に存在していた二つの異なる価値観や生活様式の差異は、バンドレン家が執り行うアディ・バンドレンの葬儀にもっとも凝縮された形で提示されているのである。

　従来、作品プロットそのものとして機能する葬儀――葬式から埋葬までの過程――に関しては、文化人類学の「過渡期 liminality」や「通過儀礼 rite of passage」といった概念を背景に、作品テーマとの関係において抽象的に論じられることが主であった。[1] しかし、マルクス主義、新歴史主義、文化学の批評家たちが先鞭をつけたように、[2]『死の床に横たわりて』をアメリカの歴史・文化史に照らし合わせてみれば、このバンドレン家の葬儀は一九二〇年代南部における近代消費文化の発展と深く密接な関係があることがみえてくる。一九二〇年代後半という作品の時代設定は、南部農村部において近代葬儀業が台頭した時期と重なる。本稿は、南部における近代葬儀業の勃興と作品中の葬儀との歴史的相関性に注目して、『死の床に横たわりて』に描かれるバンドレン一家のジェファソンへの旅の象徴性を読み解く。一家が執り行う葬儀には、民俗方式から近代方式への、そして旧来の伝統から新しいアメリカの伝統への移行がはっきりとみてとれる。その移行する様は、南部がアメリカの一地方として土着性を消失する姿を浮かび上がらせるだけでなく、一九二〇年代におけるコモディティ・フェティシズムを映し出す。埋葬の旅路は、消費大国アメリカへの巡礼の道となり、その旅の終着点には、アメリカ的想像力の死体への「固着 fixation」(Laderman 二〇〇六)という文化地平が広がるのである。

1　葬式——近代消費文化の萌芽

おそらくはミシシッピ河氾濫の年として知られる一九二七年の七月に執り行われるアディ・バンドレンの葬式は、南部辺境地帯で行われていた典型的な民俗葬儀である。遺体を納棺する役目はコーラ・タルを中心とする隣人女性たちが担い、遺体の顔の傷跡に回復措置が施されることはない。村の人々が告別式で目にする遺体には、女性たちが遺体を美化しようと精一杯の努力をした様子がみてとれる。顔には傷を隠すために蚊帳のヴェールを被せ、その身体には花嫁衣装——おそらく故人が所有していた衣類のなかでもっとも上等なもの——を纏わせ、ドレスの裾がきれいに広がる配慮さえする。ジャック・テンプル・カービィの歴史的研究によれば、南部貧農の間では「最も遅くて一九二〇年代後半まで」このような葬儀が一般的であったという。当時の南部の辺境地では、遺体の事後処理をする役目は家族や共同体が担っていたため、家族や隣人たちは遺体を清め、服を着せ、手作りの棺に安置した。「専門家」の手助けを借りるとすれば、それは牧師くらいのものであったという(一九三)。アディの葬式に際しても、家族や近隣住民たちは明確な役割を担い、そこにはホイットフィールドという唯一の例外を除いて、納棺師や葬儀屋といった死を専門に扱う「専門家」が介在する余地は無い。

しかし、この自己完結しているような南部農村部の共同体も、町が代表する消費文化と無縁ではない。たしかにバンドレン一家は、町の発達を尻目に、旧き良き時代のやり方に倣うかのように相も変わらず灯油ランプを使い、泉から水を汲み、洗い桶で洗濯をしている。だが、ジョン・T・マシューズが危険性を指摘したように、バンドレン一家の物語(ひいては南部の物語)を南部ヨーマン農夫が北部的な資本主義に毒されるといったジェファソニアン農本主義を称揚する「アグラリアン寓話」として安易に読むべきではない。なぜなら、近代消費文化は埋葬の旅が始まる以前から一家に深く浸透しているからである(七〇)。

バンドレン夫妻は、長男を「キャッシュ」と名付け、末息子を南部プログレッシズムの信奉者ジェームズ・K・ヴァーダマンにちなんで名付けている。従来、批評家達はキャッシュを孤高の芸術家として賞讃してきた。上述のマシューズですら、彼を大量複製品時代においても真摯に作品と対峙する「宝石職人」と評し、彼の手製の棺は「機械工業化と商品化の時代以前の芸術」(七一)を表象しているとする。しかし、「宝石箱/棺 casket」を作ることが当時の大工の重要なサイドビジネスであったという歴史的事実を思い起こしてみるならば、キャッシュと近代消費文化との関係は、「アンビヴァレント」(Matthews 七一)ではなく、むしろ終始一貫している。彼は母親の為に細心の注意を払って完璧な棺を作るが、これを可能にするのは通信販売で手にいれた新しい大工道具セットであるし、道路脇での棺の制作は、母の追悼と販売促進のデモンストレーションとを兼ねるエコノミカルな行為である。埋葬の旅に際しても、往路では蓄音機のディスカウント購入をしようと現金を懐に用意し、復路ではヴァーノン・タルの納屋の屋根修理をしようと道具箱を携帯する。これらの行動は、母親への追慕の気持ちと何ら矛盾するものではない。彼は、常に資本主義の倫理で行動しているだけである。

末息子のヴァーダマンにさえ資本主義倫理の感化がみられることは、一九二〇年代南部辺境地帯における近代消費文化の影響力の大きさを、そしてそれが貧農に植えつけた消費願望の強さを物語っている。ヴァーダマンが欲している電動列車は、一九二〇年代当時、ライオネル社のクリスマス向け販売戦略によってデパートのショーウィンドウに飾られ、男の子へのクリスマスプレゼントとして大々的に売り出されていた。ショーウィンドウを前にヴァーダマンが感じた胸の痛み(二二六)は、実際に恩恵を享受しないからこそ一層掻き立てられる南部貧農に特有の物質的豊かさへの渇望と同質のものである。彼の一見「幼稚な」新製品への欲望は、テッド・オウンビーのいう「近代消費者」(一一二)のそれに他ならない。

以上のように、都市が約束する最先端技術と物質的豊かさの影響下にある一家の現状においては、民俗葬式が前提とする「宗教的儀式的意味合い」(Bauman 一六七)や「過去の世代が代表する伝統的価値」(Blauner 一九三)は失われ、儀礼は形骸化している。アディの葬儀においては、葬儀本来の役割——個人の死という喪失に際して家族や共同体の結束を固める——は全く機能しない。息子ダールとジュエルが、「三ドル」のために母親の臨終と葬式に不在であることは、一家の経済倫理を象徴している。クリストファー・ラロンドが指摘するように、アディが出産の際に子供を交換可能なものとして計算したことに端を発しているのかもしれない(八三)。そして、ジェファソンへの旅の起源も、母のwillにある。一家の母親は、村の教会墓地ではなく町の共同墓地での埋葬を望む。父親や親類縁者が共同墓地に眠っているアディにとっては、整然と区画整備された近代的な墓地での埋葬様式が彼女にとっての伝統である。彼女は辺境地帯に伝わる風習よりも、町の新しく確立された伝統——「アメリカの葬儀様式

American Way of Death」――に倣うことを一家に強要する。このジェファソンへの埋葬の旅は、町でしか売っていない新製品を手に入れる絶好の機会を一家に与える。一家は、その「近代消費者」への成長のうちに、人間の身体すら商品化するコモディティ・フェティシズムを内在させ、近代消費文化の経済原理を際限なく再生産するのである。

2 葬送――南部の伝統から新しいアメリカの伝統へ

「ニュー・ホープ 三マイル」の標識を通り過ぎた時、一家は、土着の伝統と決別して新しい近代的な埋葬様式を選択する。母親の遺言に従いジェファソンへの葬送行へと旅立つ一家は、民俗葬儀と近代葬儀の双方に対する掟破りをすることとなる。つまり、一方で、遺体は三日以内に埋葬するという植民地時代からの不文律を破り、他方で、アディの遺体をそのまま町に持ちこむことにより、近代社会が押し進めていた遺体の取扱いに関する約束事――遺体にエンバーミングを施すこと――を踏みにじるのである。

ニュー・ホープの先に住むサムソンは、真夏に遺体を運搬すればどうなるかという顛末に思いを巡らし、ジェファソンではなくニュー・ホープの墓地に埋葬するよう忠告する――「やつらが彼女を処置する本職をかかえてないことだとか、今が七月でなんてことだとか、事の一切をレイチェルに話した後、俺は納屋に戻っていってバンドレンたちにそのことについて話そうとしたんだ」(一一四)。遺体を「処置する本職 a regular man to fix her」とは、エンバーミング[3]を施す技術を持った専門職人を指す。葬式後三日以内に遺体を埋葬することを「当然」(一一三)と捉えるこの共同体においても、遺体を遠距離移送するのであればエンバーマーに頼むという事は、既に社会常識となっている。この事実は、このニュー・ホープ付近の農村共同体が近代消費社会への発展途上にあることを示している。

同時期、南部の都市部では、近代消費文化の発達とともに新たな伝統が南部の伝統となっていた。町の葬式では、エンバーミングを施した遺体が主役となる。一九五四年に発表されたフォークナーの自伝的短編小説「南部の葬送――ガス灯」には、南部の小都市における葬儀の様子が克明に記録されている。作品に描かれる「祖父」の葬儀は、WPA設立の数年前という一九三〇年前後の時代設定であるが、大部分が一九二二年に執り行われた作家の祖父ジョン・ウェズリー・トンプソン・フォークナーの葬儀に基づいていると思われる。この小都市の共同体において、家族や隣人たちは極度に洗練された儀礼や役割分担を持つ。隣人女性たちは食事を持ち寄り、親しい友人たちは通夜を行い、棺を担ぐ。葬儀に際して確立した役割分担があるという意味においては、フレンチマンズ・ベンド付近の共同体と大差はない。都市部と農村部の葬儀様式における決定的な違いは、背後に控える「葬儀屋」(四五〇)の存在にある。彼らは棺の用意、花輪や装飾品の飾りつけ、椅子の配列、霊柩車両や馬車の手配を行うが、最も重要な仕事は、告別の儀に備えてエンバーミングを施し、装束を整えた遺体を安置することである。応接室に安置された「祖父」の遺体は、アディ・バンドレンの遺体と対照をなすかのように、南部連合軍の軍服に身を包み、その顔にはうっすらと頬紅がさされている（四五〇―五一）。

語り手の少年によれば、この「祖父」の葬儀は「我々の強硬な、妥協しない、ぞっとするほど威勢のいいバプテスト―メソジスト派プロテスタンティズムの執念深い伝統」（四五三―五四）に則って執り行われたという。しかし、この伝統は比較的新しいものである。エンバーミング技術は、一八六五年、エイブラハム・リンカーンの二〇日間にわたって執り行われた複数都市での告別式により、全国的に普及するようになった。一八八二年には、National Funeral Directors Association が設立され、葬儀に伴うサービス全般を提供することが職業として確立し、一九二〇年代には、ゲイリー・レイダーマンのいう「エンバーミングの標準化」（六）がおこり、輸送の有無に関わらずほぼ全ての遺体に施されるようになる（Farrel 一五七―五九）。エンバーミング技術の全国的普及の背後には、アメリカの近代産業化と消費文化との共犯関係がある。ルロイ・バウマンの研究によれば、一八六〇年代から一八七〇年代頃、「安置された遺体の『美化』と装飾品へのこだわり」（一五九）が誕生し、花輪やドレープなどの装飾品に囲まれた「美しい死体」を披露することが重要視され始める。以降、葬儀は次第に高額商品となる。レイダーマンが指摘するように、経済大国アメリカにおいては「アメリカの葬儀の商品化」（四六）は当然の帰結であったといえる。アメリカ最初の「国葬」に由来する「アメリカの葬儀様式」は、一八八〇年から一九二〇年代にかけての近代産業化と消費文化とが交錯する網目に深く織り込まれながら、大量生産されたのである。一九三〇年前後、語り手の少年にとっての「南部の葬送」とは、リンカーンの葬儀をモデルとする新しい「アメリカの葬儀様式」に他ならない。

『死の床に横たわりて』におけるエンバーミング技術の中途半端な到来は、やがて完了する近代化の影響によって、新しいアメリカの伝統がフレンチマンズ・ベンドやニュー・ホープ付近の農村共同体のそれに完全に取って代わることを示唆している。バンドレン一家が執り行う葬儀は、その民俗的な葬式から近代的な埋葬への移行のうちに、南部辺境地帯が南部土着の伝統から新しいアメリカの伝統へと移行する様を先取りしているのである。

しかし、エンバーミングを施していない遺体を「棺」ではなく「自家製の箱」に納め、霊柩車ではなく「今にも崩れそうなワゴン」（二〇三）で村から町へと越境していくバンドレン一家は、町へ入るやいなや近代管理社会の「法」に抵触する。「公衆衛生を危うくした罪でぶちこまれるかもしれんのがわからんのか」（二〇四）という保安官の言葉は、村と町との法整備の違いを際立たせる。村の住民ルーラは、バンドレン一家の遺体の取扱いを「法律で取り締まるべきよ」（一八七）と糾弾するが、実際に法規制の対象であるとは思っていない。ところが、ジェファソンへの途上にある町モットソンでは、「適切な」処置をしていない遺体を公共の場に晒す行為は、禁固刑に相当する。都市の共同体、つまりロバート・ブローナーのいう「近代官僚体制による死の制御」が進んでいる社会では、遺体の管理と事後処理は、家族から専門家（医者や葬儀屋）に委託され、家庭という私的領域から病院や葬儀場という公的領域へと移行した。アンスは幾度もアディを指して「我々の死者」と言及するが、[4] 遺体は遺族ではなく専門機関の管理下に置かれるべき存在である。一家は、この身体を商品のように管理する近代社会の法を受け入れない限り、都市の共同体の一員となることはできない。

3　埋葬――「アメリカの生活様式」

ジェファソンに近づくにつれ、一家は、近代都市が人々の心に抱かせる無数の「新しい希望」を目にすることになる――「ドラッグストア、洋服屋、特許医薬品と自動車修理工場とカフェ」（二二六）。新商品を次から次へと宣伝するこれらの看板を横目に消費文化への憧憬を抱きながら、一家は、ジェファソンの共同墓地を目指す。ジェファソンでの埋葬は、一家の近代消費社会へのイニシエーションを完結させるのである。

ジェファソンの共同墓地での埋葬に際し、一家は、俄仕込みに町のやり方に倣おうとする。一人娘デューイ・デルは、手持ちの服の中で一番上等の服に着替え、ネックレスをつけ、靴とストッキングをはく（二二九）。南部貧農の代表であるかのような父親アンスですら、町の伝統を尊重し、事前に墓穴を掘ってもらう手筈をとっておけばよかったと言う。ダールは、モダニティの傍観者である彼らしく、「電話できただろうに」とアンスの中途半端な近代化への肩入れを皮肉る。ジュエルだけは、自動車よりも馬に固執している彼らしく、村のやり方を通そうとする――「いったい誰が地面に穴を掘れないっていうんだ？」（二二八）。彼は、農村部の慣習から墓穴を掘ることは当然家族がやるべき仕事と認識しているが、ジェファソンの近代墓地は区画整備がなされており、埋葬するためには「三ドル」が必要なのである。しかし、そんなジュエルも、デューイ・デルの後に続いてダールを精神病院に送る――「彼を矯正する fix him」（二三三）――ことに加担することによって、近代管理社会への仲間入りを果たす。

埋葬を完了させるのとほぼ同時に一家がダールの身体の管理を州に委託するのは偶然ではない。キャッシュが後に語るように、町のやり方に倣うのであれば、ダールを精神病院送りにするか、訴訟を起こされるかの二者択一しかない（二三二）。資本主義経済の原理に基づく法治国家で、他人の私的所有物を損壊したダールの行為が法の制裁をうけるのは当然である。ダールの狂気は、「商品価値」を見抜けないことにある（Slankard 二五）。一家が新しいアメリカの伝統に倣うのであれば、ダールの身体は、母親アディの身体同様、家庭ではなく専門機関によって管理されなければならない。

ジェファソンの共同墓地での近代的な埋葬を終えたバンドレン一家は、ダールという犠牲を払うことによって、近代管理社会の法の遵守にかろうじて成功する。キャッシュの骨折した足をコンクリートで「固定／治療する fix」（二〇四）という民間療法を行うような一家が、埋葬後は、法の番人である保安官の忠告を聞き入れ「治療する fix」（二五九）ために病院へ行く。似非医師マクガワンの「知識と技術」(二四六)と身体とを物々交換——「農本主義の経済原理」(Willis 五八九)——することによって「手術」とは名ばかりの民間療法を受けるデューイ・デルも、「近代消費者」として町でしか売っていない異国の果物バナナを購入する。経済大国アメリカの資本主義原理を受容して「近代消費者」としての転身を最も成功させるのは、父親アンスである。村にいる間は農本主義の経済原理のもと、法律で脅されても「人手不足」(三七)になると頑としてダールを手放そうとしなかった彼が、資本主義原理を受け入れることによって、華麗なる変身を遂げるのだ。キャッシュとデューイ・デルから取り上げたお金を入れ歯や散髪に投資することによって、欲望の対象としての自らの身体の商品価値を高める。彼は、首尾よく新しい「バンドレン夫人」と流行の蓄音機を手に入れる。

物語の結末部、南部農村部の貧農代表のような一家は、キャッシュの言う「大多数の人々の見方」(二三三)を習得することにより、近代消費社会に暮らす「一般大衆」へと「成長」する。目新しい果物バナナをほおばるのは、一家なりの「進歩」の証である。キャッシュが結末で描く一家の未来予想図——新しいバンドレン夫人と蓄音機を囲んだ一家団欒——には、近い将来の電力供給による「アメリカの生活様式」と代消費社会が抱かせる無数の「新しい希望」——アメリカン・ドリーム——の成就が託されている。

近代産業化に付随した消費文化の発展は、一九二〇年代、ついに近代国家アメリカ最後のフロンティア、南部辺境地帯にまで到達した。『死の床に横たわりて』におけるアディ・バンドレンのエンバーミングを施されていない遺体は、一八三八年の白書で「国家一の経済問題」と国一番のお荷物として名指しされた南部の経済的に立ち遅れた姿が重ねあわされている。作品中、バンドレン一家が執り行う葬儀——民俗葬式から近代的埋葬まで——は、南部土着の伝統からアメリカの伝統への転換を示し、それはまさに経済大国アメリカが後押しする南部の近代消費社会への転換をなぞる。フォークナーは、南部辺境地帯が遅ればせながら一九二〇年代に消費大国アメリカに統合される姿をバンドレン一家の埋葬の旅を通して描いているのである。

エピローグ——一九二〇年代におけるコモディティ・フェティシズム

一九二〇年代中葉、フォークナーが駆け出しの作家としてニューヨークやパリで見聞を広めていたまさにその時、近代消費文化の源流である大都市では葬儀の商品化はいっそうの熱を帯びていた。

一九二六年八月二四日、ニューヨークのフランク・E・キャンベルズ葬儀場では、国民的ハリウッド・スターであるルドルフ・ヴァレンティノの告別式が執り行われていた。彼のエンバーミングを施された遺体を一目みようと集まった何万人もの参列者は「暴徒」と化し、ガラスケースの中の遺体に群がり、花弁やタッセルなどの記念品を持ち帰った。ニューヨークでの告別式の後は、リンカーンの葬儀を彷彿させるかのごとく、彼の遺体は大陸横断鉄道によってハリウッドまで輸送された。ニューヨークでの棺担人をファシスト党員に見立てるという演出やハリウッドでの飛行機から薔薇を降らす演出といい[5]、まさに狂騒の時代に相応しい葬儀であった。ヴァレンティノの葬儀は、一九二〇年代のコモディティ・フェティシズムの様相を露わにしている。

フォークナーは、一九二〇年代から一九三〇年代にかけて、多くの作品において執拗なまでに腐乱死体や葬儀を取り上げた。同時代のスコットランド人の評論家エドウィン・ミューアなどは「非常に根深いオブセッション」(三七二)と揶揄したものだが、フォークナーの死体への執着は、当時のアメリカ一般大衆の「美しく」エンバーミングを施された遺体への固執を、反転して映し出しているにすぎない。レイダーマンが「死者崇拝」と指摘するように、一九二〇年代、アメリカ的想像力は死体への「愛着と固着」(二〇六)をみせていた。フォークナー作品における腐乱死体と大衆文化における美しい死体は、アメリカ的想像力が表出するコモディティ・フェティシズムの陰画《ネガ》と陽画《ポジ》である。しかし、「南部の葬送」の最後を次のように締めくくったフォークナーは、前者を陰画《ネガ》と呼ぶことに異を唱えることだろう。語り手の少年は、年に数回、屹立する彫像をただ眺めるためだけに墓地へ出かけていく。彫像は、「その巨大なトン級の重量と嵩で生者を死者から守っているのではなく、死者を生者から守っている。もろく崩れさる骨、無害で無防備な塵を、苦悶と悲嘆と人類の非人道から庇護しているのだ」(四五五)。『死の床に横たわりて』における「南部の葬送」は、消滅していく南部への弔いであるだけでなく、二〇世紀に入ってから急速に表舞台から姿を消した死者へのオマージュでもある。

【注】

1 例えばワドリントン(1987)、ラロンド、ブレイカスタンの論考を参照のこと。

2 作品と近代化との関連を論じたレスター、マシューズ、レイリー、レイダ、ウィリス等がその好例である。

3 「エンバーミング embalming」とは、血管から防腐保蔵剤を注入し死体に防腐処置を施すこと、および遺体に修復や化粧を施すことである。

4 アディの遺体は、デューイ・デルとアンスが目的を実現するための「資本」(Lalonde 八五; Wadlington [1992] 一〇五)として機能する。また、彼女の遺体は、息子達によってフェティッシュの対象物——キャッシュの棺、ヴァーダマンの魚、ジュエルの馬——と交換されることによって、「フェティッシュ化された商品」(Slankard 二四)となる。しかし、バンドレン一家が商品化するアディの身体は、都市部においては彼らの商品化以前に既に管理されるべき物体となっているのである。

5 葬儀の詳細に関しては、エミリー・W・ライダーによる伝記を参照した。

【引用文献】

Bauman, Leroy. "The Effects of City Civilization." Jackson 153-173.
Blauner, Robert. "Death and Social Structure." Jackson 174-209.

Bleikastein, André. *Faulkner's* As I Lay Dying. Bloomington & London: Indiana UP, 1973.

Blotner, Joseph. *Faulkner: A Biography*. 2 vols. New York: Random, 1974.

Doyle, Don H. *Faulkner's County: The Historical Roots of Yoknapatawpha*. Chapel Hill: U of North Carolina P, 2001.

Farrell, James J. *Inventing the American Way of Death, 1830-1920*. Philadelphia: Temple UP, 1980.

Faulkner, William. *As I Lay Dying: The Corrected Text*. New York: Vintage, 1990.

——. "Sepulture South: Gaslight." *Uncollected Stories of William Faulkner*. Ed. Joseph Blotner. New York: Vintage, 1981. 449-55.

Hegeman, Susan. *Patterns for America: Modernism and the Concept of Culture*. Princeton, New Jersey: Princeton UP, 1999.

Jackson, Charles O., ed. *Passing: The Vision of Death in America*. Westport: Greenwood, 1977.

Jones, Jacqueline. *The Dispossessed: America's Underclasses from the Civil War to the Present*. New York: Basic, 1992.

Kirby, Jack Temple. *Rural Worlds Lost: The American South, 1920-1960*. Baton Rouge: Louisiana State UP, 1987.

Laderman, Gary. *Rest in Peace: A Cultural History of Death and the Funeral Home in Twentieth-Century America*. New York: Oxford UP, 2003.

Lalonde, Christopher A. "*As I Lay Dying*: Economization of Loss." *William Faulkner and the Rites of Passage*. Macon, Georgia: Mercer UP, 1996. 65-94.

Leider, Emily W. *Dark Lover: The Life and Death of Rudolph Valentino*. New York: Faber, 2003.

Lester, Cheryl. "As They Lay Dying: Rural Depopulation and Social Dislocation as a Structure of Feeling." *Faulkner Journal* 21.1/2 (2005/2006): 28-50.

Leyda, Julia. "Reading White Trash: Class, Race, and Mobility in Faulkner and Le Sueur." *Arizona Quarterly* 56.2 (2000): 37-64.

Matthews, John T. "*As I Lay Dying* in the Machine Age." *boundary* 2, Vol. 19, No. 1, (Spring, 1992): 69-94.

Muir, Edwin. "New Novels." *The Listener*, 16 October 1935: 681. Rep. in *William Faulkner: Critical Assessments*. Vol. 2. Ed. Henry Claridge. Mountfield, East Sussex: Helm Information, 1999. 371-72.

Ownby, Ted. "The Snopes Trilogy and the Emergence of Consumer Culture." *Faulkner and Ideology: Faulkner and Yoknapatawpha, 1992*. Ed. Donald M. Kartiganer and Ann J. Abadie. Jackson: UP of Mississippi, 1995.

Railey, Kevin. *Natural Aristocracy: History, Ideology, and the Production of William Faulkner*. Tuscaloosa : U of Alabama P, 1999.

Slankard, Tamara. "No Such Thing as Was": The Fetishized Corpse, Modernism, and *As I Lay Dying*." *The Faulkner Journal* 24, 2 (2009): 7-28.

Wadlington, Warwick. As I Lay Dying*: Stories Out of Stories*. New York: Twayne, 1992.

——. *Reading Faulknerian Tragedy*. Ithaca: Cornell UP, 1987.

Willis, Susan. "Learning from the Banana." *American Quarterly* 39 (1987): 586-600. Print.

◎山本裕子（やまもと　ゆうこ）　京都ノートルダム女子大学講師。論文に、「テクスト　パリンプセスト　トランスクリプト——『死の床に横たわりて』におけるアディ・バンドレンのコーパス」（『フォークナー』一〇号、二〇〇八年）など。

◆投稿論文

カラー・ラインの両側に

近親姦、搾取の問題、『行け、モーセ』

大理奈穂子

序論

近親姦は、ウィリアム・フォークナーの重要なモチーフの一つである。ところが、『行け、モーセ』(一九四二)における キャロザーズ・マッキャスリンとトマシナの近親姦は、比較的近年までほとんど注目されてこなかった。たとえば、コンスタンス・ヒル・ホールの *Incest in Faulkner*(一九八六)はこの作品には言及していない(Davis, T. 九三)。もちろん、『行け、モーセ』を論じる批評の大多数がその頃までは、この風変わりな形式の作品が小説なのか中短編集なのかというジャンル論に終始してきた経緯に鑑みれば(Wagner-Martin 五)、この作品がより実質的な批評的関心を集めるのには長い時間がかかったのだろうことはうなずける。しかしそれでも、この作品の核心となるカップルの性的関係が「フォークナー作品のなかで近親姦が実現する唯一の例」(Chabrier 一二九)であることに気づくとき、このような等閑視は意外である。

『行け、モーセ』の近親姦が見落とされてきた理由は、このカップルの持つ際立った特徴にある。一つは彼らが親子である点である。これはフォークナーの典型的な近親姦カップルとは大きく異なる点である。『響きと怒り』(一九二九)のクエンティンとキャディ・コンプソン、『アブサロム、アブサロム!』(一九三六)のチャールズ・ボンとジュディスおよびヘンリー・サトペン、『サンクチュアリ』(一九三一)のホレスとナーシッサ・ベンボウといったもっと有名なカップル、ときには三人組は、みなきょうだいである。ほとんど必ずきょうだいの間で起こるフォークナーの近親姦のなかでは、『行け、モーセ』の親子の間の近親姦は目につきにくかったのだと思われる。実際、一九九〇年代に入ってからはカール・F・ゼンダーもこの作品の近親姦の特異性に言及しているけれども(Zender 七五五)、ジョン・T・アーウィンの *Doubling and Incest/ Repetition and Revenge*(一九七五)を始め、フォークナーの近親姦を論じる批評の大多数は今日も、きょうだい、なかでもとりわけ兄と妹の近親姦に焦点を絞り続けている。[1]

『行け、モーセ』の近親姦が見過ごされてきたもう一つの理由は、キャロザーズとトマシナが人種を異にしている点である。だから彼らの近親姦は、むしろ異人種混淆が実現する例としてよく認識されてきた。[2] それどころか、後者が前者の実子であることを明かした作者の手紙が一九九九年に発見されるまでは、この二人の間の血縁が疑われることさえあった(Polk 一〇七)。もっとも、『行け、モーセ』の近親姦を異人種混淆として重視する傾向は、この作品の主人公であるアイザック(アイク)・マッキャスリンが持っていたものでもある。「デルタの秋」で、彼は生家の六代目の当主であるキャロザーズ(ロス)・エドモンズの捨てられた愛人と出会うが、彼がこの名もないムラート女性にぶつける言葉には、彼が自分の祖父である老キャロザーズの罪を、どのようなものと受け止めていたのかが端的に表れている。「お前さんは黒ンぼなんじゃな！」(*GDM* 三四四)。実はトマシナの息子、トミーのテレルの子孫であるという彼女の出自が明かされた後でも、彼のこだわるのがもっぱら彼女が白人ではないことである点は変わらない。「結婚するがええ――自分と同じ人種の男とな。それがお前さんにとってのただ一つの救いなんじゃから――まだしばらくの間はな、たぶんまだ長い間は。わしらは待たなくちゃならんじゃろう。黒人の男と結婚するがええ」(三四六)。彼女の混血性に向けられたアイクの反感は、彼を恐れ戦かせたキャロザーズの罪が、何よりも異人種混淆だったことをよく示している(Hoffman 一六九―七一)。結局、近親姦はアイクにとって、祖父の第一次的な罪ではなかったのである。

エリック・J・サンドクイストは、『行け、モーセ』に『アブサロム、アブサロム！』との連続性を見出し、異人種混淆の近親姦としての実現に対する障壁の崩壊を、前者が後者から離陸した一歩として評価している(Sundquist 一三一)。それにしても、フォークナーの近親姦はなぜ、奴隷所有主とその奴隷という、支配と従属の関係でつながれた親子の間を選んで実現するのだろうか。この疑問の答えを探るために、本稿ではキャロザーズとトマシナが父と娘である点に着目して、彼らの近親姦を、一九七〇～八〇年代に近親姦という現象の臨床的解明に貢献した、フェミニスト精神医学および文化人類学の知見を援用して分析する。それは、奴隷制の歴史法学をフォークナー研究に導入することで、サディアス・M・デイヴィスがこの作品に読み込んだ、近親姦を異人種混淆として生起させる旧アメリカ南部社会に固有のダイナミズムをあらためて、「女の交換」(Rubin 一七五)と呼ばれる近親姦タブーのジェンダー非対称性の極点として考察する試みである。目標は、親子の情愛ではなく、所有の主体と対象としての負の絆で結ばれた父と娘の間で生起する近親姦が、その実いかに、親族ネットワークの形成を意図する「族外婚の法」(Herman 五九)にもともと備わっている、一定の条件下での近親姦の発生に対する驚くほどの寛容さの、誇張された表現形態であるのかを描き出すことである。

1　肉親≠親族

「われとわが娘を　われとわが娘を。いや　いや　まさかあの人でも」(*GDM* 二五九)。生家の古びた農園台帳の断片的な記述のなかから、キャロザーズが実の娘に子を産ませていた事実を読み取るアイクは、自分の祖父の「無慈悲さ」(二六〇)に衝撃を受けずにはいられない。しかしここで生じるのは、自分の娘と性的な関係を持つことは、父にとっても不都合なことなのではないのかという疑問である。というのは、近親姦が異人種混淆と重なる「双子のタブー」(King 一二六)とされ、ことさらに重大視されてきたアメリカ南部に限らず、異なる親族集団が構成員を交換することで成り立っている族外婚の社会では、新たな親族関係を生み出さない近親姦は、男にとってこそ利益にならないものであるはずだからである。クロード・レヴィ＝ストロースによれば、近親姦タブーに従って異なる親族集団の間で行われる婚姻は、人々の友好的な交流を促す贈り物の交換の基本的な形態である。物だけでなく人が交換され、信用や協力関係にとどまらず、親族関係のネットワークがもたらされる婚姻は、一般的な贈り物の交換に増して人々を堅密に結束させる働きをしている。「近親姦の禁止とは、母や姉妹や娘との結婚を禁じるルールであるよりも、母や姉妹や娘を他人に譲ることを義務づけるルールである。それは最高の贈与のルールであり、非常にしばしば認識されていないのだが、その本質が理解されるのは明らかにこの側面においてなのである」(Lévi-Strauss 四八一)。そうだとすれば、このルールに反した者には、それを守ることで約束されている社会的な連携は失われることになる。自分の母や姉妹や娘を犯すことは、当の男の利益を削ぐ行為であるはずなのである。

それなのに、なぜキャロザーズは自分の娘を性的に弄んではばからなかったのだろうか。理由はもちろん、奴隷所有主と奴隷の関係でつながれた彼らの特殊な親子関係にある。彼にとってトマシナは、自分の娘であるよりも自分の所有する奴隷であった。彼女の母は、彼が情婦にしていた女奴隷のユーニスだったからである。知られているように、女である奴隷は所有主にとって、無制限の性的搾取の対象であった。奴隷制を支持する制度と文化は、こぞって所有主による女奴隷の性的利用を奨励していた。一方の所有主には、女奴隷を使用して性的欲望を満たすことだけでなく、彼女たちに彼ら自身の子を産ませることで、男女の奴隷に子を成させることから得られるものと同じ利益、すなわち労働力の再生産をも得ることができた(Davis, T. 九〇、Davis, A. 六―七、Clinton 二〇三―〇六)。他方の奴隷は法律上、意思を持たない物のような存在と見なされており、それゆえに、女奴隷に強いられた性交渉には強姦という概念さえ適用されていなかった(Davis, T. 一一二―一三)。なかには暴力を伴わないものもありえたにせよ、そうした場合でも、所有主と女奴隷の性的関係に、アイクがしたように「何らかの種類の愛」(*GDM* 二五八)を期待することは、感傷のそしりを免れない(Davis, T. 九六―九八、Davis, A. 二五―二六、Clinton 二一二―一三)。圧倒的な権力格差の下で行われる性的な搾取や虐待に、あからさまな暴力や強制はほとんど必要ないからである。そもそも、リリアン・スミスが「裏庭の誘惑」(Smith 一一六)と呼んだ所有主の性的欲望自体が、経済的な利潤のために奴隷の搾取を合理化する必要から生じた、支配の論理をエロス化する性的文化の産物だったと言ってよい。南部史家のキャサリン・クリントンは、白人男性が人種とジェンダーを利用して造り上げた旧南部の階層的社会構造が、彼らのセクシュアリティにもたらした心理的な結果を次のように説明している。「プランテーション社会の複雑な性的筋書きのなかでは、権力が他の主題を覆い隠してしまう。エロティックな想像と興奮、欲望の対象と充足の諸様式を、支配が形成するのだと考えても大げさではない。奴隷所有主は、明示的なものであれ暗示的なものであれ、暴力を自分の性的満足の型に組み込んだのである」(Clinton 二二二)。

女奴隷の性的利用を容認するこのような社会的・文化的状況は、所有主との血縁を持つ女奴隷にとっても変わることはなかった。南部の刑法は伝統的に、近親姦に対して比較的寛容だったと言われているが(Chabrier 一三〇–三一)、異人種間の近親姦にはその寛容な刑法でさえ適用されていなかったのである。人間ではなく家畜にも似た所有物として定義されていた奴隷には、家族の構成員となりうる法的な資格がなかったし、家族を司る法律は奴隷を度外視していたからである(Davis, T. 九九–一〇〇)。奴隷の「繁殖」に自ら「種馬」として積極的に関わりながら、自分が産ませた奴隷との血縁を合法的に存在しないものと見なすことができたことは、所有主に、自分の娘や姉妹である女奴隷をも性的に使用する口実を与えていたに違いない。また、家族ではなく家族の財産である奴隷は、労働力としてのみならず、性的な奢侈品としても継承されることが珍しくなかったから(Clinton 二一八–一九)、所有主は父と息子とで一人の情婦を共有することもできれば、母と娘である二人の女奴隷をともども情婦にすることもできた(Fox-Genovese 九、Davis, T. 九九–一〇〇)。この事実は、所有主の情婦にされた女奴隷を母に持つトマシナのような混血の娘が、主人である父や異母兄弟による近親姦に対して極めて脆弱だった背景を物語っている。

結局、キャロザーズにトマシナとの近親姦を許した要因は、彼女には欠けていた彼の親族としての資格だったのである。近親姦タブー、あるいは族外婚の法が約束している特別な利益は、親族の構成員を交換することで得られるのであって、物を交換することで得られるのではない。自分の所有する奴隷であるトマシナを仮に結婚させたところで、キャロザーズに新たな親族関係がもたらされるわけではない。言い換えれば、彼の所有物であって親族ではない彼女には、婚姻という市場における交換価値がないのである。近親姦タブーが彼女の被害を防がなかったのは、彼の肉親ではあっても親族ではない彼女が、あらかじめ婚姻の可能性から締め出されていたためである。婚姻市場において交換価値を持たない娘に対しては、族外婚の法は、それを守る者に何の報酬も与えない代わりに、それを破った者にも何ら不利益を与えない。それならば、彼女をその父や(異母)兄弟が自ら使用してもかまわないことになる。だからこそキャロザーズは、孫でもある息子に遺した一〇〇〇ドルの遺産を除けば(GDM 二五八)、ほとんど何の損失も被らずに、肉親であるトマシナを性的に恣にすることができたのである。

2　父の支配

ところが、トマシナと違って婚姻における交換価値のある娘、つまり父の親族としての資格を備えた白人女性もまた、所有物として扱われているのが『行け、モーセ』である。アイクの父母の結婚の前史が語られる「昔あった話」は、婚姻という特別な交換の構造を赤裸々に描く喜劇である。その第三節では、「独身の砦」(Muhlenfeld 二〇一)を明け渡したくないセオフィラス（バック）・マッキャスリンが、隣家の令嬢なのだが婚期を逃しつつあるソフォンシバ・ビーチャムを「勝ちとる」に至るまで（*GDM* 二三）、彼女を「片づけたい」兄のヒューバートと、バックの双子の兄弟であるアモーディアス（バディ）の間で、何度か繰り返されることになったらしいポーカーの勝負が展開される。興味深いのは、彼女の結婚が賭けの対象にされていることだけではなく、この勝負が賭け金としてのそれを、ビーチャム家の女奴隷であり、トミーのテレルの恋人であるテニーの帰属とほとんど同列に扱っていることである。それどころか最終的な賭けの条件は、テニーの方がその女主人よりも有利でさえある立場にいることを示している。というのもヒューバートとバディは、二人の奴隷をこれ以上引き離してはおけないという認識で一致しており、それを前提に賭けているからである。つまり、ソフォンシバは兄が勝たなければバックとは結婚できないが、テニーはどちらが勝っても恋人とともに暮らせるようになるのである。ヒューバートは自分が勝っても妹に持参金をつける気はなく、しかもこの勝負には負けてテニーを無償で手放すはめになるのだが、ここに至って、婚姻における交換財としてのソフォンシバの立場と、財産取引における交換財としてのテニーの立場は、容易に見分けがつかないほどに似通ってくる。女主人もメイドも、どちらも身一つでマッキャスリン家とビーチャム家の男たちの間を取り交わされるのである。

ソフォンシバに交換財という言葉を使ったが、注意しておかなければならないのは、婚姻という特別な交換がジェンダー中立的には行なわれていないことである。贈り手や受け手として婚姻に参加できるのは男だけである。そこで女に割り振られているのは、贈り物を交換する者としてのではなく、交換される贈り物としての役割である（Lévi-Strauss 一一五）。それは、フェミニスト文化人類学者のゲイル・ルービンがたとえているように、男同士を結びつけるパイプのような役割、あるいは後にイヴ・K・セジウィックが理論的に精緻化する「ホモソーシャルな欲望」の媒介である。男と女を均等に交換させるのではなく、男の間で女を交換させることによって、族外婚の法は、親族関係の形成を通じた社会の組織化という恩恵を、もっぱら男たちに授けているのである（Rubin 一七四）。

女であって贈り物にしかなれないのに、それを交換する者になろうとして失敗するのが、アイクの名のない妻である。新婚の夫が自分に隠れて二人の新居を建てていることに気づいた晩、彼女はそれまで見せたことのなかった自分の裸身を彼の目にさらす決意をし、彼にいずれ生家の伝来の農園を相続することを約束させようとする（*GDM* 二九七–三〇一）。彼女は自分の裸身で土地を購おうと試みるわけだが、夫への贈り物である自分が、同時に彼の取引相手になることはできないことがわからない。いかに彼女がこの日までそれを彼に見せてこなかったとしても、彼女の身体はすでに夫のものになっているはずである。彼女の結婚においてアイクと取引をしたのは、大工としての職業上も彼の「相棒」（二九六）である彼女の父である。新婚の彼女がどこに、またどのような家に住むべきかは、彼女を贈った父と贈られた夫の間で決められるのであり、彼女がどれほど夫を愛していても、贈り物としての彼女の立場は変わりはしない。贈り手にも受け手にもなれない彼女が夫に申し出た取引は、それゆえに成立しえないし、あまつさえ彼女に羞恥心という犠牲を強いる結果にしかならないのである。「フォークナーの全作品中で最も情熱的」(Muhlenfeld 二〇三)と評されるこの夫婦の愛の交歓の場面は、婚姻の構造のなかに定められた惨敗を喫した彼女のヒステリックな高笑いで幕を閉じる。「これだけよ。これがあたしのすべて。これであんたの言っているあの息子ができなかったら、あれはあたしのものにならないのよ――」(*GDM* 三〇〇―〇一)。

ソフォンシバもアイクの妻も、その父や兄や夫によって、本人の意思などほとんど考慮に値しない所有物として扱われていることは明白である(Dickerson 四一八―二一)。白人女性である彼女たちの特権であるはずの、婚姻の交換財としての価値は、彼女たちの立場と女奴隷のそれとを、さほど画然と隔ててはいないのである。それならば、父の親族であってなお所有されている彼女たちが、いかにして近親姦と関わりを持たずにすむのかが、ここで問われなければならない問題となる。というのは、女に対する男の所有権という概念こそは、近親姦の発生メカニズムを解明する鍵だからである。

まず押さえておかなければならないのは、近親姦の実態である。それは今日、父と娘の間で最も頻繁に報告される、子どもに対する性的虐待の一形態であることがわかっている。フェミニスト精神医学者のジュディス・ルイス・ハーマンは、一九四〇年に始まった男女の性体験に関する社会科学的調査のうち、有名なキンゼイ報告を含む代表的な五つの調査の分析結果、[3] および一九七〇年代から本格的に行われるようになった近親姦に的を絞っての調査のうち、やはり代表的な五つの調査の分析結果を総括して、[4] 近親姦がいかにありふれた現象であるのかを詳述している。大人が子どもを性対象にしているという事実自体、またそのような行為に及ぶ大人はほぼ全員が男性であり、犠牲となる子どもはほとんどが女児であるという傾向、さらにそうした事例が近親姦をも含んでいるということまでは、前者の部類の一連の調査によっても明らかにされていた。しかし、近親姦の事例に的を絞って行われた後者の部類の調査群によって初めて、近親姦の生起が、犠牲者の大多数を女児とし、加害者の大多数を男性とする、子どもの性的虐待の定型に則っていることが確められたのである。そうした加害者のなかには兄やおじ、祖父も含まれているわけだが、それら五大調査の分析結果は一致して、近親姦のほとんどが親子の間で起こっており、そのうちの九割以上が父と娘の間で起こっていることを示していた(Herman 一一―一九[5])。

近親姦が母と息子の間ではめったに起こらず、ほとんど必ず父と娘の間で起こる原因を、ハーマンは上述した近親姦タブーの男性優位性の結果として見出し、次のように結論している。「西洋社会を含む家父長制社会では、家族のなかの女を所有し交換する権利は、第一に父に授けられている。その権利は、父の娘に対する関係のなかに最も完全な形で表れる」（Herman 六〇）。彼女によれば、近親姦タブーに実効力を持たせているのは、贈与のルールではなく、親族内の男たちの「縄張り意識」である。禁じられているのは、親族内の他の男が所有している女を性的に横領することなのである。娘以外の親族の女には一人残らず、彼女に優先権を持つ他の男がいるけれども、娘は唯一、父だけに属する女である。これこそ近親姦が、母との間で最も厳しく禁じられていながら、娘に対してはほとんど黙認されている理由である。父と娘の間は、このルールの機能が男同士の性的競合関係による補強を受けず、それゆえに女に対する男の所有権が最大化する場所なのである（Herman 六〇–六二）。

父の所有権のこのような絶対性を思えば、白人女性と言えどもつねに近親姦の危険を免れられたと考えることは難しくならざるをえない。もちろん二〇世紀後半における近親姦の実態と構造を、一五〇年も遡るアメリカ南部のそれに当てはめるのは、時代錯誤だという考え方もあるだろう。しかしキャサリン・クリントンが結論している通り、「家父長制は奴隷制がその上に基礎を据えた基盤であり、奴隷制は家父長制が確立した隷従の型を誇張したのである」（Clinton 六）。そうだとすれば、奴隷制南部の近親姦は、現代の近親姦に見られる特徴をより極端な形で示すものではあっても、質的にまったく異なるものではありえまい。実際、フォークナーの小説にも、白人女性が父による近親姦の犠牲になったと思われる事例が、少なくとも一つは描かれている。『アブサロム、アブサロム！』のミリー・ジョーンズである。西インド諸島のマルティニーク島出身で、フォークナー文学にクレオール性を見出した作家、エデュアール・グリッサンは、その独創的な著作のなかで、メンフィスの売春宿で死んだとされる未婚の母を持ち、老いたトマス・サトペンの子を産むこの少女の父を、当のサトペンだと推定しているのである（Glissant 一三四–一三六）[6]。まるでキャロザーズとトマシナの陰画ででもあるかのようなこの「父娘」の性的結合は、旧南部においても、近親姦の見逃される口実が決して肌の色の違いばかりではなかったことを示唆している。

3 結論

このように考えてくれば、フォークナーの近親姦が、いかに周到に選ばれた場所で実現していたのかがわかるだろう。キャロザーズによるトマシナの性的征服は、確かに一方では奴隷制の性的力学の下でのみ可能な、近親姦タブーの適用除外の事例であった。しかしながら他方で、父の所有権を要とする近親姦の発生メカニズムに照らすなら、それこそはこのルールにあらかじめ想定された破綻の、この上ない典型例でもあったのである。『アブサロム、アブサロム！』と違って白人女性を近親姦に関わらせはしないものの、彼女たちをも徹底的に男の所有物として描く『行け、モーセ』には、主人と奴隷の関係でつながれた父と娘の近親姦が、家父長的な家族規範からの逸脱であるどころか、人種の秩序という言わば拡大鏡を通して、それを最大限に誇張した形態にすぎないことがよく表れている。この際、フォークナー作品の近親姦のほとんどが兄と妹の間のそれであることは、決定的な問題ではない。肝心なのは、それが何組もの兄と妹の間での試行錯誤を経た後に、最初で最後の実現を見るためには、父と娘の間という、別の場所が選び直されなければならなかったということである。そうだとすれば、その結果である『行け、モーセ』の近親姦には、この作家があれほどこだわった近親姦のなかでも、とりわけ重要な地位が認められてよいはずである。キャロザーズとトマシナの近親姦こそは、フォークナーの近親姦の周縁どころか、中心に位置づけられるべき事例なのである。

＊本稿は、日本英文学会第八二回全国大会（二〇一〇年五月二九–三〇日、神戸大学）での口頭発表原稿に、大幅な加筆・修正を施したものである。
＊本文中、『行け、モーセ』からの引用文は、大橋健三郎訳、冨山房、一九七三年の訳文を使用した。

【注】

1 例外としては、『死の床に横たわりて』に息子の抱く母への近親姦願望を読み取る Olga W. Vickery の *The Novels of William Faulkner: A Critical Interpretation* や、竹内理矢の「『死の床に横たわりて』におけるダールの放火——母への近親相姦願望と戦後南部の告発」がある。また近年では、『アブサロム、アブサロム!』に父と娘の近親姦のサブテクストを読み込む批評動向が目を引く。たとえば、John N. Duvall の *Faulkner's Marginal Couple: Invisible, Outlaw, and Unspeakable Communities* や、Kathleen M. Scheel の "Incest, Repression, and Repetition-Compulsion: The Case of Faulkner's Temple Drake" などである。

2 代表的な著作としては、一つの家系を構成する白人と黒人との絡み合った血統の存在を明示した作品として『行け、モーセ』を評価した、Myra Jehlen の *Class and Character in Faulkner's South* が挙げられる。

3 五つの調査とは、Carney Landis の *Sex in Development* (New York: Harper & Brothers, 1940)、Alfred C. Kinsey らの *Sexual Behavior in the Human Female* (Philadelphia: Saunders, 1953)、Judson Landis の "Experiences of 500 Children with Adult Sexual Deviance" (*Psychiatric Quarterly Supplement* 30, 1956: 91-109)、John Gagnon の "Female Child Victims of Sex Offences" (*Social Problems* 13, 1965: 176-92)、David Finkelhor の *Sexually Victimized Children* (New York: Free Press, 1979) である。

4 五つの調査とは、S. Kirson Weinberg の *Incest Behavior* (New York: Citadel Press, 1955)、Herbert Maisch の *Incest* (New York: Stein & Day, 1972)、Nancyz Lukianowics の "Incest" (*British Journal of Psychiatry* 120, 1972: 201-12)、Karin Meiselman の *Incest* (San Francisco: Jossey-Bass, 1978)、Blair Justice and Rita Justice の *The Broken Taboo* (New York: Human Sciences Press, 1979) である。

5 近親姦の加害者としての父は、したがって母を圧倒している。母と息子の近親姦（平均二・八％）は、父と息子の近親姦（平均二・六％）

と同程度にわずかしか起こっていない。

6　ミリーの母であるメリセント・ジョーンズは、巻末に添えられた年表と年譜にしか登場しないのだが、グリッサンは、この人物の奇妙な扱われ方こそは、作者がこの小説に隠した秘密を暗示する鍵なのだと主張している。なるほど、「黒い血の混入」に対する恐怖ゆえに、半ば狂気にまで追い込まれていくサトペンが、最後は肉親との生殖という禁じられた手段に一縷の希望を託すに至ったとしても不思議はない。また、そうだとすれば、ミリーが出産した朝、彼女の祖父であり、サトペンの雑役夫だったウォッシュ・ジョーンズが、なぜ無慈悲な主人ばかりでなく、嬰児もろとも孫娘まで斬り殺すという暴挙に及んだのかも、よりよく理解されてくるのである。グリッサンの刺激的な読みの存在、および、キャロザーズとトマシナの性的関係が、サトペンとミリーのそれを髣髴とさせることについては、田中久男氏からご教示を得た。特に記して感謝したい。

【引用・参照文献】

Clinton, Catherine. *The Plantation Mistress: Woman's World in the Old South*. New York: Pantheon, 1982.

Chabrier, Gwendolyn. *Faulkner's Families: A Southern Saga*. New York: Gordian, 1993.

Davis, Angela. *Women, Race & Class*. 1981. London: The Women's Press, 2001.

Davis, Thadious M. *Games of Property: Law, Race, Gender, and Faulkner's* Go Down, Moses. Durham: Duke UP, 2003.

Dickerson, Mary Jane. "Toward Self-Possession: Women in *Go Down, Moses*." *Women's Studies* 22 (1993): 417-27.

Duvall, John N. *Faulkner's Marginal Couple: Invisible, Outlaw, and Unspeakable Communities*. Austin: U of Texas P, 1990.

Faulkner, William. *Go Down, Moses*. 1942. Reprint, New York: Vintage International, 1990.

——. *Absalom, Absalom!* 1936. Reprint, New York: Vintage International, 1990.

Fox-Genovese, Elizabeth. *Within the Plantation Household: Black and White Women of the Old South*. Chapel Hill: U of North Carolina P, 1988.

Glissant, Eduard. *Faulkner, Mississippi*. Trans. Barbara Lewis and Thomas C. Spear. Chicago: The U of Chicago P, 1999.

Hall, Constance Hill. *Incest in Faulkner: A Metaphor for the Fall*. Ann Arbor: UMI Research Press, 1986.

Herman, Judith Lewis. *Father-Daughter Incest*. 1981. Cambridge: Harvard UP, 2000.

Hoffman, Daniel. *Faulkner's Country Matters: Folklore and Fable in Yoknapatawpha*. Baton Rouge: Louisiana State UP, 1989.

Irwin, John T. *Doubling and Incest/ Repetition and Revenge: A Speculative Reading of Faulkner*. Baltimore: Johns Hopkins UP, 1975.

Jehlen, Myra. *Class and Character in Faulkner's South*. New York: Columbia UP, 1976.

King, Richard H. *A Southern Renaissance: The Cultural Awakening of the American South, 1930-1955*. New York: Oxford UP, 1980.

Lévi-Strauss, Claude. *The Elementary Structures of Kinship*. Trans. James Hale Bell and John Richard von Sturmer. 1949. Boston: Beacon Press, 1969.

Muhlenfeld, Elisabeth. "The Distaff Side: The Women of *Go Down, Moses*." Arthur F. Kinney. Ed. *Critical Essays on William Faulkner: The McCaslin Family*. Boston: G. K. Hall, 1990. 198-212.

Polk, Noel. "'How the Negros [sic] became McCaslins too...': A

New Faulkner Letter." *Southern Culture* (Fall 1999): 103-08.
Rubin, Gayle. "The Traffic in Women: Notes on the Political Economy of Sex." *Toward an Anthropology of Women*. Ed. Reyna Reiter. New York: Monthly Review Press, 1975. 157-210.
Scheel, Kathleen M. "Incest, Repression, and Repetition-Compulsion: The Case of Faulkner's Temple Drake." *Mosaic* 30-4, 1997: 39-55.
Sedgwick, Eve K. *Between Men: English Literature and Male Homosocial Desire*. New York: Columbia UP, 1985.
Smith, Lillian. *Killers of the Dream*. 1949. New York: Norton, 1994.
Sundquist, Eric J. *Faulkner: The House Divided*. Baltimore: Johns Hopkins UP, 1983.
Wagner-Martin, Linda. Ed. *New Essays on* Go Down, Moses. New York: Cambridge UP, 1996.
Vickery, Olga W. *The Novels of William Faulkner: A Critical Interpretation*. Baton Rouge: Louisiana State UP, 1964.
Zender, Karl F. "Faulkner and the Politics of Incest." *American Literature* 70-4 (December 1998): 739-65.
竹内理矢「『死の床に横たわりて』におけるダールの放火——母への近親相姦願望と戦後南部の告発」『フォークナー』八号、二〇〇六年、一〇四—一一二。

◎大理奈穂子（おおり　なおこ）　お茶の水女子大学大学院人間文化研究科博士後期課程。論文に「〈寝室ではなく法廷で〉——『ビリー・バッド』の親族関係論」（『アメリカ文学』第六七号、日本アメリカ文学会東京支部、二〇〇六年）など。

Edited by Anne Trefzer and Ann J. Abadie

▶ Faulkner's Sexualities

Jackson: University Press of Mississippi, 2010.
xxi + 191pp.

評◎——越智博美

本論集は二〇〇七年におこなわれた第三四回「フォークナー・ヨクナパトーファ会議」に基づいたものである。イントロダクションによれば、これは同じシリーズの中でもとりわけ *Faulkner and Women*（一九八六）、*Faulkner and Gender*（一九九六）に続くものと位置づけられている。フォークナー研究の莫大に積み上げられた流れのなかでの位置づけについてはむしろフォークナーの専門家の方々にお任せするとして、さしあたり豊かな可能性を秘めたこの一冊について、ご紹介できればと思う。

長年にわたるフェミニズム批評、さらにはジェンダー、セクシュアリティの研究の積み重ねに、一九九〇年以降ジュディス・バトラーの『ジェンダー・トラブル』、イヴ・コゾフスキー・セジウィックの『クローゼットの認識論』を皮切りにいわゆるクイア批評が加わったことや、近年のフロイトの再読など、ジェンダーやセクシュアリティ研究のあらたな成果を入れ込んだところに本書の位置はある。

そのことはおそらく *Faulkner's Sexualities* というタイトルそのものにも現れている。先行する二冊が「フォークナーとジェンダー」のように接続詞"and"でつなぐことにより、フォークナーにおける女の描かれ方、男の描かれ方等々を論じることを暗黙に意味するのに対して、本書のタイトルが表明するのは、フォークナーがこの主題とより接近した作家であることを示唆するのみならず、"Faulkner's"の部分は「彼自身のセクシュアリティなのか作品のそれなのか」という境界線をあいまいにし、それによって複数形の"Sexualities"は本人とテクストのセクシュアリティ、しかもひとつではない多様なセクシュアリティを扱うということだ。そればかりか、編者がTony Purvisを引用しつつさらに示唆するのは、セクシュアル・アイデンティティを自明のものとはけっして考えないということである。(ix)

実際、フーコー以降のわたしたちにとって、セクシュアリティとは、かならずしも特定の身体に当然ついてくる何かにとどまるものではなくなっている。それは文化のなかで、言説のなかで構築されるものでもある。セクシュアリティはテクスト性であるという言い方すらできるだろう。フォークナーのテクストや描き出される人物はもちろん、ニューオーリンズの街やミシシッピの時と空間も、さまざまな言説の交錯しあうコンタクトゾーンであることは近年の歴史的アプローチからすでに出てきていることだろうが、本論集はそこにセクシュアリティの視点を持ち込むことにより、その圏域をあらたに外に開こうとする野心的な試みであると言えるだろう。以下、収録された一〇編すべてを充分に網羅することは紙幅の都合上かなわないが、クィア研究を含めたジェンダー、セクシュアリティ研究がもたらしうる可能性を中心に見渡してみたい。

あらたな可能性のひとつは精神分析やクィア理論からのアプローチから引き出され

るように思う。**Catherine Gunther Kodat** は無意識を「生物学とレトリックとが――普遍主義と歴史主義が、本質主義と構築主義が――ふれ合う場」と考えることにより、歴史主義のコンテクストのしばりという限界を超え、逆説的に歴史化を可能にしようとする。たとえば **Eric Sandquist** の歴史主義アプローチでは、人種混交の悪夢をいまだ言語化し得ていない『響きと怒り』への評価は低くなるが、テクスト自体の不明瞭さをこそテクスチュアルな無意識と見なすなら、その評価は変わってくるだろう。すでに*Lovers and Beloveds: Sexual Otherness in Southern Fiction, 1936-1961*（二〇〇五）で南部のクィア文学の系譜を論じた **Gary Richards** は、ニューオーリンズ時代のフォークナーと彼のゲイの友人ウィリアム・スプラトリングに着目しつつ、『蚊』におけるホモエロティシズム、および初期の短編に見られる男性の同性愛的欲望と芸術家の関係性を論じている。フォークナーのノーベル賞受賞スピーチにフランクフルト学派のマルクーゼとの類縁性を見るという歴史主義的なアプローチから迫り、作家以外になりたいものを問われて、そのひとつとして「美しい女性にもなってみたい」と述べたウェストポイントでの講演にフォークナーのテクストの多型倒錯性を見て取る **Michael Zeitlin** もまた、そもそもフォークナーのテクストの多型倒錯の症候がニューオーリンズ時代にあったという見解を示している。クィア批評がテクストを精査しなおしたときに、フォークナーの作品としてかならずしも代表的なものとは数えられない、選集に入らない、あるいは**Kodat**が論じた「脚」（"Leg"）のような、『短編集』（*Collected Stories*）に収められてはいるものの「彼方」（"Beyond"）のセクションに属するような作品に、あるいはニューオーリンズの地政学に注目することは、作品のあらたな読みの可能性のみならず、フォークナーの作品そのもののキャノンの線引きについて、あるいは作品の系譜について、再考の契機もまた提供してくれる可能性をはらんでいる。

父権制空間と見えるサトペンの領地にジュディスのレズビアン空間の構築を見る **Jaime Harker** の議論は、クィア理論とフェミニズムの成果であり、実際に、ファニー・フラッグ（**Fannie Flagg**）の *Fried Green Tomatoes at the Whistle Stop Cafe*（一九八七）やドロシー・アリスンの『ろくでなしボーン *Bastard from Carolina*』（一九九二）などに至る南部のレズビアン文学の系譜に『アブサロム、アブサロム！』を位置づける読みを提示するケース・スタディとなっている。しかしながら、これが新しい発見であって、これまでにジュディスとクライティ、あるいはローザの関係をその観点から考えられなかったとするなら、それはフォークナーのテクストがそうした空間を創出しつつ、同時に彼女たちを（最終的には男性の語りを通じて彼女たちを間接的な存在にすることによって）沈黙させるナラティヴを使ったということでもあるだろう。これはおそらく、フォークナーが実際にミソジニストであったかどうか、あるいはクィアを評価していたのかという議論ではなくて、そのように語りを重層化して書き得たという事実が、今わたしたちに新しい読みの可能性を提供してくれるということだろう。**Peter Lurie** の議論はこの実践でもあり、フォークナーの小説舞台――都市と田舎――とテクストそのものの言語が作り出す「身体性」（八六）の関係に着目する。

前述した **Harker** は、議論の過程で人種とセクシュアリティの連動に言及している。アリスンの小説を引きつつ南部の白人レズビアン小説においては「人種と性の逸脱が合わさる」（四七）、たとえば白人レズビアン女性が女らしさの規範に逸脱すると同時に黒人的とされることを指摘しているが、セクシュアリティと人種のこの不可分性は Kristin Fujie が『響きと怒り』を論じる際の中心主題である。キャディの汚れた下着をめぐるクエンティンの不安は、なにより女のセクシュアリティと人種がすべて「一緒くた mixed up」(一二〇)になることから生じるが、同時にそれは彼の男性心理が抱え込んだものでもあると論じる Fujie は、そこにすでにのちの人種混交という形象の萌芽を読み取り、Sandquist が批判したこの作品の評価を救い出す。Debrah McDowell も人種とセクシュアリティの結びつきに注目し、セクシュアリティの表出、感情の表出がいかに人種化されているか、そのことを「人種化された感情」(九五)とし、トマス・ジェファソンとサリー・ヘミングズの関係からフォークナー作品における白人男性と黒人女性の関係を経て、トニ・モリスン、黒人のシルエット作品で有名なカラ・ウォーカー(Kara Walker)までの系譜を語る。人種とセクシュアリティの不可分な関係という問題系は、*American Literature* 二〇〇五年三月号の特集"Erasing the Commas: RaceGender ClassSexuality"、あるいは Mason Stokes の *The Color of Sex: Whiteness, Heterosexuality, and the Fiction of White Supremacy* (二〇〇一)などの系譜に接続するだろう。

全体として、フォークナーのバロック的ともいえる複雑なテクスト、およびそのテクストが作り出す世界の襞を、あらたな理論がほどいていくような、そんな印象を受けた。だから本書はそれまでの解釈や印象が異化されるような印象を与える一冊である。John Duvall はフォークナーのテクストのセクシュアリティと人種性に着目し、ポパイの形象がたとえ白人であると描かれていてもむしろその行動や服装等々は黒人であり、それはある意味「ホワイトフェイス」の黒人(としての白人)であるとして、フォークナーのテクストが示唆する人種とセクシュアリティの構築性について論じている。同様に Michael Wainwright と Caroline Garnier もまた『サンクチュアリ』のテクストにおける性的主体の構築をめぐる分析を試みる。前者は南部小説と父権制という観点から当時流通していた進化論に照らして、ポパイを駆動するのが、子孫を残す家父長になり得ないことによる自動車や銃など「人間ではないものによる欲望の満足」(一五六)であると論じ、その満足を弱体化させるテンプルの欲望と彼の自殺のような死への物語を辿りなおす。Garnier は、『サンクチュアリ』がテンプルに「聖域」を残し得ず、むしろ彼女を「徐々に客体化」(一七二)する南部の家父長性を、『死の床に横たわりて』とともに批判しうる側面を持った作品として位置づける。

本書のタイトルの「セクシュアリティ」が複数形であることはこうしてみると不思議なことではないだろう。セクシュアリティは言説でありテクストであるからこそ、フォークナーのテクストは複数のセクシュアリティをまとういうる。それは彼自身の経験、彼を取り巻くダーウィンやフロイトのテクスト、あるいは冷戦といったコンテクスト、さまざまなものと交錯する場としてのフォークナーという作家が紡いだテクストがはらむ複数性であり、またその複数性ゆえにフォークナーは男性中心主義で、マッチョだと言えるかもしれない一方で、同時にクィアだとも言える豊かさを持ち、ことによっては既存の規範を批判する力をも持つものとして読み得るのである。

本書はフォークナー作品のマッピングをおそらくはいったん解き、そして再マッピング、あるいは脱マッピングする契機にもなるのかもしれない。それに耐えうる重層的な、あるいは折りたたまれた襞に満ちたテクストのありように、あらたな理論的枠組みを適用しつつも、愚直に向かい合い、折りたたまれたものを解きほぐせば、そこにはあらたな発見があることだろう。たとえば本書が示唆するあらたな系譜の可能性を考えるとき、フォークナーのテクストが意外にもレズビアンの系譜と、あるいは黒人文学の系譜と接続しうる層を持っているという発見は、次にはどんな読みをもたらすだろうか。*Faulkner's Sexualities* はそのような可能性をわたしたちに託す一冊である。

◎越智博美（おち　ひろみ）一橋大学教授。著書に『カポーティ——人と文学』（勉誠出版、二〇〇五年）など。

Philip M. Weinstein

Becoming Faulkner: The Art and Life of William Faulkner

New York: Oxford University Press, 2010.
250 pp.

評◎——**大地真介**

本書の著者は、*Faulkner's Subject: A Cosmos No One Owns*（一九九二）や *What Else But Love?: The Ordeal of Race in Faulkner and Morrison*（一九九六）でフォークナー研究の新境地を開拓したフィリップ・M・ワインスタインである。彼の一四年ぶりのフォークナーの研究書は、フォークナーの伝記とそれに基づく丁寧な作品分析から成っており、フォークナー研究者だけでなく一般の読者も対象にしている。フォークナーの伝記の部分は、ジョーゼフ・ブロットナーやジョエル・ウィリアムソンによるフォークナーの伝記などに依拠していて特に目新しい話はないが、些末なエピソードを省いているためコンパクトで内容の濃い伝記となっている。

五章からなる本書の画期的な点は、まず、時系列から逸脱した構成にある。伝記というものは、対象となる人物について誕生から死まで時系列で語っていくのが一般的だが、本書は、フォークナーが実人生で直面した五つの大きな問題を一つ一つ各章で取り上げ、各々の章で異なる観点からフォークナーの人生や作品を解釈しており、時系列にとらわれていない。したがって、「フォークナーはこの年のこの月はどういう状況だっただろう」と時折記憶を喚起せねばならず、また、作品分析に関しても、『八月の光』が二つの章に、『響きと怒り』が三つの章にまたがっているのも読みづらいと言えば読みづらい。しかしながら、各々の章でフォークナーが抱えていた多くの問題のうち一つに的が絞られている分、彼の言動の因果関係が明確になり、その結果、既知の彼の伝記的事実もより深く理解することができるという仕組みになっている。

各章の内容を簡単に紹介すると、第一章

は、まず、『土にまみれた旗』が出版社に拒絶されてからフォークナーが結婚するまでの彼の苦悩を説明した後、『土にまみれた旗』までの彼の初期作品の欠点――作者の苦悩があまり反映されていない点を指摘する。そして、フォークナーの苦悩が始まる彼の子供時代について解説した後、『響きと怒り』と『死の床に横たわりて』でいかに初期作品の欠点が克服されているかを論じている。第二章は、フォークナーが恋人エステルと駆け落ちできなかったことや第一次世界大戦に参加できなかったことを詳説し、そのような失敗を引き起こす「時間」というものを『響きと怒り』、『サンクチュアリ』および『八月の光』が主題にしている点を考察する。第三章は、フォークナーの黒人乳母キャロライン・バーや、彼の曽祖父が黒人奴隷の女性との間にもうけた「影の家族」について説明した後、フォークナーが直視しようとしたアメリカ南部の人種問題と『響きと怒り』、『八月の光』、『アブサロム、アブサロム!』および『行け、モーセ』の関係を詳細に分析している。第四章は、アルコールとともに、フォークナーの苦悩に満ちた人生からの一時的な避難所であった彼の愛人ミータ・カーペンターに焦点を当て、その二人の悲恋を『エルサレムよ、我もし汝を忘れなば』と『村』がどのように反映しているかということを論考する。そして第五章は、『墓地への侵入者』から遺作『自動車泥棒』までの後期作品の失敗の原因を、晩年フォークナーが経済的余裕や名声を得たことに探っている。

　これらの章を貫く主張、すなわち本書の核となる主張を整理すると、以下のようになる。平安とは過去の中にあるだけで「現在」というものは混沌としており、我々はまさに今「現在」という混沌、「現実」という混沌の真っただ中にいる。制御しきれないのが「現在」や「現実」というものであるにもかかわらず――十分に準備ができずに失敗を回避しきれないのが「現実」であるにもかかわらず――二〇世紀よりも前の小説は、「現実」を制御しようとして、物事を客観的に振り返ることができる形式、すなわち過去形の語りや時系列の語りを用いたが、当然のことながら、「不用意」や「失敗の不可避性」と結びつく「現実」というものを描ききれなかった。フォークナーは、そのような「現実」を描こうとして、新しい小説の形式、すなわち時系列から逸脱する語りや内的独白を駆使したのである。また、フォークナーは、自身の「不用意」ゆえに回避できなかった「現実」――混乱、トラブル、苦悩、トラウマ――を真正面から描いたとき、「大作家フォークナーになった」(これが本書のタイトルの意味)。フォークナーの初期と後期の小説は、彼の「現実」――機能不全の家族の生々しい苦悩など――をあまり反映していないが、フォークナーは、『響きと怒り』から『行け、モーセ』までの小説で「現実」というものをあからさまに描いて見せたのである。以上のワインスタインの主張は、緻密な分析に基づいていて説得力があり、また、本書の中で最も読みごたえのある論だといえる。

　本書のもう一つの大きな読みどころは、フォークナーと黒人の関係を扱った第三章である。人種問題に関するフォークナーの言動は、矛盾していたり混乱していたりするため、理解しにくい部分もあるが、ワインスタインは、フォークナーの人種観を、冷静かつ慎重な分析によって非常に分かりやすく整理している。フォークナーは、今日から見れば、人種差別的な価値観を持っていたことは否定できないが、当時としては、人種問題については中道の立場、すなわち南部ではリベラルな立場であり、したがってそれなりにリスクを冒していた、ということが確認できる。

　以上、本書の優れた点ばかり見てきたが、物足りない点もいくつかある。例えば、フォークナーの小説を特徴づける語りの技法に関して、時系列から逸脱する語りや内的独白について詳しく説明しているが、多くのフォークナーの小説が複数の登場人物の内的独白や語りから構成されていたり主人公の異なる複数の物語から構成されていたりすることの意味については考察していないに等しい。また、程度の差はあれフォークナーの詩とすべての長編小説について論じているにもかかわらず、彼の短編小説に関しては、「乾燥の九月」の冒頭の二文を引用しているだけである。フォークナーの場合、長編小説に組み込まれている短編小説は少なくないとはいえ、本書にはフォークナーについての概説書としての性格もある以上、詩と長編小説は扱って短編小説は扱わないというのはバランスを欠いているといえる。

本書で不満な点をさらに挙げるならば、ワインスタインは、フォークナーの結婚生活が失敗した大きな原因として、エステルが、コーネル・フランクリンと結婚する前にフォークナーに駆け落ちの話を持ちかけた際、フォークナーが、自身の「不用意」、「タイミングの悪さ」ゆえに駆け落ちをしなかったことを挙げているが、ジョエル・ウィリアムソンによる伝記などによって、エステルがいわゆる〈わがままお嬢様〉で人格的に問題のある人物だったことが明らかにされている以上、仮にフォークナーが駆け落ちしていたとしても、さらに言えば仮にエステルの両親が、フランクリンではなくてフォークナーとの結婚を許していたとしても、エステルは、フランクリンとの結婚生活に失敗したように、フォークナーとの結婚生活に——初婚であろうとも——失敗していたように思われる。フォークナーがいわゆる〈女好き〉である一方で〈女嫌い（misogyny）〉でもあったことは彼の作品において重要な意味を持つが、後者の原因の一部がエステルにあったという意味でも、彼女に関してもっと深く分析してほしかったと思う。

ただし、上記の点はいずれも決して致命的な欠点ではなく、ワインスタインの論旨は十分信頼できるものである。フォークナーの人生や作品については、複雑であるがゆえに従来さまざまな解釈が提示されてきたが、「刺激的だが、基本的なことをきちんと踏まえたうえで論を展開してほしい」と思う解釈も少なくない。その点、本書は、危なげないどころか、正確な基本情報を提供し、なおかつ的確な指摘や示唆に富む優れた研究書であり、フォークナーの研究者にとって必携の書だといえる。

◎大地真介（おおち しんすけ） 広島大学准教授。論文に「『響きと怒り』の技法とテーマ——人種・階級・ジェンダーの境界消失」『アメリカ文学研究のニュー・フロンティア——資料・批評・歴史』（南雲堂、二〇〇九年）など。

Alan Bourassa

▶ Deleuze and American Literature:
Affect and Virtuality in Faulkner, Wharton, Ellison, and McCarthy

New York: Palgrave Macmillan, 2009.
ix + 210 pp.

評◎——**高村峰生**

ジル・ドゥルーズ（およびフェリックス・ガタリ、以下便宜上「ドゥルーズ」に統一する）の読者であれば、『ドゥルーズとアメリカ文学』という書名が示唆する試みの正当性を疑うものはいないだろう。何よりも、ドゥルーズの著作にはアメリカ文学への言及が数多く見られる。不定形で非階層的な「リゾーム」概念に基づいて記述された『千のプラトー』は、ヘンリー・ミラー、ウォルト・ホイットマン、スコット・フィッツジェラルド、ヘンリー・ジェイムズ、さらには批評家レスリー・フィードラーやミュージシャンのパティ・スミスなどにも言及しつつ、アメリカ文学（そして彼は英文学もしばしばこちらの陣営に含める）の地図作成的／断片的想像力をヨーロッパ的な樹木的／有機的思考と対比しているし、遺作論集『批評と臨床』所収の「バートルビー」論は、主人公バートルビーの決まり文句、"I'd prefer not to" の非決定性の意義について分析している。クレール・パルネとの対話集には、「英米文学の優越」と題された一章さえある。もちろん、このような礼賛を字義通りに受け取るわけにはいかない。実際、彼の著作はカフカやプルーストなどの作家たちについてのより具体的で長い考察を含んでおり、文学と哲学の接点の多岐にわたる可能性を示している。それでもなお、他のいかなる哲学者と比べてもドゥルーズのアメリカ文学への言及の頻度は際立っており、アメリカ文学が生涯彼の思索を動機づけ、リゾーム的運動という概念にモデルを与えるような重要な要素であり続けたことに疑問の余地はない。

こうしたドゥルーズの側からのアメリカ文学への熱い視線にも関わらず、最近までアメリカの文学研究の現場におけるドゥルーズの存在は周縁的なものであった。新歴史主義に応用された「フーコー的」な権力分析や、テキスト読解において実践される「デリダ的」な脱構築がいたるところに存在し、さらにそれらがサイード、バトラー、スピヴァクといった固有名と結びつきながら教育や研究の現場に溶け込んでいるのに対し、ドゥルーズの名はアメリカのアカデミズムにおいて「遠い」ものであり続けてきた。おそらくその理由の一端はドゥルーズ本人がアメリカの大学や研究機関とほとんど関わりを持たなかったことにあるが、それよりもさらに本質的なのは、ドゥルーズの哲学を応用可能な「方法」や「形式」として抽出することの難しさである。フーコーやデリダは（その是非はさておいて）アメリカの大学院においてすでに学ぶべき批評態度であり、「方法」として制度化されているのに対し、著作からの抜粋が授業で用いられることはあるにせよ、ドゥルーズの思想がアメリカの大学の現場で「方法」として教えられることは皆無に近いといっていい。ドゥルーズの著作は方法が実践であり、形式が内容であるような性質を持っており、安易な引用や応用を許さない独自の圏域を成しているのである。

しかし、私の観察に誤りがなければ、二

一世紀の最初の一〇年間において英米圏の人文研究におけるドゥルーズへの言及は格段に増えた。もちろんその理由は多岐にわたるはずだが、その背景の一つとしては、すべての事象を社会的／政治的／言語的な構築に帰する批評のインパクトが薄れてきたということがある。代わって、かつてなら本質主義的とされて忌避されたであろう「情動 Affect」や「親密さ Intimacy」といった言葉が、英米における批評の現場で次第に重要性を獲得するようになった。このような批評は、人種・階級・ジェンダーについての方法的にすぎる批評的「転覆可能性」を相対化し、生気論的、自然主義的な議論の枠組みの有効性を再考する利点があるが、他方で非歴史的な直感主義に陥る危険性もある。それでは、ここで取り上げる Alan Bourassa の *Deleuze and American Literature* (2009) はどうか。

『ドゥルーズとアメリカ文学』というタイトルから、当然この両者の組み合わせについての説明が序論に置かれているだろうと期待した読者は肩透かしを食うことになる。ドゥルーズの名は第一章のなかばにさしかかろうとする一八ページ目に至るまで全く言及されることがないからだ。それに代えて、著者はきわめて一般論的な小説論あるいは人間論から語り起こす。すなわち、小説とは最も人間的な営みであり、人間は他の動物とは違って「感情」「内面性」、そして「個性」を持つ生き物である。そのような「人間的なもの」は、しかし、動物、機械、神によって代表される「非人間的なもの」によって規定されている。このように述べて、著者は人間／非人間の対立が本書の中心的な軸を成す事を明らかにする。ここで「非人間的」という言葉は、決してネガティブな意味で使われているのではなく、人間の活動に影響するが人間ではないものというほどの意味である。第一章の後半部では、非人間的なものの様式として、ドゥルーズ哲学に緩やかに結びついた六つの概念、「情動」、「出来事」、「力」、「特異性」、「外部」、「潜在性 the Virtual」が説明される。この第一章を通じてドゥルーズが一人の思想家として導入されることは全くない。あくまでもこれら「非人間的なもの」についての概念を提供してくれる存在としてのみドゥルーズが相対的な重要性を持つということである。

続く六つの章は具体的なアメリカ文学のテキストの分析からなっており、イーディス・ウォートン、ラルフ・エリソン、コーマック・マッカーシー、ウィリアム・フォークナーの四人の作家を中心に、比較の対象としてトマス・ハーディーや、ゼイン・グレイなども論じられ、結論となる第八章で締めくくられている。本書で最も多くのページ数が割かれているのはドゥルーズがまったく言及していず、時代的にも他の作家とずれているマッカーシーである（第四、五、七章）。このことが示唆するように、同書の目的はドゥルーズとこれらの著者の直接的な関係を考察することでも、複数のテキストをある時代的な枠組みのなかで解釈していくことでもない。その代わりに前景化されているのは、「情動」とは何か、「人間」とは何か、「文学」とは何かといった、ほとんど大時代的で、その点ではドゥルーズ的なと言えば言える問いであって、以下の章のテキスト分析の最中にもたびたびこのような大きな問いの枠組みが呼び起こされている。これら議論の枠組みを成す大きな概念は、しばしば細部に対する視野を遮りはするものの、なるほど過度に専門化する作家研究がややもすれば忘れがちな個々の作品の根本問題に触れもしている。

第二章はウォートンの『歓楽の家』の分析である。著者は主人公リリーの美しさは、身体的なものであるよりも、彼女が「情動」を体現した存在であることと結びついていると主張し、それはモラルを重んじている社会には決して沿わないものであるにもかかわらず「倫理的 ethical」であるとする。

そして有名な活人画の場面などにも言及しつつ、彼女の美しさは社会一般にショックを与え、「普通の時間」を停止させる力を備えていると述べている。すなわち著者の言葉を借りれば、彼女は「非人間的」な「情動」の体現なのである。たしかにリリーの存在は小説中で静止したイメージで語られており、「美しさ」の「非人間性」という著者の主張は適切なものであると言えるだろう。本書の中では比較的よくまとまっている章である。

第三章は「情動」や「出来事」といった概念を使いながら、エリソンの『見えない人間』を分析している。著者は、主人公の自己認識のゆれを追いながら個人の身体的経験が歴史的な出来事と交錯する契機を描き出し、「情動は人種を知覚の媒介の一種に変容」し、「語り手の歴史は境界なき歴史」となると主張している（七二）。しかし、「情動」という概念がフロイトやスピノザの著作を通じて歴史化されていることと小説の主人公の「情動」が歴史的な意義を持つことを結び付けているのはやや強引か。

第四章は、他の章とは異なる形式で書かれており、マッカーシー作品の独特のナラティブとドゥルーズが『意味の論理学』で展開した「出来事」の概念の関連が考察された後、*Outer Dark*（一九六八）と *Child of God*（一九七四）、*The Crossing*（一九九四）、*The Orchard Keeper*（一九五五）、の四つの小説が順に検討され、マッカーシーの小説は普通のナラティブと違って物語の進行とともに様々な問題を解決するのではなく、小説自体を一歩先に何が起きるか分からないような「出来事」に変容すると述べている。

第五章は引き続きマッカーシーだが、ここでは彼の代表作の一つ *Blood Meridian*（一九八五）がハーディーの『テス』と比較される。この章のテーマはモラルであり、『テス』の古典的なモラルの主題がマッカーシーの一見非道徳的な「倫理」と対比的に論じられる。章の後半では両小説についてドゥルーズ的読解を行っている先行批評が一つずつ参照され、これらの小説では「非人間的な」特異性が人間的なモラルの問題と絡み合っていると主張される。

第六章はフォークナーの『アブサロム、アブサロム！』についての章であるので、やや詳細に見ていくことにしよう。ここで著者はフォークナーの小説の時間の主題をベルクソンやハイデガーの時間論に絡めながら論じ、ドゥルーズがベルクソンから応用した「潜在性」という概念とそれがどのように関わっているかを検討している。全体としては、『アブサロム』についての新たな解釈を示すことよりは、フォークナー作品を哲学的な時間の分析のうちに置いて記述することがねらいのようである。ここで著者が用いている「潜在性」というベルクソンの概念は、まだ実現していない多方向へ開けた可能性を指しており、「実在性」という概念と対を成して使われている。著者はサルトルが"Arrested motion"という言葉でフォークナーの小説の特徴を要約していることに言及し、この図式において静止が実在するものであるとすれば、静止のうちに感じ取られる動きへの予期が「潜在性」ということになると対照する。そして、フォークナーはこの動きと静止の二重性を過去の現在への関わりのうちに用いていると論じて、小説の時間的構成を「動き」の問題に結びつける。すなわち、この二重性とは過去としての過去と現在時によって振り返られる過去の二重性であり、著者はこの両者は互いに結びつきながらフォークナーの小説のナラティブを時間的な軸によって立体化すると主張する。このような主張はもちろんこれまでも繰り返しなされてきたが、著者のようにベルクソンの「潜在性」の概念と絡めて論じた研究者は少ないかもしれない。章の後半では、ハイデガーを参照しつつ、「死」を生きている者にいつ訪れてもおかしくないような「潜在性」の問題として検討し、それとクエンティンの自殺との関係を考察している。著者は、クエンティンには過去の二重性はバランスを保つことができず、結果彼のうちには一つの過去、すなわち過去としての過去しか存在しなくなり、そのうちへと沈滞するうちに「すでにもう死んだ者」として生きることになってしまったと述べている。

第七章は、ゼイン・グレイと比較しながら「ウェスタン」という大衆文化のうちにマッカーシーを位置づける試みである。が、ドゥルーズの「特異性」の概念を「ウェスタン」という「大衆的なもの」と結びつけようという試みがすでに危ういものと言わざるを得ない。ゼイン・グレイの代表作 *Riders of the Purple Sage*（一九一二）において「紫」という自然にはあまり見られない色の前景化が客観的描写を超えた情動の強度を支えているという本章冒頭の指摘は興味深いが、十分な引用がないのは残念である。本論ではゼイン・グレイをマッカーシーと比較し、前者では西部の「所有」が重要な問題なのに対し、後者では「喪失」が前景化されておりそれを超克するためのマッピングが重要な問題であると主張している。

以上が各論の概要である。全体的に見て本書の試みは、社会的／政治的／言語的な構築を様々な現象を決定する唯一の根拠とみなすような批評の一元性を相対化する点で評価されるべきである。リリー・バートの美しさやクエンティンにとっての死の意味を哲学的な視点から考え直すことは、たしかにこれらの小説が持っていたはずの「美」や「時間」や「死」といった大文字の命題の強さに読者を生々しく向かいあわせてくれる。しかし、著者の人間／非人間という対立が、結局は「人間」という全てを包み込む概念のうちに解消されてしまうことが何度もあり、それは短く付された結論的な第八章においても確認される。おそらくここには著者のキリスト教的世界観が関わっているのだろうが、ほとんどニュークリティシズム以前のようなヒューマニズム的トーンが全体を圧してしまっている。ドゥルーズの哲学はアメリカにおいてどうも人間主義的な素朴さや「直感」に矮小化されてしまうのである。たしかにドゥルーズにも本質主義的契機は存在するのだが、本書のように全面的にヒューマニスティックな視座からは、たとえば「戦争機械」という概念や「動物になること」を肯定的に叙述するドゥールーズの思想の特異性は見えてこない。ドゥルーズはヒュームやスピノザについてのモノグラフに顕著に見られるような極めて精緻な分析力と『アンチ・オイディプス』や『千のプラトー』などの大著の示す大胆な構想力を併せ持った書き手であり、たしかに「情動」や「出来事」といった概念は彼の思索の中心をなしていたには違いないけれども、それは論理や方法の放棄を全く意味しない。本書が示すドゥルーズ理解は、「人間的な、あまりに人間的な」段階にとどまっていると言えるだろう。また本書には註が一切ないが、様々な思想家の著作や先行研究を自分の議論に文脈付けるためにもやはり註はあったほうがよかったのではないかと思う。

先にも触れたように、二一世紀になってドゥルーズと文学の関わりについての研究書は続々と現れた。代表的なものは、ドゥルージアンである **Ronald Bogue** の極めて実直な *Deleuze on Literature*（Routledge 二〇〇三）であり、ドゥルーズ哲学の文学に関わる部分について丁寧に検討している。本書評で取り上げた **Bourassa** の著作にもっとも類似した試みとしては、**Mary F. Zamerlin** の *Rhizosphere*（Routledge 二〇〇六）がある。これはドゥルーズとアメリカ文学のつながりをサルトルとジャン・ヴァールの影響から考察する実証的な面を備えた、やや哲学よりの書物である。注目すべきことにこの著作においてもフォークナー(『響きと怒り』)が考察されているが、こうした書物においてフォークナーが考察の対象になるのは、さて、その作品世界とドゥルーズの哲学がどこかで共鳴しているからだろうか。いずれにせよ、二〇一〇年代の研究書がいかにドゥルーズを活用するかによって、英米文学批評における「ドゥルーズ的なもの」の可能性が見えてくるのではないかと思われる。

著者はカナダのセント・トマス大学英文科で教鞭をとる研究者で、本書が第一著作。タイトルページの見開きに載せられた情報によると、本書の各章の原型をなすいくつかの雑誌論文のほかドゥルーズやブランショなど現代哲学についての論文があり、詩も発表している。

◎高村峰生(たかむら　みねお)　イリノイ大学大学院比較文学科博士候補生。論文に“On Cruelty: Anachronism, Nostalgia, and the Violence of Museum Culture in Edith Wharton's *The Age of Innocence*” *Studies in English Literature* English Number 50 (2009): 65-80 など。

Edited by Annette Trefzer and Ann J. Abadie

Global Faulkner:

Faulkner and Yoknapatawpha, 2006

Jackson: UP of Mississippi, 2009.
xvi + 194pp.

評◎——中野学而

本書は二〇〇六年七月二三日から二七日までミシシッピ州オックスフォードで行われた第三三回フォークナー・ヨクナパトーファ会議「グローバル・フォークナー」の講演録である。すでに一九八二年には類似テーマの「国際的な視野からのフォークナー」が同会議のアジェンダとして取りあげられており、日本からの大橋健三郎を含む世界各国からの研究者達がオックスフォードの町を訪れている。だが本書の編者のひとりであるミシシッピ大学のアネット・トレフザーの言うように、今大会はその後の約二五年の間の政治・経済・交通・通信体制の世界規模での巨大な変化(とそれに伴う様々な批評理論の発展)を反映し、従来のような「世界的」という意味ではない「グローバル」なコンテクストからのフォークナー再読が試みられることとなった。総評は後にして、以下、一一本のエッセイをまずは紙面の許す限り概観してみたい。

巻頭を飾るのはジョン・T・マシューズの“Many Mansions: Faulkner's Cold War Conflicts”である。彼によれば、一九五〇年代のフォークナーは「スノープシズムをグローバル化する」。つまり冷戦構造を西洋諸国の帝国主義的拡張主義の必然的帰結として考えたということで、その文脈においては、『館』は、フレムのような成功者を生み出すアメリカ自由市場システムを肯定する一方、それがその裏で蠢く犠牲者達を無視する不正義に繋がってもいることを告発している点で現代的「グローバリゼーション」の礎たる冷戦構造の寓話として読める、というのである。

リー・アン・ダックの“From Colony to Empire: Postmodern Faulkner”は、『尼僧への鎮魂歌』を通して『アブサロム、アブサロム！』を読み直す試みである。彼によれば、ジェファソンの町の発展を世界経済の発展の歴史のコンテクストの中で描き出す『尼僧』は、出版当時のアメリカ南部の一都市の状況というよりもむしろ、二一世紀の市場価値礼賛のネオリベラリズムの世界像をこそ鋭く問題化する小説であるのだが、そのような『尼僧』の徹底したコロニアリズム批判の認識から見ると、『アブサロム』は国家を超えた資本のネクサスが人種概念に基づく南部の体制を支える要因であることを明らかにしてはいるものの、その構造自体への根本的批判／反抗の契機を人物達に与えようとしない点において不十分な認識に留まっている、と結論される。

次はメラニー・R・ベンソンの"The Fetish of Surplus Value; or, What the Ledgers Say"。「熊」の第四章の奴隷台帳のみならず、新南部を扱うフォークナー作品全般に、新世界の古くからの植民地経営の遺産を象徴する「収支バランス」「数式」の言説が広く継承され、様々な登場人物達の隠蔽工作にも拘わらず歴史を貫いて排除と特権と策略の資本主義経済原則が厳然と残存していることを、特に『アブサロム、アブサロム！』『行け、モーセ』を通して確認する。

ジョージ・B・ハンドレーの"On Tragedies and Comedies of the New World Faulkner"は、「熊」におけるアイクとキャスの対話に含まれる聖書解釈を引きながら、「読む」こととは「一つの真理を追い求める」(つまり筆者の言うところの「悲劇的」な)ことではなく、「多文化的」かつ「サバルタン的な異文化間の接触領域」において多様な読者の間をすり抜ける「間」にその都度生み出される意味を絶え間なく更新していく(これも筆者の言う)「喜劇的」なものである、と結論する。

キース・カートライトの"Blood on the Leaves, Blood at the Root: Ritual Carriers and Sacrificial Crises of Transition in Yoknapatawpha"は、ナイジェリア人の作家ウォレ・ショインカの作品 *Death and the King's Horseman* やヨルバ族に伝わる「ファルマコン」的な神オグンの伝承を下敷きにしつつ、短編「紅葉」「あの夕陽」「デルタの秋」を論じる。ヨクナパトーファに遍在するオグンの存在を読み取ることが、啓蒙主義の「自民族中心主義的思い上がりと殺人的な傲慢さ」を洗い清めることにつながる、というのである。些末な論理性にはこだわらず大胆に中央アフリカからヨクナパトーファを逆照射し、本書の問題意識を見事に象徴するエッセイと言えるだろう。

マニュエル・ブロンカーノの"Reading Faulkner in Spain, Reading Spain in Faulkner"は、フォークナーの『ドン・キホーテ』への頻繁な言及を下敷きにしてフォークナーと「スペイン」との関連を探りつつ、「フォークナーはミゲル・ド・セルバンテスの真の後継者」であり、「今やスペイン中で国民的作家として評価されている」とやや挑発的に結論する。

日本からの参加者である田中敬子の"The Global/Local Nexus of Patriarchy: Japanese Writers Encounter Faulkner"は、まず一九八二年大会の大橋健三郎の顰にならって春山行夫、龍口直太郎から大江健三郎までの日本のフォークナー受容史を概説した後、詳細な中上健次論へと進む。アメリカ南部の"legitimate son"としてのフォークナーの父権制への挑戦がどうしても不徹底なものに終わらざるをえなかったのに比べ、フォークナーとの批評的格闘を続けた中上は、父権制(天皇制)における"illegitimate son"としての出自のゆえにフォークナーよりも徹底した父権制批判を行うことができたとの結論は、やはり単純な影響関係の指摘を超えたフォークナー逆照射の可能性を示す。

マリオ・マテラッシの"Artificial

Women, the Pygmalion Paradigm, and Faulkner's Gordon in *Mosquitoes*"は、ギリシャ・ローマの時代から全ヨーロッパを通して様々な文学者達の愛するテーマとなった「ピグマリオン伝説」とフォークナーとの関係を『蚊』のゴードンの人物造形の中に模索する。詳細な議論ではあるが、ヨーロッパのみに限定された文学的影響関係の指摘に留まっている点、「グローバル・フォークナー」のエッセイとしてはやや物足りなさが残る。

エリザベス・スティービーの"Almost Brother, Almost Southern: The Transnational Queer Figure of Charles Bon in Faulkner's *Absalom, Absalom!*"は、一九一五年に始まり一九三四年に終わる米軍によるハイチ占領を問題化する中で、『アブサロム』のチャールズ・ボンを通し、幾重にもクイアで越境的な存在を規範的な「アメリカ」の一部として加える際に変容を迫られる二〇世紀前半のアメリカのアイデンティティの問題を丹念にすくい取る。

ジェフ・カーレムの"Fear of Black Atlantic? African Passages in *Absalom, Absalom!* and *The Last Slaver*"は、『アブサロム』の改稿プロセスにおいて黒人のエージェンシーが徐々に剥奪されてゆく過程を詳細に跡付け、同時期にフォークナーが手がけた小説 *The Slave Trader* の映画脚本翻案のプロセスにおいても奴隷制のもたらす具体的な苦しみが主人公の妻ナンシーの個人的／聖書的な苦悩に還元されてしまっている点を確認することで、この時期のフォークナーがブラック・アトランティックの「真の歴史性」を抑圧しようとしていたことを論証する。

最後はアフリカ人作家ティエルノ・モネネンボの"Faulkner and Me"が、なぜフォークナーがいわゆる「第三世界」の作家に強い影響を与え続けているのかについて、作家としての個人的な経験から解答を試みる。「言語」についての精密な批評意識をその最大の要因として挙げる本論は、ポストコロニアル状況の困難を正確に代弁しつつ読者を打つだろう。

以上、現在のグローバル資本主義経済を遠く大航海時代に始まる地球規模の大きな経済社会体制発展の枠組みの（さしあたっての）到達点として思考するとき、フォークナーのアメリカ南部という「小さな郵便切手のような土地」をグローバルな磁場に一旦開いてそこから見える風景を問い直す議論には、ほぼ一貫して優れて今日的な迫真性／必然性が宿る。それはフォークナー研究の枠を超え、グローバリゼーションの中でさらに複雑化する（ポスト？）ポストコロニアル状況における文学／文化研究一般に対してフォークナーの示しうる可能性をも具体的に照らし出すことだろう。むろん従来型のフォークナー研究にとってもこのようなアプローチは大いに示唆に富むものである。たとえば『アブサロム』のような作品をそのような視点から幾重にも相対化してゆく本書のいくつかの論考のような作業は、今後とも大いに必要とされるだろうし、同時に過去の研究の蓄積との精密なすり合わせが待ち望まれるトピックの代表でもあるだろう。

そのような意味でも、奇しくも先述の一九八二年の類似テーマのヨクナパトーファ会議においてなされた大橋健三郎の、フォークナーは「ヨクナパトーファの伝統的・慣習的世界」と「それよりも圧倒的に広い世界」との間で「引き裂かれた」作家である（二六二）、という発言の重要性が今後ますます増してくることは間違いない。旧来のような意味での「伝統」と「現代」の間には実は本質的な違いはない、という構築主義的なアメリカ南部理解（本書の議論も当然それを受ける）が進む一方、フォークナーの想像力にまつわる最大の「問題」の中心は、二八年前の昔も現在も変わらず、彼が「奴隷制／植民地主義」に依存する故郷の世界観を「現代的」視野から批判すると同時に、「伝統」側にも立ってそれを肯定しようともした絶対の矛盾のただなかに明滅し続ける。だから、過去の植民地主義的な社会経済体制を批判／脱構築して未来へ向かうことを前提とする本書の議論は、「私達以降の世代にとって」のありうべき未来を凝視しつつ「ことの半面」に確信犯的に焦点をあてるわけであり、その意味において、本書の議論に啓発される私達フォークナー研究者には、絶えず同時に「ことのもう半面」つまり「伝統の側についたフォークナー自身のこころ」あるいは「過去のフォークナー研究の蓄積」へも遡り、そこに見えて来る矛盾相克に満ちた作家の相貌との連続／断絶の相の確認と分析を粘りづよく行うことで、自らの視線をより包括的なものへと鍛え上げてゆくことが真摯に求められてもいる。

周知の通り、広い意味で大橋の言う「伝統的・慣習的世界」と「それよりも圧倒的に広い世界」との矛盾相克は、今日のグローバル化／情報通信革命の展開のもとで解消されるどころか、二〇一一年現在の日本に暮らす私達のすぐ目の前を含めてむしろ世界中に拡散しつつ無数に増え、顕在化し続けている。そうであれば、これからの「グローバル・フォークナー」が真に目指すべき「未来」は「伝統／過去」とのより多面的な対話を措いて成り立つものではないだろう。それは想像を絶する困難な作業に違いないが、私達にはなじみがないわけでもない。かつてフォークナー自身がその生涯をかけて目指したものに他ならないのだから。

【参考文献】
Fowler, Doreen, and Ann J. Abadie, eds. *Faulkner: International Perspective: Faulkner and Yoknapatawpha, 1982*. Jackson: UP of Mississippi, 1984.

◎中野学而（なかの　がくじ）　東京女子大学講師。おもな論文に"Jeeeeeeeeeeeeeeeeesus" Died for You: What Lies beneath Faulkner's "That Evening Sun"（『東京女子大学英米文学評論』五五号、二〇〇九年三月）など。

Edited by Hamblin, Robert W., and Melanie Speight
▶ Faulkner and Twain

Cape Giradeau: Southeast Missouri State UP, 2009. 254pp.

評◎——大串尚代

二〇〇六年一〇月にサウスイースト・ミズーリ州立大学にて「フォークナー・トウェイン学会」が開催された。同大学のフォークナー研究センターの主催によるこの学会では、アメリカ文学におけるキャノンである二人の大作家に関する様々な発表が、三日間にわたって行われている。ユーモア、歴史、人種、世界文学などをテーマにした各セッションで行われた発表のうち、トウェインとフォークナーの両作家に言及している論文一五本が収録されたのが本書*Faulkner and Twain* である。なお、本学会には、後藤和彦、巽孝之、林文代、およびメアリー・ナイトンが“Faulkner and Twain in Japan”と題されたセッションに参加しており、本書には林文代とメアリー・ナイトンの論考が収録されている。

トウェインとフォークナーを一緒に論じる試みの意義については、編集者による序文で必ずしも明らかにされているわけではない。一九世紀後半から世紀転換期にかけて活躍したトウェインと、二〇世紀前半に独自のスタイルで南部を描き続けたノーベル賞作家を繋ぐ接点は、本書中でも数度にわたって言及される「マーク・トウェインをもって真のアメリカ人作家の嚆矢とする。その後に出てきた我々は皆彼の相続人である」というフォークナーによるトウェイン評価であり、またシャーウッド・アンダソンを文学的父親とみなし、トウェインを祖父とみなすフォークナーによる文学史的系譜を紹介するにとどまっている。その他の共通点としては、地理的関連性や国際的評価を得る地方色作家という位置づけ以上に詳しくは述べられていない。

しかしながら、本書に収められた一五本の論文を通読すると、トウェインが作家としてデビューした一九世紀半ばから世紀半ばにかけてのアメリカが、政治的・経済的・国際的な国力をつけて強大化する一方で、まさにアメリカ的問題が顕在化してきた時代であることが見えてくる。長きにわたって抱えてきた奇妙な制度としての奴隷制の余波、近代化による人間性の喪失、人種につきまとうセクシュアリティと家族制度の問題などの文学的主題を通して、ふたりの作家を繋ぐ系譜が明らかになる。

本書の一五本の論文はおもに以下の四つに分けられる。『ハックルベリー・フィンの冒険』を足がかりにしつつ、フォークナー作品との比較を論じる論文が最も多く六編、『まぬけのウィルソン』を中心に据えた比較が四本、『ミシシッピ川の生活』と「オールド・マン」の比較が一編、トウェイン、フォークナーの他に第三の作家(ハーパー・リー、ゾラなど)を交えた論考が二本、アメリカという枠組みから乗り越える文化的表象としてトウェインおよびフォークナーの作品を位置づける論文が二本である。

第一部において『ハックルベリー・フィンの冒険』と比較されるフォークナー作品としては、『自転車泥棒』『アブサロム、アブサロム!』、『響きと怒り』『征服されざる人びと』などが並ぶ。南部的語りのディスコースであるユーモアや打ち明け話を取り込んだトウェインとフォークナーが、南部的現実をいかに表象したかを論じるもの(クラウス論文、マーティン論文)や、スレイヴ・ナラティヴとの共通性を見出し、帰属を捨て去ることで白き南部への抵抗の身振りを示すことを明らかにする論考(モンティース論文)、人種をアメリカが抱える大きな教育的問題と位置づけ、ある種の確信に近づくハック少年と、真理にたどり着くことが叶わないサトペンを対峙させる論文(イーソン論文)など、それぞれの方法でふたりの大作家に迫ろうとする。語り口は異なるものの、これらの論文に取り憑いているのは、やはり南部という地域性が産みだし続ける問題、すなわち共同体の問題であり、人種、性、暴力の不可避性であるといえるだろう。

なかでもロバート・H・ブリンクマイヤーの論文“South x West: Faulkner and Twain at the Crossroads”は、伝統と近代、南部への愛と憎しみといった相反する価値観や感情を共有するフォークナーとトウェインの南部性が、作品内で西へずらされていることを指摘している点で興味深い。ブリンクマイヤーは南部を停滞・反近代として、西部を移動性や社会規範からの解放を意味する場所として捉えることから議論を始める。南＝黒人、西＝ネイティヴ・アメリカンという場所と棲み分けが、トウェインとフォークナーの作品では断絶や融合といった形で踏襲されていることが指摘される。『行け、モーセ』におけるアイク・マッキャスリンの遺産相続放棄はすなわち、南部から西部的森の中への移動を意味し、自然界の美と秩序を知るネイティヴ・アメリカンの末裔であるサム・ファーザーズとの交流がそれを後押しする。西部のヒーローとなったアイクは森にはいり、近代的な時間の流れに即することのない生活を送る。その上で、ここでアイクが拒絶したのは財産だけではなく、南部的価値観であることもまた、フォークナーは承知している。一方トウェインは『トム・ソーヤーの冒険』において完全に共同体に適応したシッドに南部を、自由を希求するハックに西部を重ね、両者のバランスを取っているのがトムというわけだ。『トム・ソーヤー』で描かれた「南部に統合される西部」は、しかし『ハックルベリー・フィン』において、むしろ分離していくことになるが、この分離がその後のフォークナーをはじめとする南部的想像力を決定づけたとブリンクマイヤーは結論づける。

　このブリンクマイヤーの議論は、西から南へ文学的ベクトルを移行させたトウェインと、フォークナーとの関連性をより詳細に論じた本邦のトウェイン学者・後藤和彦の論文「交差する〈南〉、マーク・トウェイン、ポー、そしてフォークナー」(『マーク・トウェイン 批評と研究』九号所収)と共鳴するものであり、「南」と「西」をめぐる視点は今後も興味深い視座を提供するように思われる。

　トウェイン後期の代表作『まぬけのウィルソン』は、人種混淆の悲劇を描いた作品であり、血筋と色、生まれと育ち、科学と社会の間で人間の定義が揺れ動く。ジェイソン・コーワンによる“The Mulatto Avenger in Twain and Faulkner: Miscegenation and Identity in the South”は、本作品と『行け、モーセ』を対置させ、南部白人がかけた呪いである人種混淆と、表向きにはタブーとされる異人種間の性交渉がいかに復讐するムラート像を産み出すかを論じる。コーワンは血に潜む権力を信じるルーカスと、血に恥辱を感じるロクサーン、そのふたつを併せ持つ存在としてのサムの姿を明らかにする。一方で、「失敗する探偵」が登場する推理小説としてトウェイン、フォークナー、そしてポーを再読する林文代の論文“Absorbed in Reading the ‘Worst Heart of the World’: Faulkner, Twain, and Their ‘Failed Detectives’”は、本書に収録されているその他の論文とは異なり、「南部」を「読む」ことは可能なのか、という独自の視座を提供する。読み解くべき「南部」の不確かさと曖昧さゆえに、登場人物たちは決定的な読みにたどり着くことができない。常にひとつの読みを許さない南部の存在を印象づける。

　未完のトウェイン作品『細菌の中で三千年』と「スノープス三部作」を併置し、世紀転換期の世界情勢においてアメリカ的侵略が細菌のように拡散される様子と、他を浸食するスノープシズムを重ね合わせたメアリー・ナイトンの四〇ページに及ぶ論文“Swinks and Snopeses: The Germ of the ‘Global Provincial’ in Twain and Faulkner”は、本書の中でももっとも読み応えのある論文である。本論文が興味深いのは、最終的にトウェインとフォークナーのどちらもが持っていた日本との関係性が示されており、南部すなわちアメリカを超えたところでの彼らの影響力が論じられるくだりであろう。日露戦争の直後に執筆された『細菌』は、複眼的視点によりアメリカの民主主義の限界を察知していたトウェインが、日本という非西洋国家の存在を通じてアメリカ帝国主義を批判し、翻ってフォークナーは戦後民主主義国家の代表として日本を訪問し、南部やアメリカを見る複眼的視点を獲得する。ナイトンの議論は、日米関係とアメリカ文学を考える上でも有益であると思われる。

　ところで、二〇一〇年はトウェイン没後百年にあたり、さまざまなイベントが開催された。また未削除版の『トウェイン自伝』の刊行も始まり、本国アメリカでは書店で好調な売れ行きを見せている。同じく二〇一〇年の二月には、フォークナーが『行け、モーセ』を執筆する際に参考にしたとされるプランテーションの台帳が発見されたというニュースもあった。新たな資料が出るたびに注目されるこのふたりの作家の比較研究は、一九世紀から二〇世紀にかけて形成される「アメリカ」を考察する上で文学史的にも重要な意義を持つだろう。本書 *Faulkner and Twain* はその足がかりとなる一冊である。

◎大串尚代（おおぐし　ひさよ）　慶應義塾大学准教授。著書に『ハイブリッド・ロマンス――アメリカ文学にみる捕囚と混淆の伝統』（松柏社、二〇〇二年）など。

Judith L. Sensibar

▶ Faulkner and Love:
The Women Who Shaped His Art

New Haven and London: Yale University Press, 2009.
xxi + 594 pp.

評◎――**田村理香**

ウィリアム・フォークナーは二〇世紀前半の南部に生きた子どもであり、跡取り息子であり、恋をする若者であった。ジュディス・L・センシバーは、乳母のキャロライン・バー、母のモード・フォークナー、妻のエステル・オールダムという三人の女性がいかにフォークナーに影響を与え、フォークナーという作家が生まれるに至ったかを探っている。

　フォークナーには次のような記憶があった。三歳のフォークナーを抱いているのは、「黒い肌をした、温かい、肉体を感じさせる」母親で、その傍らでは、「ブロンドで、超然としていて、冷たい」母親が、「灯りをかざしていた」（六）。

　南部の中産階級の白人の子どもたちは、黒人の「母」のことを「本当のお母さんなのだろうか」と何度も自問するが、あるときその「母」を失う。センシバーは、この「分裂」と「喪失」の経験が、フォークナーの作品のなかで、さまざまにあらわれていると指摘する。キャロライン・バーは、『響きと怒り』のディルシーや『行け、モーセ』のモリー・ビーチャムといった「マミー」のイメージで捉えられることが多い。センシバーによれば、それは、フォークナーやその家族、そしてオックスフォードの白人たちの情報によってのみバーの人物像が作られたためである。センシバーは、まず、バーを黒人女性のステレオタイプ――マミーかイゼベルのどちらかしかない――から解放しようと試みる。最初にキャロライン・バーの家系図を載せているのは、その意思のあらわれであろう。センシバーは、バーが、西アフリカをルーツとし、ヴァージニアで奴隷として働き、解放後にミシシッピへとやってきた、アメリカの歴史を背負った一人の人間であり、白人の子どもたちに多くの物語を聞かせた文盲の女性であったことを、フォークナーの娘のジルやエステルの連れ子のマルコムから確認し、彼女がフォークナーの「母親であり、乳母である」ほかに「教師であり、すべてであった」ことの裏付けを重ねていく（八四）。

画期的なのは、かつて一度も行われたことのなかったバーの親戚へのインタビューである。インタビュアーには、わざわざアフリカ系アメリカ人の大学院生を雇っている（親戚たちは「相手が白人だったら何一つしゃべらなかったろう」と言っている。）その甲斐あって、これまで事実と思われていたことがらに疑問符がつくことにもなった。たとえば、バーが死ぬまで親しくしていた姪は、「バーが結婚していたということも、夫という人のことも聞いたことがない」とフォークナーの弟たちの言を翻している（四九）。フォークナーが贈った「愛と尊敬の念に満ちた、心のこもった温かい」弔辞や墓碑銘も、バーの親戚たちには、「キャリー・バーを所有している」（一〇〇）証にすぎない。フォークナーが「本当にバーに礼を尽くすつもりだったら、弔辞はバーの家族の教会か家族の住む家に贈るべきだった」と語る彼らを通して見えてくるのは、黒人の使用人を「最期になっても解放しない、家族と過ごすことすら許さない」南部白人の姿である（一〇七）。

二つの家族を持つ幼い白人の少年が、黒人の家族を「抹殺」しなければならなかったとすれば、黒人の女性もまた二つの家族の間で引き裂かれていた——自分の家族を犠牲にするという以外の選択肢を与えられずに——死んだ後でさえも。これらを踏まえた上で、センシバーは、『行け、モーセ』と「ミシシッピ」をテクストに、バーがいかにフォークナーの想像力や構想力に影響を与えたかを探っていく。

キャロライン・バーが、よいことも悪いことも、「何かあると駆け込んで行く」ところだったのに対し、フォークナーの母親のモード・フォークナーには「抱きしめられた記憶すらない」と、孫娘にあたるジルは回想する（八四）。センシバーによれば、モードは一人でいることの好きな、知的な女性である。モードとその母親のリーリアは、豊富な読書体験や芸術の才能によって、フォークナーを本や創造の世界へと導いた。祖母と母が創る彫刻や絵はフォークナーを視覚的な作家にし、彼女たちのリアリスティックな作風は、フォークナーの小説に受け継がれた、とセンシバーは述べる。モードは息子の創作者としての才能を、「フォークナー家からではなく、（母方の）バトラー家から受け継いだ」ものと見ている（一四四）。『響きと怒り』のコンプソン夫人を思わせる発言だが、この言葉は「女性から受け継いだ」と言い換えてもいいかもしれない。フォークナー家の男性については、黒人女性との間に「影の家族」を持っていたり、アルコール中毒だったりなど、周知のところであるが、母方の祖父のチャーリー・バトラーも、「影の家族」のほかに、公金横領、殺人、失踪と、フォークナーの小説の登場人物さながらの破天荒な人生を送った。モードら子どもたちは、父の殺人現場に居合わせていたし、父が失踪すると「エミリーへの薔薇」のエミリーのような経済的困窮に陥っている。そんな中で驚くのは、一九世紀末の当時、シングルマザーになったリーリアが、娘のモードを大学まで卒業させていることである。本書の第二部はモードの名を冠しているが、モード自身に関する記述は極めて少ない。代わりに、膨大な資料をもとに、モードの母方のスウィフト家、父方のバトラー家を遡り、フォークナー家の家族を遡り、フォークナーの成長期をたどることで、ジム・クロウ時代に子ども時代を過ごしたフォークナー家の跡取り息子が、ただのアルコール中毒の人種差別主義者で終わらずに済んだのは、母の知性と教養と芸術性が作家への道を開いたからであるという主張になっている。

三人目の女性、妻のエステル・オールダムには、六百ページ近い本書のページの半分以上が費やされている。センシバーは、エステルの出自を遡り、生い立ちをたどり、『響きと怒り』をフォークナーとともに作り上げるまでを、膨大な資料と地道な調査からつまびらかにしていく。エステルがフォークナーに与えた計り知れない影響のうち、センシバーがとくに注目するのは創作に関してで、二人のコラボレーションが豊穣たる小説世界を作り上げたという一貫した視点で考察が行われている。

たとえばセンシバーは、詩人を目指していたフォークナーが小説家へと転向したきっかけの一つに、エステルの小説を挙げている。エステルは最初の結婚で、ハワイや上海に住んだが、帝国主義的な植民地コミュニティには、有色人種や女性への偏見や不正義や階級差別が極端な状態で存在していた。故郷のジム・クロウやヴィクトリア朝風の因襲を再体験したエステルは、短編を書き始める。そのころフォークナーは、シャーウッド・アンダソンの助言により、「自分の声やテーマやトーンやスタイルは北ミシシッピにある」との認識を始めつつも、ヨーロッパの詩人の模倣から抜け出せずにいた(四四五)。ところが、一九二五年二月に、突如小説へと進路を変えているのである。これはエステルが一時帰国した三ヵ月後のことである。人種やジェンダーやセクシュアリティの問題を扱ったエステルの短編──口語体で書かれた、現代を舞台とした、地方色豊かな家族の物語──は、フォークナーに、自分の慣れ親しんだ南部を再考させ、その日常をあるがままに表現することの意義を気づかせたのではないか、とセンシバーは推測している。

エステルはフォークナーの小説の人物造型にも大きな影響を与えた。『響きと怒り』のキャディのモデルがエステルであることはしばしば指摘されるが、エステルの自伝的な小説「ドクター・ウォーレンスキ」には、キャディを思わせるような少女が南部社会に対する苛立ちや葛藤を経験している。同作には、登場人物が自らの出自やアイデンティティを追求しながら、人種やジェンダーへ疑問を抱くようになるといった、フォークナーの小説の中心的なテーマも見られる。幼馴染みで同じ経験をしているからこそ、エステルはフォークナーに女性の視点を授けることができた。フォークナーの女性登場人物がヴィクトリア朝風の女性ではなく、フラッパーであることが多いのもエステルの影響だろう、とセンシバーは述べる。フォークナーはエステルの短編に自分の声を重ね、大胆で斬新な『響きと怒り』を作り上げた。ただし、一方的にエステルの短編を自分の作品に取り込んでいたわけではない。エステルの短編を推敲して、出版社にも送っている(出版を断られてエステルが燃やしてしまうが)。二人は共同で執筆も行っており、エステルの書いた「サルヴェージ」は短編「エリー」になっている。

センシバーの入念な調査は、エステルの最初の夫のコーネル・フランクリンが『アブサロム、アブサロム!』のサトペンのモデルであると納得させるにも十分である。大学を優秀な成績で卒業した若く野心的な弁護士は、サトペンと同じく、ニューオーリンズの女性と交際していたが、エステルを(フラッパーではなく)サザン・ベルであると思って結婚した。ハワイでは多くの召使いが働く南部プランテーションの暮らしを再現し、上海にはサトペン邸さながらの豪邸を建てている。父を早くに亡くしたフランクリンは、結婚を機にエステルの父親から援助を受けるようになるが、この関係はコールドフィールド氏とサトペンを髣髴させる。別の女性との関係を公にしたのは義父への借金の返済後という律儀さも、養育費を妻ではなく妻の父に送るという行為に見られる女性観も、サトペンのものである。

センシバーは、フォークナーの小説中の出来事と見紛うような事実や、フォークナーや女性たちの実人生とフィクションが重なっていく過程や、事実と小説が交差する場面などを次から次へと提示して、読者の想像力を刺激する。本書によって、おそらく多くの新しい読みが誘発されるだろう。フォークナーの小説は、私小説として読まれたり、歴史として論じられたりするようになるかもしれない。そんな期待を抱かせてくれる力作である。

◎田村理香（たむら　りか）　法政大学教授。おもな論文に「「あの夕陽」の自己犠牲的な語り手」『フォークナー』一一号（松柏社、二〇〇九年）など。

Keith Gandal

▶ The Gun and the Pen:

Hemingway, Fitzgerald, Faulkner, and the Fiction of Mobilization

New York: Oxford UP, 2008.
xi+271pp.

評◎——中 良子

ヘミングウェイ、フィッツジェラルド、フォークナーにおける第一次世界大戦の影響を論じたキース・ガンダルの『銃とペン』という本書を手に取って、ロスト・ジェネレーションの反戦文学という陳腐なテーマを予想してはいけない。本書は、三作家の代表作——『陽はまたのぼる』『グレート・ギャッツビー』『響きと怒り』——に、第一次世界大戦下の動員体制をめぐっての人種、エスニシティ、ジェンダー、セクシュアリティの問題を読み取り、戦後のモダニズム文学を（サブタイトルにあるように）「動員文学」として捉え直そうという極めてユニークな試みである。

三人の作家にとって戦争体験が重要な契機となって作品が生みだされ、それがロスト・ジェネレーションという、アメリカ文学史上傑出した一時代を築いたことは周知の事実である。しかし、彼らの「戦争体験」とは、従来言われているような戦争の恐怖からくる虚無感ではなく、「戦闘要員として戦争を体験できなかった」体験である。ヘミングウェイは、戦争が始まった時は歳が若すぎ、視力が弱くて空軍に入れず、ようやく赤十字野戦病院の救急車の運転手となる。フォークナーも最初の徴兵の時は歳が若く、空軍を志願するも背が低くて入れず、結局カナダの英国空軍に入ることになる。フィッツジェラルドは、アメリカ陸軍に入隊しキャンプ・シェリダンで中尉となるが、実は海軍に入って前線で戦いたかったという。ガンダルは、この三人の体験をいずれも、前線で戦闘任務につけなかった敗北の体験、アメリカ軍の基準から拒絶された、いわば「去勢された」トラウマ、すなわち「動員の傷」と捉える。戦後、この「傷」を表現する、あるいは覆い隠す必要から、彼らは作品を書いたという。そして、そこには共通するキャラクターの型とプロットが顕著に存在すると主張する。ガンダルの方法論は、戦争の歴史よりも作家の伝記的事実に注目することで新歴史主義的読みを修正し、「動員文学」としての共通項を捉えることで「プロットのないモダニズム文学」という定説を覆し、スタイルにのみこだわる新批評の読みを批判するものである。

このような主張の根拠としてガンダルは、第一次世界大戦でとられた動員のシステムは、アメリカの軍事史上のみならず、日常的価値観にも劇的な変化をもたらしたと指摘する。論点のひとつは、新兵を集め幹部候補生を定める際に行われた知能テストや心理テスト等による「能力主義」の傾向である。これらのテスト自体は文化的偏見に基づくものであったのだが、軍の内部においては、この能力主義によって、エスニックや移民の子供たち（「ハイフン付きアメリカ人」――ただしアフリカ系アメリカ人は含まれない）が歴史上初めて平等に扱われ、前例のない昇進の機会を得ることになったのである。戦後の移民制限法やKKK復活の動きは、この動員体制への反動と考えることができる。もうひとつは、肉体的、道徳的にも強靭な組織を作ろうとする軍のプロパガンダである。それは訓練所や駐屯地での（必ずしも職業とはしない）「慰安婦」やフランスの娼婦たちとの性交渉を禁じ、兵士を性病から守ろうとする試みである。しかしその試みの失敗が、「新しい女性」の誕生による性革命を引き起こすことになったという。

「動員文学」もまた、動員体制への戦後の反動のひとつの形として位置づけることができる。動員がもたらした「能力主義」と「セクシュアリティ」の点から、軍に拒絶された三人の「英国系白人作家」の作品を読むと、どれも「人種差別主義的乱交の物語」となる。すなわち、動員後のアメリカ社会における「英国系白人女性」と兵士や軍人との性的関係、そして「英国系白人男性」とアメリカナイズされたエスニック・アメリカンや移民の子孫との女性・お金・地位をめぐる競争の物語である。

キャラクターとプロットの共通項は以下のように要約することができる。

英国系白人女性、ディジー（『ギャッツビー』）、ブレット（『陽はまたのぼる』）、キャディ（『響きと怒り』）は、二〇年代の「新しい女性」というよりは、兵士と性的関係を持ち軍の道徳と権威を脅かす存在、「慰安婦」の理想化されたイメージである。彼女たちが関わる軍関係者、ギャッツビー（「ギャッツ」という本名はドイツ系）、ロバート・コーン（ユダヤ系で軍学校の卒業生）、ドールトン・エイムズ（帰還兵士）は、エスニックか社会的アウトサイダーであり、このような人物造型は動員の平等主義の反映である。当然、英国系白人男性、トム、ジエイクとその友人ビルとブレットの婚約者マイク、ジェイソンは、彼らと争う。同時に、精神的欠陥を持つ、軍隊には不適合な人物、ロバートやベンジーも描かれる。これも、動員でエスニック・アメリカンを登用した能力主義に対する、戦後の揺り戻し的反発の表れといえる。

三つの作品はまた「新しい女性」の、伝統的家父長制度――トム、アシュレイ卿、ジェイソンが体現――からの逃避の物語とも読める。プロットのヤマ場は、女性を救出しようとする騎士道的ロマンティックなヒーロー――ギャッツビー、ロバート、クエンティン――と戦闘的な軍人的人物――ギャッツビーは一人で騎士と殺し屋の役割を兼ねる、ロメロ、ドールトン――との闘いであるが、そこには兵士になり得なかった、戦闘経験のない作家たちの想いが投影されている。彼女たちは結局、ロマンティックなヒーローを選ばない。彼らは軍の規律に従い彼女たちに貞節を求めるからである。そして彼女たちを慕う、戦争に拒絶され、兵士にへこまされ、去勢された英国系白人男性――ニック、ジェイク、ベンジー、クエンティン――と性的関係のない信頼関係を築くのである。（彼らはそれぞれに作家の分身であると述べられる。）「人種差別主義的乱交の物語」において、ロマンスは、性的に放縦な女性と、兄弟／従兄弟・性的不能者・独身主義者の男性との成就し得ない恋というファンタジーとして描かれる。ジェンダーの逆転によって展開される不毛な官能的物語が、一九世紀文学の伝統である処女性とその喪失についての「誘惑のプロット」に取って代わる、戦後「動員文学」の戦術なのである。

以上のように、三人の作家は、実人生での軍隊と恋愛における挫折を、壮大な悲劇的愛の物語に変えて描いているという。フィッツジェラルドは社会的、ヘミングウェイとフォークナーは実存的悲劇として。その悲劇の責任は、軍隊で（彼らよりも）評価されたエスニック・アメリカンにある。彼らは軍隊への批判は行わない。むしろ女性に貞節を求める軍の基本方針を受け入れている。

さらに、ガンダルは、ジュナ・バーンズ、ヘンリー・ミラー、ナサニエル・ウェストの作品も取り上げて、三〇年代に入っても「動員文学」の主題は受け継がれていることと、しかし「女性の乱交」は「性的倒錯」としてパロディー化され、「成功したエスニック・アメリカン」も風刺はされるが、もはやスケープゴートとしては描かれていないと論じている。

そのような三〇年代を経て、一九四六年に発表された『響きと怒り』の「付録」において、フォークナーは「動員文学」の終焉を告げている。四五年の時点でキャディがナチスの支配下にあるフランスに渡っていることは、「慰安婦」と「エスニック・アメリカン」の問題が既にアメリカ社会から消滅していることを示している。そして、ドイツ軍との関係を暗示させる写真によって、キャディは、ナチスの残虐行為と結びつけられ、二〇年代の「慰安婦」よりもはるかに非人間的な悪魔的妖婦に仕立て上げられているのである。ナチスによる反ユダヤ主義の意味の書き換えと共に、フォークナーは、クエンティンが為し得なかったこと、キャディを罰し永遠に追放することで、第一次世界大戦の「動員の傷」を描ききったのである。

作品ごとに一章をもうけて主題の展開の違いが論じられてはいるが、ガンダルの主張は単純明快である。しかしあまりにも類型的に登場人物の人物形象とそれぞれの関係が解釈され、作品のテーマも単純化されているように思われる。紙幅の都合上、作品解釈における小さな疑問をいちいち列挙することはできないが、最大の問題は、作家と登場人物を同一視して作品を読み解こうとしている点である。例えば、ベンジーを精神薄弱のため入隊できなかった人物として、フォークナーの分身と見なすのは言い過ぎであろう。作家たちがどこまでガンダルの言う「動員の傷」（エスニック・アメリカンへの敗北感）を自覚していたのかについても、より詳細な歴史的資料の検討が必要であろう。

第一次世界大戦は、それまで義勇軍で戦ってきたアメリカが、初めて徴兵を行って市民兵からなる大規模な軍隊を形成し、ヨーロッパに出兵した戦争である。それはアメリカの国民国家としての誕生を意味する。国家による徴兵はアメリカの伝統的価値に見合うものなのか、今なお続く軍のあり方の議論の根源は、第一次世界大戦の徴兵制度導入の過程に見出すことができよう。軍隊は、国際システムのなかの国家の役割だけでなく、市民個人と国家の関係を映し出すものである。ロスト・ジェネレーションの作家の戦争／動員体験と作品との関わりは、さらに広く深く検証されるべき重要なテーマであることを、本書は示してくれる。

◎中良子（なか　りょうこ）　京都産業大学教授。論文に「ユードラ・ウェルティのプランテーション小説」（『同志社アメリカ研究』第四六号、二〇一〇年）など。

岡田弥生

ウィリアム・フォークナーのキリスト像
ジェレミー・テイラーの影響から読み解く

関西学院大学出版会、2010年
331頁

評――◎**金澤 哲**

本書はフォークナー作品に一貫した「宗教概念」を見いだし、その特徴を一七世紀イギリスの宗教者ジェレミー・テイラーからの影響によって説明しようと試みたものである。

まず、本書のタイトルにあるジェレミー・テイラー（Jeremy Taylor）とは、『神聖なる生き方と神聖なる死に方』などの著書によって知られる一七世紀イギリス国教会の主教である（一六一三―六七）。エマソンが"Shakespeare of divines"と呼んだように、彼は一般に名文家として高く評価され、その文体はメルヴィルやホーソンなど後の英米作家たちに大きな影響を与えたとされる。

だが、本書で著者が試みるのは、フォークナーの文体に対するテイラーの影響ではない。著者はあくまでフォークナーの思想、著者のいう「宗教概念」を問題とし、そこにテイラーからの影響を見ようとするのである。

すなわち、著者によればフォークナーは人間の自由意志に対する強い信念を抱いていたと同時に、「人間は贖罪の力なしでは理想に到達することができないことをよく認識して」（五一）おり、それゆえキリスト像を必要としていた。別の言い方をすれば、フォークナーは「罪と死に関する大部分は神の恩寵に依存しており、人間は恩寵なしでは理想を達成できないことを深く認識して」いるのであり（五〇）、その作品を通して「我々はフォークナーにおいて自由意志が正しく機能するためにはキリストの贖いを極みとする恩寵が必要条件であることを認識するのである。」（五〇）そして、このようなフォークナーのキリスト像と自由意志の概念は、「ジェレミー・テイラーの宗教概念を参照することによってその多くを理解できる」（七三）というのが、著者の主張である。

　では、ジェレミー・テイラーの宗教概念とはどのようなものなのであろうか。著者によれば、その要点は人間の自由意志による実践的な信仰を強調する一方、最終的に人間は有限の存在であるとしてキリストによる恩寵の必要性を説き、その恩寵によって罪を赦された者はキリストに従いキリストにならって生きていかねばならないとする点にある（九一—九六）。よく知られているように、フォークナーは人間の自由意志というものを強調したが、著者はその意味をテイラーの宗教哲学に引きつけてとらえる。一例を挙げれば、フォークナーの「自由意志は権利であり責任である」（*Faulkner in the University* 一八七）という発言を、著者は「キリストにあって意志の方向性を自己中心から神、隣人へと転換することこそが真の自由へのパスポートである」という考えを根拠にしていると理解するのである。（九七）

　このような主張に基づき、著者は「乾燥の九月」、「髪」といった短編から『八月の光』、『尼僧への鎮魂歌』、『寓話』といった長編に至るフォークナーの作品を、おもにキリスト像と見なすことのできる登場人物たちの変化と成長、および他の人物たちへの影響といった点に焦点を合わせて読み解いていく。

　次に、著者はフォークナーの時間認識へと議論を進め、従来指摘されてきたベルクソンからの影響は過大評価であると主張する。著者によれば、ベルクソンの時間論では罪や救済といった問題を扱うことができず、それゆえフォークナー作品の理解には不十分である。「フォークナーの時間概念は神の意図に基づいた目的論的な時間概念であり、キリストが時間の中に受肉し、罪の贖いの業の完成へと向かう救済史として時間性をとらえたジェレミー・テイラーの時間概念」なのである（一六五）。

　時間論の考察はさらに進められ、著者は『響きと怒り』の主要人物たちの置かれた状況とそれぞれの「時」との関わり方の検討によって、フォークナーにおける時間概念とは「時間はキリスト」であるという認識であるとする。著者によれば、この認識こそフォークナー作品を貫く宗教概念であり、「それはテイラーの偉大な模範のキリスト像であり、時となって表出」し、「いわば贖われる時間そのものとなるまでに徹底した贖い主たるキリスト像である」と結論づけられる。（二〇三）

　さらに著者は「時間はキリスト」という認識の源泉を考察し、「フォークナーも十分理解していたと考えられるキリスト教カバラ思想」（二〇五）に答えを求め、フォークナー作品に見られるカバラ的表象として、「生命の樹」を思わせる数多くの樹木の存在を指摘していく。

　最後に、著者は『アブサロム』などの作品と伝記的事実から、フォークナーの抱いていた罪意識の真相を探る。その結果、著者は南部における人種混交の問題こそ「フォークナーが認識する南部の問題の核」であったと推測し、「曾祖父が犯した血にまつわる相剋」（＝人種混淆）からくる「罪意識の故にフォークナーは生涯懸けて罪の贖い主であるキリスト像を追い求めたのではないだろうか」という結論に達する（二三八）。別の言い方によれば、「積年の人種差別の罪、さらには自身の血族の中に影を追う南部人として、時を贖うこと、すなわちキリストの十字架の犠牲の故に、今をカイロスである贖罪の機会として、神との和解をなすことは、フォークナーの実存を懸けての責務であり、渇望であった」のである（二四四）。

　以上が本書の概要である。かなり乱暴な要約であるが、これだけからでも明らかなように、著者の提示するフォークナー像は従来のフォークナー理解とは大きく異なるものである。

もちろん、フォークナー作品中にキリスト的人物が多く登場すること、あるいはいくつもの作品の枠組みとして受難節が用いられていることは、早くから指摘されている。また、フォークナー作品の宗教性に焦点を当てた研究も、たとえばRobert J. Barth編の*Religious Perspectives in Faulkner's Fiction*（一九七二）や、Faulkner & Yoknapatawphaシリーズの*Faulkner and Religion*（一九九一）など、継続的に出版されている。

だが、従来のフォークナー研究では、基本的に彼を世俗的なモダニスト作家と見なすものが主流であり、作中キリストのイメージや受難物語が重要な役割を果たすとしても、あくまでそれは「大工がよく使う身近な材料」（"Paris Review Interview"）であり、作品の本質を決定づける要素とは見なされてこなかった。また、彼が優れて道徳的な作家であることを認める場合でも、その道徳性は宗教的なものとしてではなく、むしろ人間主義的な倫理観の表れとして理解されてきた。本書の最大の特色は、このような世俗的フォークナー理解を否定し、フォークナーが生涯真剣にキリストによる恩寵を求めていたと主張すると同時に、フォークナー作品を作者の救済への希求の表現としてとらえる点にある。

繰り返すが、このような主張は従来のフォークナー理解と大きく異なるものであり、その妥当性については慎重な吟味が必要であろう。以下、限られた紙面ではあるが、著者の主張がどのように根拠づけられているか、評者にできる範囲内で検討してみたい。

まず最初に、フォークナーとジェレミー・テイラーとの関連についてであるが、最初に述べたように、テイラーはメルヴィルやホーソンといった一九世紀アメリカの作家たちに影響を与えていたと言われる。また、著者はブロットナーによる伝記から、フォークナーがイギリス国教会の流れを汲むアメリカ聖公会に加わりたいと言っていたこと、テイラーの著作をフォークナーが愛読しており晩年の入院の際には聖書と並んで持参していたことなどを挙げ、フォークナーがテイラーの思想の影響を受けていた証拠としている。あとは上述の作品解釈、とりわけ「乾燥の九月」における「月」の表象が、著者の主張の裏付けるものとされる。

次に、フォークナーの宗教思想そのものについてであるが、そのおもな根拠はフォークナー自身によるいくつもの発言と、『響きと怒り』などからの引用およびその解釈である。

その他では、カバラとの関係が問題となり得る点であるが、この点については著者自身、「…とは考えられないだろうか」、「ではないだろうか」といった言い回しを多用しており、現時点では推測にとどまることを自認しているように思われる。それゆえ、ここでは触れないこととしたい。

さて、それではこれらの論拠は、どれほど説得力を持っているであろうか。残念ながら、率直に言って、評者はこれらの論拠に説得されなかった。その理由のひとつは、著者が根拠として提示する引用の多くが、オリジナルの文脈を正確に踏まえていないように思われるからである。

具体的な例を挙げよう。たとえばフォークナーとテイラーの関係であるが、フォークナーが聖公会に加わりたいと言ったのは、著書も述べるように二七歳の頃に友人たちと密造酒を飲み交わしながらのことであり、だとすれば、どこまで真剣にとるべきかかなり疑問である。

また、フォークナーの時間論に関し、著者はフォークナーの「登場人物たちを時間の中でうまく動かし、時間が個人というつかの間のアヴァターを除いて存在しない流動的な状況であるという私の理論を証明した」という発言を引き（*Lion in the Garden*

二五五。訳は著者による)、「アヴァター」とはヒンズーの神話で「地上に神が受肉した形で、人間の形で下ったこと」という意味であるとした上で、「すなわちフォークナーにとって時間はキリストであり、また登場人物という束の間受肉した神である」と論じていく(一八五)。ところで、この引用箇所はフォークナーが「小さな郵便切手ほどの私の生れ故郷 **my own little postage stamp of native land**」を発見した経緯を説明した有名な発言の一部であり、上記引用のすぐ前で彼は「私は神のようにこれらの人々を空間だけではなく時間においても自由に動かすことができた」と述べている。また、その直後には「過去というものは存在しない。現在だけである **There is no such thing as was—only *is*.**」という有名な文が続いている。このように見てくると、上記引用の前半部は「ヨクナパトーファを舞台とした作品を書き続ける中で、登場人物たちを自分の好きな場所や時期に登場させることができた」ということであり、後半部は「時間というものは、しょせん一時的な仮象に過ぎない個々人の中にしか存在しない流動的な条件である」(つまり、時間とは主観的なものであり、絶対的で固定された時間といったものは存在しない)といった意味と取るのが自然であろう。ここから著者の言う「時間はキリスト」という認識を引き出すのは、難しいのではないだろうか。

また、作品テキストの理解についても、疑問が残る箇所がある。たとえば、『寓話』において著者は「伝令兵」がキリスト的人物である伍長に直接会い、その反乱を支持する決意を固めたと述べているが(一一九)、引用の場面で彼が出会うのはイギリス軍の伍長であり、『寓話』の中心人物であるフランス軍伍長ではない。また、『響きと怒り』のクエンティンについて、著者は彼が「自殺に向けていよいよ時が切迫していく中」、「イエス様、ああ善良なイエス様、ああ善良な人」とイエスの名を呼んだとしている(一九五六年のModern Library版二一二、Norton 2nd edition 一〇八)。だが、この引用はクエンティンがメンフィスの売春宿で突然信仰に目覚め熱狂状態に陥った黒人たちの話を思い出した箇所の結末部であり、「ああ善良なイエス様」というのは、クエンティンが想像したこの黒人たちの声である。もちろん、その声の裏にクエンティン自身のイエスへの思いが込められているという解釈は可能であるが、だとすればここにはかなり痛烈なアイロニーが生じることになる。

本書のもう一つの問題は、著者がフォークナーの作品中にアイロニーや矛盾の働きをまったく認めていない点である。典型的な例は、『八月の光』のジョー・クリスマスについて、彼がジョアナ・バーデンを殺していないと著者が証明しようとする部分である。著者がそのような証明を試みるのは、クリスマスがそのような罪は犯していないということになれば、「我々はクリスマスがキリスト像であることへの確信をさらに募らせる」という考えによるものである(六三)。このような考え方は、キリストに擬えられている人物がほぼ確実に殺人犯でもあるという設定から生まれるアイロニーというものを、全く考慮しないものであろう。

結論として、著者の主張は、十分客観的に論証されているとは言えないであろう。著者のフォークナーおよび彼の作品に対する態度は誠実そのものであり、その姿勢は尊敬の念を呼び起こすものであるが、残念ながらフォークナーのテキストは、著者の主張を裏付けていないように思われる。

◎金澤哲(かなざわ　さとし)　京都府立大学教授。おもな著書に『フォークナーの「寓話」——無名兵士の遺したもの』(あぽろん社、二〇〇七年)など。

◆投稿（寄稿）の書式について◆

本誌は以下の書式にしたがっていますので、投稿（寄稿）の際にはご注意ください。

①提出原稿（ワードファイルなど）は横書きでかまいませんが、本誌はご覧のように日本語・縦書きであるため、「　」（　）／などの記号は**全角**を用います（論文の「引用文献」欄をのぞく）。
②引用文献の情報や注番号をのぞき、本文の数字表記はすべて**漢数字**を用います。
③人名や地名は、すべてカタカナ表記を用います。原綴りが必要な場合にはカッコに入れて補うものとします。
④フォークナー作品の書名は訳題を用います。ただし研究書名などは、原則として原語のままとします。
⑤人名や地名などのカタカナ書きやフォークナー作品の訳題は、フォークナー協会編**『フォークナー事典』**（2008年、松柏社）の表記にならうものとします。
⑥作品・参考図書からの引用語句は「」に入れて日本語で表記してください。議論の必要上、原文が必要な場合は、「日本語 英語」（日本語と英語のあいだに半角スペースを入れる。例：「自在ドア the swing door」）という形式で日本語と併記するようにしてください。
⑦複数の作品から引用する際、文脈からどの作品かわかる場合には引用末尾に漢数字表記のページをカッコに入れて示すだけでかまいませんが、わかりにくいときには適宜作品の略号を定めて示すようにしてください。『フォークナー事典』viii-ixや本誌既刊号の「（投稿（寄稿）の書式について」のページにフォークナー作品の略号一覧が掲載されていますので、それを利用していただいてもかまいません。ただし、各人が使用したテクストのヴァージョンを引用文献表において明示します。
⑧別置される長い引用部分のインデントやフォントサイズの変更などは編集室で処理します。

「推薦論文」についてのお知らせとお願い

「推薦論文」は、協会資料室に送られてきた紀要論文などから毎号一編を選んで本誌に再掲載するという一〇号から始まった企画です。残念ながら今回はそもそも選考対象とする論文の数が少なく、該当なしとせざるを得ませんでした。ご担当の小谷先生には資料室に送られてくるものだけでなく、ご自分でも入手の努力をしていただいているのですが、紀要や同人誌に幅広く目配りをするために個人の努力だけではどうしても限界がございます。指導されている学生などがフォークナーあるいは南部作家について論文を書いた際には資料室に送付するようご指導いただければ幸いです（送付先は162頁に記載）。

◆投稿規定◆

日本ウィリアム・フォークナー協会では、日本のフォークナー研究の活性化と国際化という二目標を達成するために、全文日本語による研究誌『フォークナー』（松柏社）および、それに対応する英語版インターネット・ジャーナル The William Faulkner Journal of Japan on the Internet《http://wwwsoc.nii.ac.jp/wfsj/》を、それぞれ毎年一回刊行し、下記の要領で会員諸氏から広く原稿を募集するのみならず、特に毎号の特集テーマについて、日本国内はじめ、広くアジア諸国および世界の研究者にも原稿を依頼し、翻訳・掲載しています。ふるってご応募ください。

1 **内容** 募集する論文はいずれも未発表の研究論文（日本文または英文）で、フォークナーに関する自由論題。または、特集テーマに関するもの。第一四号の特集テーマは「フォークナーと身体表象」。

2 **枚数** 原稿はワープロ、パソコン等を使用するものとし、日本文原稿はA4判用紙に横書きで、タイトルと執筆者名をのぞき一一四〇〇字（例えば三八字×三〇行×一〇ページ）程度。注、引用文献などすべてを含む。英文原稿は、次ページの Notes for Contributors を参照のこと。

3 **体裁** 注は、後注として本文の終わりにまとめ、引用文献を付すこと。引用、後注、引用文献については、*MLA Handbook for Writers of Research Papers* の Sixth edition（2003）以降のものによる。

4 **提出するもの** 論文の印刷コピー四部。表紙に、氏名（ふりがな付き）、連絡先（住所［郵便番号とも］、電話番号、Eメールアドレスなど）を明記のこと。

5 **宛先** 『フォークナー』編集室（〒一七六-八五三四 東京都練馬区豊玉上一-二六-一 武蔵大学人文学部・新納卓也研究室、E-mail: faulkner@mml.cc.musashi.ac.jp）。かならず、封筒に「『フォークナー』誌応募原稿」と明記のこと。

6 **締切** 第一四号は、二〇一一年一〇月三一日必着。

7 **その他**

a 投稿は会員一名につき一編を原則とする。

b 原稿の採否は編集委員が協議して決定し、結果は一一月末までに本人に通知する。

c 提出された応募原稿は返却しない。

d 英語論文は、日本語に翻訳し『フォークナー』誌に掲載。採用決定後、日本語版を提出されたい。同時に英文インターネット・ジャーナルに掲載。また、日本語論文は『フォークナー』誌に掲載の上、筆者の希望次第で英語版を英文インターネット・ジャーナルに掲載するので、採用決定後、英語版を提出されたい。

e 執筆者校正は初校のみとし、誤記、誤字の修正など最小限にとどめること。

8 **連絡先** 上記『フォークナー』編集室。

◆Notes for Contributors◆

The William Faulkner Journal of Japan on the Internet published by the William Faulkner Society of Japan welcomes contributions in English. We invite contributions from members of the Society and non-members from abroad. Contributors are welcome to submit papers on any Faulkner topic or on the special topic listed for each issue. The special topic for the 14th issue is "Faulkner and Representations of Bodies." A member is limited to submitting one article per issue. Articles are accepted on the understanding that they have not been previously published and are not currently under review elsewhere. If accepted, all articles in English will be published in *The William Faulkner Journal of Japan on the Internet*, while authors of not-native Japanese speakers are advised that their articles, when accepted, will be professionally translated into Japanese for the Japanese, printed edition of the journal.

Articles in English should be between 4,000 and 5,000 words including endnotes and a list of works cited. Articles should conform to the conventions outlined in the *MLA Handbook for Writers of Research Papers*, Sixth edition (2003).

Authors should submit one brief curriculum vitae, including mailing address, phone number, and e-mail address and four printed copies of their manuscript.

Submissions should be placed in an envelope clearly marked "Submission to the William Faulkner Journal of Japan," and should be sent to the Editorial Office of *The William Faulkner Journal of Japan* (c/o Prof. Takuya Niiro, Faculty of Humanities, Musashi University, 1-26-1 Toyotama-kami, Nerima-ku, Tokyo, 176-8534 Japan). The deadline for submission of articles to the next issue is October 31 of 2011. Manuscripts submitted will not be returned. All articles are reviewed by the Editorial Board and authors will be notified of the Board's decision by the end of November. Authors will receive first proofs only and are asked to strictly limit their proof-reading to typological errors and not significantly change or add to what they have written.

For further information, contact the editorial office above, or e-mail to: faulkner@mml.cc.musashi.ac.jp.

◆編集後記・フォークナー協会からのお知らせ◆

編集後記

三月一一日に発生した東北関東大震災の被害にあわれた皆様に心よりお見舞い申し上げるとともに、一日も早い復旧復興を切願いたします。（編集室）

****

一月三〇日の朝日新聞が掲載した、丸谷才一、大江健三郎、筒井康隆の鼎談は、刺激的であった。筒井の『漂流——本から本へ』という面白い本を紹介した連載エッセイが、本として出版されたのを機に語り合ったもので、お互いに尊敬し合いながら、読書の楽しみを読者に伝えようとする雰囲気が濃厚に感じられた。「本というのは、おのずから他の本を読ませる力があるものなんです。ある本が孤立してあるのではなく、本の世界にあるのだから、感動すればごく自然に、他の本に手が出る仕組みになっているんだ」という丸谷の発言は、間テクスト性という批評の営みにつながるものである。単独の作家だけに集中した読みでは見えてこないものが、本の世界という大きな関係性の中に開いて見直すことで、見えてくることがあるはずである。フォークナーはそうした読みの広がりを挑発する作家である。（T）

協会からのお知らせ

本誌『フォークナー』は日本ウィリアム・フォークナー協会の研究機関誌です。協会では本誌発行のほか、全国大会（研究発表、シンポジウムなど）、フォークナー研究を中心とする文献収集など、様々な活動を行っています。アメリカ文学に興味のある皆さん、とくにフォークナーや南部文学に興味のある皆さん、ぜひ協会にお入りください。入会申し込みは下記事務局まで。また本誌では会員諸氏の投稿を呼びかけています。投稿規定をご覧ください。

次回全国大会の予定

二〇一一年一〇月七日（金曜日）関西学院大学［予定］（詳細はニューズレターをご覧下さい。）

▼研究発表／シンポジウム **「フォークナーと身体表象」（宇沢美子／下條恵子／舌津智之　司会　森有礼）**

協会事務局・編集室・資料室

事務局　〒六六二―八五〇一　西宮市上ケ原一番町一―一五五　関西学院大学文学部　花岡秀研究室
Email: hanaoka@kwansei.ac.jp

編集室　〒一七六―八五三四　練馬区豊玉上一―二六―一　武蔵大学人文学部　新納卓也研究室気付『フォークナー』編集室
Email: faulkner@mml.cc.musashi.ac.jp

資料室　〒八一九―〇三九五　福岡市西区元岡七四四番地　九州大学大学院言語文化研究院　小谷耕二研究室
Email: kotanikj@flc.kyushu-u.ac.jp

協会ホームページ

協会ではインターネット・サイトを開設しています。写真もまじえ、日本語と英語で協会の活動を詳しく紹介しているほか、本誌『フォークナー』の英語版にもリンクしています。The English version of our journal is available at: http://wwwsoc.nii.ac.jp/wfsj/

フォークナー第13号　2011年4月発行
編集　フォークナー協会編集室（大橋健三郎、田中久男、平石貴樹、新納卓也）
発行人　森信久
発行所　株式会社 松柏社
〒一〇二―〇〇七二　東京都千代田区飯田橋一―六―一
印刷・製本　中央精版印刷株式会社
目次デザイン組版・装幀　廣田清子／office SunRa
ISBN978-4-7754-0174-3
定価一八九〇円（本体一八〇〇円＋税）

松柏社の本

ジャングル
アメリカ古典大衆小説コレクション5

アプトン・シンクレア
大井浩二 訳・解説

〈パッキング・タウン〉の劣悪な労働条件のもとで働くことを余儀なくされたリトアニア系移民一家の幻滅と絶望は、ジャングルと化した共和国アメリカの現実を浮き彫りにしている。シカゴの不衛生きわまる食肉業界の実態を告発した本作に驚愕した時の大統領ローズヴェルトは純正食品医薬品法を成立させる。一九〇六年出版のベストセラーの全訳。

●2009年6月刊●559頁・本体3500円+税

女水兵ルーシー・ブルーアの冒険
アメリカ古典大衆小説コレクション12

ナサニエル・カヴァリー
栩木玲子 訳　巽 孝之 解説

うら若き乙女ルーシー・ブルーアが恋人に唆され、ボストンへ落ちのびたのも束の間、娼館の住人となる。数年後、男装したルーシーは一八一二年の米英戦争開戦を機に軍艦に乗り込み、海に陸に幾多の冒険の旅に出る。一八一五年に初版が出版されニューイングランドを中心に人気を博した〈男装の麗人トリロジー〉、日本語訳の登場。

●2010年6月刊●257頁・本体2500円+税

新編 オー・ヘンリー傑作集
「宝石店主の浮気事件」他十八編

清水武雄 監訳

永遠のベストセラー作家オー・ヘンリーの作品から厳選した「トービンの手相」「復活の日」「愛があれば」「サボテン」ほか珠玉の一九編中、一四編が本邦初訳。一九世紀末から二〇世紀初頭のニューヨークやテキサスを舞台に、名もなき庶民の悲喜こもごもが時空を超えて語り継がれる。

●2006年7月刊●320頁・本体2200円+税

History and Memory in Faulkner's Novels

藤平育子／ノエル・ポーク／田中久男 編

二一世紀を迎えた今、ますます様々な分野で熱く議論されている「歴史と記憶」をテーマに開催されたフォークナーの来日五〇周年記念国際シンポジウムを再現。アメリカ、カナダ、フランス、韓国、日本から超豪華執筆陣を迎えた、珠玉の論文集。全文英語版。

●2005年10月刊●303頁・本体2800円+税